MÁS ALLÁ DE LA CUMBRE

Donde el cielo acaricia a la tierra y nace una esperanza

Luis S. Noble Ayub

MÁS ALLÁ DE LA CUMBRE

Donde el cielo acaricia a la tierra y nace una esperanza

Edición electrónica

Cuando el esfuerzo más grande no alcanza,
empieza la aventura de la vida…
en aquel lugar donde nacen los sueños…
en aquel lugar donde los caminos
de la esperanza y la desdicha
misteriosamente se hacen uno.

Luis S. Noble

Dedicatoria

"Al pasar el tiempo lo único constante han sido los amores de mi
vida. A ellos dedico esta obra."

A mi querida esposa Pilar y a mi
madre Edna.

A un gran hombre:
Luis Noble Contreras
1933-1996 *In memorian*.

Agradecimientos

Detrás de cualquier obra siempre hay personas que directa o indirectamente influencian su desarrollo y culminación. Agradezco infinitamente su ayuda a

Norma, mi hermana, por darle un sentido de dirección al proceso; a Icela Lightbourn, por sus acertados criticismos y a todos aquéllos que siempre estuvieron pendientes de la trama y me alentaron a continuar; a Ana Cristina Escobar, Emma y Marco Borunda, Juanqui y Edna Noble, Carlos Barriot, Héctor Payán, Laura Jurado, Sylvia Salvatori, Carlos Stegue y al doctor José Zamora, quien siempre ha sido una inspiración para mí.

Así mismo, agradezco a todos los lectores que emprendan la búsqueda de una aventura y encuentren un mensaje entre las letras que humildemente he dejado plasmadas en este libro.

Luis S. Noble

Sinopsis

Santiago es un hombre joven escéptico, perdido por acontecimientos ajenos a su voluntad, se encuentra ante una encrucijada: seguir adelante o poner fin a su vida. Misteriosamente es guiado por un 'mensajero' a través de la aventura que emprende para escalar K2, "la Montaña Salvaje", en la cordillera de los Himalayas, donde encuentra a un grupo de jóvenes que le darán la fuerza necesaria para continuar su increíble hazaña de llegar a la cumbre.

Intrigado por los eventos que transcurren en K2 emprende una búsqueda incesante para tratar de entender las misteriosas e inexplicables experiencias ocurridas a más de ocho mil metros de altitud. En su travesía encuentra el amor, busca re-encontrar su fe en Dios y tiene grandes aventuras aunadas a misteriosas leyendas.

¿Encontrará o no finalmente su cauce o decidirá continuar en la incredulidad que oscurecía su existencia?

K2 K2 K2 K2 K2

Contenido

K2 K2 K2 K2 K2

1

El mensajero

ERA UNA BELLÍSIMA TARDE DE OCTUBRE CUANDO ME encontraba sentado cómodamente en una banca de un balcón afuera de la casa de mi madre, después de haber celebrado mi treinta aniversario.

Había sentido sólo unos segundos antes, el frío metal de mi pistola calibre 44 presionando la parte lateral de mi cabeza… sin poder jalar el gatillo.

Al pasar este tenebroso momento, con lágrimas que corrían sobre mis mejillas, me encontré admirando los árboles sicomoros a los cuales la tierra parecía favorecer en este lugar, con aquel follaje seco, veía que algunas de sus hojas volaban como flotando sin destino alguno en respuesta a una brisa, que apenas acariciaba mi cara.

Yo crecí aquí, en esta preciosa ciudad y en mi re-encuentro con ella sentía que había cambiado muchísimo. A estas alturas de mi corta vida, revaloraba mis experiencias pasadas y la dirección que iba a tomar, o no. Me sentía completamente desmoronado, perdido. El sólo pensar haber crecido sin mis padres desde la adolescencia, aquella vida de desenfreno, sin cauce, me empujaba a un abismo descomunal; no veía la salida, deseaba profundamente que todo terminara ahora mismo, pero, en lo más profundo de mi alma, deseaba encontrar la luz dentro de esta oscuridad que me consumía lentamente sin dejar huella.

No cabía duda alguna, estaba en ese cruce de caminos al cual había llegado ciego, buscaba atrapar en mi neblinoso espíritu aquel compás que me diera sentido de dirección.

Quedé pensativo pero al mismo tiempo disfrutaba de mis queridos recuerdos en este lugar, no quería moverme, estaba todo… finalmente en paz. Sorprendentemente, en esa tarde de domingo, no había tránsito vehicular, parecía todo desolado; probablemente duré horas sentado, observando, pensando en cómo había llegado aquí, a este momento. El tiempo que últimamente sentía que pasaba tan rápido, ahora, se detenía bruscamente frente a mí. Sin darme cuenta, cayó la noche y me pareció ver movimiento al otro lado de la calle. Al principio, pude observar sólo una sombra, iluminada únicamente por las luces amarillentas con las que contaba el parque al cruzar la calle; poco después, pude observar la silueta de un hombre maduro que llevaba un abrigo largo y un sombreo de aquellos que se usaban en los cincuenta, era delgado y de gran estatura.

Me levanté agitado, guardé mi pistola en mi chaqueta y me dirigí a la entrada principal, sólo había que cruzar un jardín para llegar a esa puerta de metal que ha resguardado esta casa por más de cien años. Se había encendido el sistema de riego y el ruido del agua cayendo sobre el césped rompía el silencio poniendo un marco de suspenso mientras me acercaba lentamente a la puerta para tratar de identificar a aquella persona parada al otro lado de la calle, en la orilla de la banqueta.

Al estar más cerca, su silueta me pareció particularmente conocida, similar a como recordaba a mi abuelo cuando yo era niño. Lentamente abrí la puerta y de inmediato paré a la orilla de la calle, sin cruzar, tratando de identificar de manera más precisa a esa persona. Me sorprendió que no pasara un solo automóvil, no había más gente en el parque o caminando en la banqueta, sólo este hombre, misteriosamente parado en calma y mirándome constantemente e invitándome en silencio a conocerlo.

Era mi intención cruzar pero, temeroso me preguntaba «¿quién puede ser?, ¿por qué no hay nadie más?, ¿qué está haciendo ahí solo, sin moverse, con su mirada fijamente dirigida a mí?»

No podía distinguir las facciones de su cara pero definitivamente sentía su mirada, como una presencia constante. Después de unos minutos, finalmente me llené de valor y crucé la calle, tenía mi mirada fija en él, no miré si venían automóviles, estaba hipnotizado, tratando de llegar a donde se encontraba este señor.

Me acerqué a él y lo saludé. Sólo movió su cabeza como regresando mi cumplido. Pasaron unos segundos y me sentí un poco incómodo, al mismo tiempo, un calor invadió mi cuerpo como un escalofrío. Le pregunté que si le sorprendía que todo estuviera en tal paz, y volteándome a ver, calmadamente, me invitó a sentarme en una de las bancas del parque, aquel lugar donde yo recordaba con alegría ver a mi abuelo disfrutar de noches como ésta.

Caminamos sólo unos pasos a la banca y nos sentamos sin decir una sola palabra.

Al ver su cara, me di cuenta que era similar a la de mi abuelo, pero definitivamente no era él; de nuevo, le pregunté:

—¿Qué hace usted aquí solo?

—Santiago, tú me invitaste, estaba esperando pacientemente que vinieras a mí —me respondió.

Hice una larga pausa, y con mucha inseguridad le conteste:

—No tengo memoria alguna de haberlo invitado, es posible que este confundido y se trate de otra persona a quien usted espera, ¿alguien más?, la verdad, no tengo idea de quien es usted.

Con una voz llena de paz, dirigió su mirada a mí y me dijo:

—Yo vine el día de hoy respondiendo a tu invitación, nos conocemos hace mucho tiempo.

—¿Cómo? —le conteste profundamente intrigado.

Me encontraba tan confundido que pensé que probablemente estuviera en un sueño, era una noche tan hermosa, ¿por qué no seguir platicando con este hombre?, me parecía tan interesante, y la verdad, la curiosidad de saber más de él me invadió profundamente. Le pregunte:

—Discúlpeme… ¿Cuál fue el motivo de mi invitación?

—Se trata de aquella aventura de la que has estado insaciablemente tener, Santiago, sé que quieres llenar ese vacío que te consume lentamente. Es por eso que estoy aquí, soy tu guía, tu mensajero, quiero presentarte lo que puede pasar, si en verdad quieres seguir adelante —Me contesto tranquilamente.

Mil y un pensamientos daban vuelta en mi cabeza, me parecía tan extraño que alguien a quien no conocía, supiera por lo que estaba pasando, más aún, lo que pensaba, siendo que a nadie le había confiado ni siquiera mencionado de éste deseo que, muy por dentro de mí, estaba oculto únicamente en mi mente. Hacia ya muchos años que me había alejado de mis creencias religiosas en el catolicismo y así mismo de Dios.

Me dediqué a la vida cotidiana, a tratar de asegurarme financieramente y puse a un lado todo lo que tuviese relación con el espiritualismo, similarmente puse en tela de juicio las creencias con las que crecí y siempre me preguntaba que ocurriría al morir, si en realidad había algo más que un sueño, al terminar la vida.

Algunas noches al tratar de conciliar el sueño pensaba que si tuviera la oportunidad de ver, sólo por un momento, ese otro lado, sentiría que hay un propósito, porque la verdad, había llegado a pensar que no había nada más allá de la vida, pero muy dentro de mí, estaba deseoso que estos momentos de duda y sufrimiento, algún día formaran parte de un pasado, que al recordarlo, sólo fuera eso, recuerdos tristes y que algún día alcanzara la felicidad que había tenido en años pasados.

Al estar sentado junto a esta persona en circunstancias tan extrañas, después de haber añorado este momento tantas veces, me fue difícil rehusarme y decidí aceptar su oferta.

—¡Estoy listo!, enséñeme por favor el camino, cualquiera que sea —le dije decidido.

—Bien, cierra tus ojos por un momento, respira profundo y ábrelos pausadamente para encontrarte… con los protagonistas de tu aventura.

Pasaron sólo unos segundos y, de pronto, sin poder explicarlo, me sentí recostado en una cama dura; me levanté dando un salto como despertando de una pesadilla, en un catre, rodeado de cinco personas.

A pesar de que ardía un fuego débil en la chimenea, sentí un frío estremecedor y apenas parecía salir el sol. Al calmarme un poco de esta desorientación, me percaté que me encontraba en lo que parecía una pequeña cabaña vieja, de troncos de madera. Lentamente me levanté buscando a este señor, "El Mensajero", para que me dijera donde me encontraba y me explicara de que se trataba todo esto, pero él, ya no estaba físicamente y no sentí más su presencia.

Mis compañeros se levantaron preguntándome que si ya estaba listo, yo me dirigí hacia ellos diciéndoles:

—¿Dónde me encuentro?, ¿por qué hace tanto frío?

Uno de ellos sentado en su catre le murmuró al que estaba al lado de él:

—Probablemente sufre de desorientación debido a la altitud.

—Sonriendo, el que se encontraba acostado junto a él, le respondió:

—Posiblemente fue el ron que se tomó anoche.

Les pregunté que quienes eran, y cada uno me dijo su nombre con un poco de titubeo.

—Yo soy Miguel, fuimos a la escuela juntos y siempre me has dicho 'Mike', ¿ya recuerdas?

Yo le contesté que sí, pero no tenía memoria de él. El siguiente, medio dormido me dijo sonriendo:

—Soy Laurencio tu vecino.

El tercero se acerco a mí, con la palma de su mano me dio un pequeño golpe en la cabeza diciéndome:

-Yo Pedro.

Los otros dos sentados ya en la mesa, en calzoncillos largos, tomando un café, me dijeron:

—Rafa, aquí,

Y el último agregó:

—Gabriel, el de las historias.

—¿Te encuentras bien? —preguntó Laurencio con una sonrisa.

Me comporté como si todo estuviera normal, los dejé que siguieran tomando su café, se había levantado Laurencio a preparar el desayuno, aparentemente era el encargado de esa tarea.

Todos ellos, parecían estar entre los veinticinco y treinta años de edad, el que me pareció más joven, era Rafa.

Miré mi reloj, eran cerca de las seis de la mañana, el altímetro marcaba por encima de cinco mil metros de altitud. Me levante lentamente y observé, por la única ventana, -a la sazón muy pequeña-, dándome cuenta que nos encontrábamos en una montaña, cubierta completamente de nieve, el paisaje era bellísimo pero al mismo tiempo estremecedor, no había árboles, un desierto de nieve y hielo reflejando la leve luz del sol, al voltear rápidamente al interior de la pequeña cabaña, vi múltiples cuerdas, botas, guantes, tanques de oxígeno, equipo para escalar y de inmediato suspiré profundamente y recordé cuanto había yo planeado una expedición como ésta, «¿acaso podrá ser?», me pregunté en silencio.

Como un golpe recordé que años atrás había yo planeado precisamente esta excursión, era, sin duda, la famosa Montaña "Chhogori/Qogir" en Pakistaní, conocida como la K2, se encontraba en la cordillera de los Himalayas, hermana menor del Monte Everest, siendo la segunda montaña más alta del mundo con su cumbre a 8611 metros.

Todo, de pronto, sin explicación alguna, me pareció claro, incluso recordaba cuando me encontraba sacando los permisos para esta expedición, en la ciudad de Islamabad, capital de Pakistán.

Recuerdo que era una tarde lluviosa, la persona encargada de darme el permiso se llamaba Kabir, un hombre maduro, muy amable, hablaba "urdu" —la lengua oficial de Pakistán— e inglés con un acento muy marcado, lo recuerdo diciéndome enfáticamente, repetidas veces, la palabras "deadly mountain" queriendo poner en claro al peligro que me sometía al intentar una expedición a la cumbre de esta montaña. Tratando de hacer conversación, le pregunté si él había intentado alguna vez escalar esta montaña; con gesticulaciones, me echó de loco, como advirtiéndome que estaría tocándole la puerta a la muerte.

Era el mes de agosto, que es uno de los preferidos para este tipo de expediciones. Kabir me miró de nuevo, y estoy seguro que me deseó suerte, pero al mismo tiempo, probablemente pensó que era la última vez que nos veíamos. Me dio el permiso firmado, deslizándolo lentamente sobre un escritorio de madera, que parecía una reliquia. Me levanté, seguí adelante y Kabir no quiso mirar mis planes, ni siquiera mis notas. Caminé lentamente hacia la puerta principal, me detuve por un instante al sentir la mirada de Kabir, me di la vuelta y dirigí mi mirada hacia donde estaba él, que seguía viéndome fijamente, por un instante bajo su cabeza en señal de aprobación.

Entre mis documentos, traía información sobre mis logros anteriores como alpinista, un pasatiempo que ya llevaba años disfrutando, habiendo llegado a las cumbres de montañas como el "Monte San Elías" en el Yukón y otras tantas en el estado de Colorado en territorio Norteamericano.

Recuerdo el haber estudiado detalladamente la Montaña K2, sus estadísticas y expediciones previas, al igual que las diferentes rutas utilizadas por otros exploradores. Al planear emprender una expedición a la cumbre de una montaña como ésta, es extraordinariamente importante trazar la ruta específica, poner una meta diaria y establecer los campamentos al ir ascendiendo. La mayoría de los montañistas utilizan por lo menos de cuatro a seis campamentos antes de emprender el último viaje que es hacia la cumbre, casi siempre es un viaje corto, pero el más peligroso. Después de estudiar detalladamente ésta montaña, había tomado la decisión de utilizar la ruta por la frontera de Pakistán, el "Abruzzi Spur", que es la ruta donde los alpinistas habían tenido más éxito. Existían otras cuantas rutas que se han intentado anteriormente por la frontera de China, al igual que por el norte y noroeste, que no me parecieron sutiles para la expedición, por el pobre éxito obtenido en ellas, así que decidí no utilizarlas.

Esta montaña había cobrado muchas vidas, en total, no tantas como el Everest, en el cual, una de cada catorce personas que habían intentado subir, moría en el intento. En contraste con el Everest, en la Montaña K2, una de cada cuatro personas que habían intentado llegar a la cumbre había muerto. Es casi como jugar a la ruleta Rusa, fue casi seguramente debido a esto que escogí "La Montaña Salvaje" el infame K2, en lugar del Monte Everest para esta expedición.

El grado de dificultad técnica para escalarla era mucho más alto, en parte debido a la inclinación y al alto riesgo de avalanchas; los riesgos, sin duda, eran evidentes, pero el querer llegar a la cumbre era lo único que habitaba en mi mente, no estaba seguro si era una idea suicida o el simple deseo de, finalmente, hacer algo diferente con mi vida.

Al razonar y estar más en calma, me expliqué a mí mismo que había estado bajo la influencia de la baja concentración de oxígeno debido a la altitud y, por eso, tuve probablemente alucinaciones al igual que pérdida de memoria, explicando el haber estado en el confort de la casa de mi madre, con aquel hombre de edad madura que, según yo, lo imaginé; aquel "Mensajero" que me dio calor y calma tras mi intento de suicidio.

Lo que no me podía explicar era a mis compañeros, no recordaba nada, me parecían muy familiares pero no tenía recolección alguna o memorias de ellos.

No quise decirles lo que me ocurría, con miedo de que pensaran que estaba teniendo alucinaciones por extrema falta de oxígeno lo cual haría que decidieran regresar por atención médica.

Al mirar nuevamente mi altímetro me percate que estaba aproximadamente a 5,700 metros de altitud (17,700 pies), y por estas "alucinaciones" que había experimentado decidí aplicarme una inyección de dexametazona y respirar un poco de oxígeno para disminuir los efectos de la hipoxia.

A esta altitud, el cuerpo humano empieza a experimentar alteraciones asociadas con la disminución de oxígeno; esto es un fenómeno variable pues no le ocurre a todos, pero pasando los 8,000 metros el organismo empieza a entrar en la conocida "zona de la muerte", la concentración de oxígeno en el aire, es sólo una tercera parte de lo que respiramos al nivel del mar.

Me sorprendían mis síntomas, pues no esperaba tener efectos tan marcados, solamente habiendo llegado un poco por arriba de la mitad del camino a la cúspide. Este lugar era, seguramente el campamento de base avanzado, que los alpinistas utilizan como albergue, antes de las últimas expediciones a la cumbre. Lo tenía muy claro en mi mapa y notas que había trazado meses atrás.

Esta ruta el "Abruzzi spur" fue utilizada por primera vez en 1909 por Luigi Amedeo, almirante italiano en la Primera Guerra Mundial, quien también había escalado el Monte de San Elías, en el Yukón en Alaska, y se le conocía como el "duchi" del Abruzzi. Fue él y un grupo de escaladores expertos quienes utilizaron esta ruta por primera vez, llegando a 6,000 metros de altitud, aproximadamente, un poco más arriba de donde nos encontrábamos ahora; no llegarían a la cúspide, pero nadie había logrado llegar a tal altitud en la montaña K2 en esos tiempos.

No fue sino hasta 1938, que utilizando esta misma ruta el norteamericano Charles Houston se quedó a únicamente 600 metros de llegar a la cúspide, debido al mal tiempo. Finalmente, en Julio de 1954, Lino Lacedelli, montañista italiano, y su equipo, fueron los primeros en llegar a la cumbre y han sido reconocidos como unos de los más grandes alpinistas de la historia de la K2.

Houston volvió a intentar una expedición en 1956, en

la cual su grupo, se tuvo que detener por siete días a 7,800 metros de altitud debido a una gran tormenta, y sí no fuera por el heroísmo de uno de los alpinistas, Art Gilkey, quien sacrificó su vida para poder salvar a esta expedición, hubieran perecido siete personas.

Podía recordar estos detalles con gran facilidad, pero, ¿por qué nada de mis compañeros, que habían emprendido este viaje conmigo?...

La pequeña cabaña contaba con un equipo de radio rudimentario, latas de comida y leña, que seguramente la hubieran traído semanas atrás, suficiente para unos cuantos días.

Al prepararnos para salir escuchamos una transmisión de radio pronosticando una tormenta con vientos del noroeste y nieve, dado que estábamos en la temporada del monzón y este tipo de tormentas repentinas no eran inusuales. Miguel se abrochó su chaqueta, se puso las botas y salió por unos momentos a apreciar si en realidad el pronóstico del tiempo era correcto, al entrar de nuevo, nos dijo a todos:

—Debemos salir ahora, probablemente esta tormenta no nos alcance hasta dentro de dos o tres horas, podemos avanzar y acampar cuando el tiempo empiece a empeorar.

Rafa y Laurencio mirando los mapas y notas con mucha atención, respondieron que no era buena idea tratar de llegar al segundo campamento como lo habíamos planeado; comentaron que no habría suficiente tiempo antes de que la tormenta azotara la montaña, de acuerdo con el pronostico planteado, era sólo un frente corto y podríamos posiblemente salir temprano por la mañana.

No era inusual cambiar los planes en una expedición de este tipo debido al mal tiempo, todos teníamos en mente, la posibilidad de contingencias y cambios que podrían ocurrir. Por lo pronto, yo continuaba confundido, pero decidí tomar un café y platicar con mis compañeros para entender un poco más esta situación. Me senté al lado de Miguel y entablé conversación con él y mientras Rafa ponía más leña en la chimenea, le pregunté que cual era el plan para la mañana y quien sería el líder en la cadena para subir al día siguiente. Me contestó que como lo habíamos hecho hasta ahora, el seguiría tomando el liderazgo y me dijo que sería buena idea que yo fuera, dos antes del final en caso de que mis síntomas volvieran. Miguel tenía una voz grave, pero al mismo tiempo suave, supuse que lo habíamos elegido como el líder de la expedición por alguna razón, al sólo platicar con él por unos momentos me di cuenta que, no me cabía duda, él era el líder y que nos guiaría con gran sabiduría.

Pasadas ya tres horas, no había signo de la tormenta pronosticada, Miguel un poco molesto le dijo a Laurencio que nos hubiera dado suficiente tiempo para llegar al segundo puesto. No pasaron más de veinte minutos, cuando fuertes vientos empezaron a azotar la pequeña cabaña y el frío estremecedor se metía entre aquellos viejos troncos. La temperatura afuera era de menos diez grados centígrados.

Puse más leña al fuego para mantener una temperatura relativamente agradable y al mirar por la ventana noté que la nieve caía fuertemente en forma horizontal, dejando la visibilidad casi nula; aquello parecía como un eclipse que se había tragado toda la luz del día.

Se sentó Pedro en la silla enseguida de mí, sujetando su taza de café con las dos manos y preguntándome:

—¿Santiago, por qué decidiste hacer esta expedición?

—No quiero mentirte, pero necesitaba una aventura así en mi vida, no le temo a la muerte y quiero llegar a esa cumbre más que nada en el mundo, si llego a morir en el intento, no me arrepentiría, sería mi destino —le respondí en voz baja:

.—¡Destino! —Respondió Pedro—, ¿tú crees en el destino?

—No Pedro, es un decir, yo vine aquí por mi propia voluntad, a escapar de mi realidad y sea lo que sea, fue mi decisión… -Antes que terminara, Gabriel me interrumpió, diciéndome:

—No es ni lo uno ni lo otro, tus decisiones son tuyas pero al final, nada cambia, estás aquí porque tenías que estar aquí, para entender, enfrentar a tu destino.

Me quedé frío al recibir esa respuesta de Gabriel.

Dentro de mí yo sabia que al escoger subir esta montaña iba a enfrentarme a mi destino, que cada paso que diera iba a marcar el camino que yo trazaría a través de esta aventura, que al final, esperaba terminaría en la cumbre y no en el frío de la nieve, inerte. No me molestaba en lo más absoluto la idea de poder morir tratando, ya estaba harto de la vida cotidiana y sí éste fuese el final de mi vida, que mejor que aquí en ésta hermosa montaña en lugar de la gloria del asfalto, contaminado con sueños falsos y muertos.

En los siguientes días que vendrían, muy seguramente íbamos a caminar paso a paso, de la mano con la muerte susurrando en nuestros oídos, contando los minutos, horas o días restantes para su visita final. No importaría si la escucháramos o no, seguramente ahí iba a estar silenciosamente acechándonos cada segundo.

Rafael se levantó y comento al grupo:

—Sí llego a morir aquí, por favor no hagan esfuerzo por rescatar mi cuerpo, la montaña se encargara de llevarme a donde tengo que ir.

Laurencio respondió:

—No seas negativo Rafa, recuerda que tenemos todo para ganar y poder llegar a nuestra meta, será una gran aventura, no pienses en la muerte, ya vendrá un día, por favor, no la llames ahora.

Pedro nos dijo:

—Tengan en cuenta, que esta oportunidad que tenemos es única, puedo contar con menos de diez dedos, el número de expediciones que han sido exitosas, tenemos que hacer historia y llegar a la cumbre, ánimo, estamos a un poco mas de la mitad del camino. Todos sabemos que allá arriba no será fácil, pero yo no cambiaría el estar aquí por nada en el mundo.

Me di cuenta que cada uno de ellos, pensaba igual que yo. Estábamos en uno de los lugares más inhóspitos y peligrosos del mundo, nos teníamos únicamente los unos a los otros y aun así, nos movía una extraña fuerza, que a pesar de lo increíblemente difícil que iba a ser el camino por delante, no tenía duda alguna que llegaríamos a nuestra meta, dando todo nuestro esfuerzo con cada paso.

Al pasar de las horas y oír hablar a mis compañeros de sus pensamientos, inseguridades y temores entendí que los días que vendrían próximamente, sin duda, serían plenos de aventuras, apreciaba la suerte de estar con ellos, a pesar de no recordar su pasado.

De pronto, la puerta de la cabaña se abrió bruscamente debido al fuerte viento, dejando entrar un frío estremecedor; Rafa inmediatamente cerró la puerta y todos nos miramos con cierta ansiedad, siendo que hablábamos de la muerte era como sí nos diera un aviso, afuera, la tormenta se tornaba aún más violenta, ahora parecía que la decisión que tomamos de no salir, fue ciertamente la correcta. Si nos hubiese alcanzado antes de llegar al segundo campamento, definitivamente no nos hubiera dado oportunidad de erigir las carpas, dejándonos descubiertos, con las bajas temperaturas, la precipitación de nieve y aunada con los fuertes vientos, la expedición hubiera acabado en algún desastre.

Laurencio, estaba atento de la transmisión de radio, tratando de oír el pronóstico del clima, pero en esos momentos todo lo que se escuchaba era estática.

Pasaron las horas, Rafa y Miguel jugaban con fichas un juego de ajedrez encima de una pieza de papel. Yo me recosté, Laurencio oía música en sus audífonos, Gabriel leía una novela y Pedro miraba por la ventana constantemente.

De pronto, se oyó una voz en la radio que decía:

—"Fuertes vientos continuaran por varias horas, la precipitación cederá alrededor de la media noche y por la mañana habrá cielos claros, las temperaturas serán alrededor de menos cinco grados centígrados."

Yo me levanté rápidamente y me uní a Pedro que se encontraba observando la montaña a través de la pequeña ventana. Era una vista hacia el suroeste del K2, sólo podíamos ver unos metros hacia el norte debido a la gran precipitación de nieve, que afortunadamente ya era más leve comparada con la de unas horas atrás; eran cerca de las seis de la tarde.

Planeábamos levantarnos a las cinco de la mañana del día siguiente, para preparar el equipo, revisar el mapa y calibrar el sistema de posición global (GPS).

En estas áreas tan remotas el GPS solo provee la posición en números de latitud y longitud no en un mapa, como tradicionalmente se puede ver en un automóvil equipado con este sistema.

Todo quedo listo para el siguiente día, me recosté quedándome dormido profundamente.

K2 K2 K2 K2 K2

2

El comienzo
y la expedición china

ERAN POCO MENOS DE LAS CINCO DE LA MAÑANA, ME levanté en silencio, al abrir los ojos, miré a Laurencio cambiándose su ropa térmica; al quitarse la camiseta observé un crucifijo de madera colgando de su cuello con un collar de cuero. Al crucifijo, en su parte media, se le unían dos piezas de madera con un metal de color plateado y tenía incrustaciones metálicas. Fingí seguir durmiendo y observé que lo besó, cerró los ojos y me pareció que dijo una oración, sus labios se movían, pero no salía palabra audible alguna.

Me levanté del catre y me dirigí a él diciéndole:

—¿Buenos días Laurencio, pasaste buena noche?

Contestó un poco sorprendido

—sí, gracias, ya me encuentro listo para conquistar el segundo puesto.

—-¿Me permites ver tu crucifijo? Me parece único, yo solía tener uno parecido, fue un regalo de mi abuela cuando regresó del Vaticano —al verlo más cerca me percaté que era muy diferente.

—Yo lo tengo desde que tengo memoria, siempre ha estado conmigo —Laurencio respondió.

—¿Crees en Dios? —Me preguntó intrigado.

—-No Laurencio, eso está en el pasado para mí.

—Qué lástima —dijo, abrochándose su chamarra—, no sé por qué, pero pienso que lo vamos a necesitar pronto.

Laurencio salió por la puerta y me dejó pensando profundamente en lo que me dijo.

Nos mudamos en nuestra ropa térmica, chamarras, botas y nuestras mochilas correspondientes, listos para la expedición. Salí por un momento de la pequeña cabaña, Laurencio estaba abrochándose sus botas, el cielo parecía claro, unas cuantas estrellas todavía se miraban a lo lejos, había una brisa leve y el frío se sentía como mil agujas enterrándose en el cuerpo.

La pequeña cabaña no contaba con un baño, por lo que todos utilizamos la naturaleza para nuestras necesidades fisiológicas.

Llegó el momento para empezar la expedición cuesta

arriba, rumbo al campamento número dos que de acuerdo a mis cálculos haríamos alrededor de cinco horas hasta llegar al lugar donde planeábamos establecer dicho puesto.

—¡Santiago! Asegúrate que la cuerda esté en tu arnés y no dejes caer tu botella de agua, que esta floja en tu mochila —dijo Miguel.

—No te preocupes ya la aseguré —le respondí sonriendo.

Realizamos nuestro chequeo rutinario y finalmente empezamos a caminar hacia la parte oeste de la montaña para poder encontrar una vereda que nos llevaría hacia el segundo puesto, la inclinación era de aproximadamente treinta grados, el sol apenas salía, dando un marco de belleza extraordinaria con tonos anaranjados reflejados en la nieve. Subimos incansablemente durante unas dos horas, cuando decidimos tomar un pequeño descanso.

Cada paso que se da a esta altitud, requiere de un esfuerzo extraordinario por la baja concentración de oxígeno, que aunado con las bajas temperaturas, hace el trabajo de caminar especialmente difícil. Siendo que había nevado el día anterior, la nieve se elevaba a unos veinte centímetros, como polvo, haciendo que nuestras botas se enterraran hasta las cintas.

Tenía muy presente que había dos cosas extraordinariamente importantes al escalar una montaña cómo ésta: una era mantenerse hidratado y la otra era la capacidad de adaptación del cuerpo a las bajas concentraciones de oxígeno. Si una u otra falta, puede afectar el proceso de tomar decisiones adecuadas en el momento necesario, una mala decisión, un paso en falso, podía ocasionar una lesión que nos dejara aquí inmovilizados o bien costarnos la vida.

Es difícil describir el sentimiento de estar subiendo esta montaña. A la mitad del camino a la cumbre, el Sólo mirar atrás, producía una sensación de haber completado únicamente una fase; la belleza y desolación, que se conjugaban con el deseo de llegar a donde pocos han llegado, despertaban un temor muy adentrado en los alpinistas, de que allá arriba, un poco más alto, el cuerpo no respondiera a los esfuerzos que eran absolutamente necesarios con cada paso.

Oía mi respiración cada vez más forzada, al ganar más altitud, finalmente llegó el momento de descansar, Miguel decidió tomar un pequeño descanso en un área relativamente plana, estaba rocoso, finalmente, nos detuvimos por unos momentos. Me quité la mochila de la espalda, bebí un poco de agua, me senté en una de las rocas, me quité los guantes y ajusté mis botas. Rafa se sentó enseguida de mí y me preguntó:

—¿Cómo te sientes Santiago?

—Bien Rafa, cansado pero con ganas de seguir adelante.

—¿Crees que podremos llegar al segundo puesto hoy?

—Claro que sí, no veo porque haya contratiempos, ya llevamos más de dos horas subiendo —le conteste con una sonrisa.

Rafa estaba tomando té y observé que abrió su boca poco más de lo normal, su té cayó al suelo repentinamente, su semblante cambió como si hubiera visto un fantasma.

-Rafa ¿qué pasa?, ¿qué fue lo que viste?

—Mira allá, parece una pierna saliendo de la nieve entre aquellas rocas —exclamó en voz alta.

—No la veo, ¿dónde?

—Ven, camina conmigo — -levantándose bruscamente.

Yo lo seguí y aproximadamente a veinte metros de donde nos encontrábamos, al detenernos observamos algo escalofriante. Era el cuerpo inerte de algún alpinista que había desgraciadamente muerto aquí; inmediatamente llamamos al resto del grupo, que se unió a nosotros en unos cuantos minutos. El cuerpo de esta persona estaba parcialmente enterrado en la nieve, con la piel de su espalda expuesta, blanquecina, como si estuviera momificada, una de sus botas estaba todavía en su pie y su fémur parecía fracturado, todavía había restos de ropa cubriendo algunas partes de su cuerpo.

—Fíjense en el textil de sus pantalones, parece lana, su bota es de piel antigua y con puntas de acero —comentó Miguel arrodillándose enfrente del cuerpo y mirándolo más de cerca.

Laurencio comentó:

—Seguramente este cuerpo ya lleva aquí más de cincuenta años, pudiese ser de alguna de las expediciones de los años cincuenta.

Gabriel mirando hacia el noreste comentó:

—Seguramente cayó por aquella vereda, el camino que decidió Mike acertadamente no tomar, su caída fue seguramente de más de cien metros.

Guardé silencio mientras observaba a este hombre a

quien la montaña le había cobrado su vida y robado sus sueños; me pregunté si tendría familia y que pasaría con el resto de su expedición, probablemente, su nombre está entre alguna de las placas que familiares y amigos suelen colocar al pie de la montaña en memoria de aquellos que nunca regresaron.

Pedro se acercó al cuerpo y nos pidió que no lo molestáramos más, que sólo tratáramos de encontrar alguna identificación. Buscamos en los remanentes de su ropa, pero fue en vano, no encontramos nada, fue cuando decidimos enterrarlo ahí mismo, poniendo rocas sobre su cuerpo ya que no había tierra con que cubrirlo. Miguel cerrando sus ojos, dijo:

—Señor tú que eres todo bondad, por favor abriga el alma de esta persona en tu gloria, que aquéllos a los que amó y lo amaron estén en paz, que sus sueños quebrados se hagan realidad en tu reino.

Los cinco besaron el crucifijo que llevaban colgando de su cuello, curiosamente observé que todos eran idénticos. Al terminar su oración, Pedro me miró por un momento, queriendo ver mi reacción a la oración de Miguel. Cuando nuestras miradas se encontraron pude ver lágrimas en sus ojos que inmediatamente limpió con su mano. Me impresionó profundamente la devoción con la que todos rendían respeto a esta persona que nunca conocimos, encomendando su alma a Dios; desde este momento, aquella persona formaría parte de nuestra historia, que aún era joven, en esta montaña.

Me puse mi gorra de lana, mis lentes, tomé agua,

guardamos silencio por algunos minutos más y emprendimos nuestra expedición de nuevo, formamos una línea
unida por una cuerda, nuestras chamarras eran amarillas
con líneas de color rojo que iban de atrás hacia enfrente,
podía ver a Miguel claramente enterrando su estaca de
metal en la nieve a cada paso y oía el jadeo de cada uno
de nosotros, esforzándonos al ir subiendo cada vez más
cerca de nuestro objetivo.

Así pasaron otras dos horas, estábamos ya en un punto que podíamos visualizar el sitio donde estableceríamos
nuestro segundo campamento, el clima continuaba siendo
bueno, podíamos observar nubes formándose por debajo
de nosotros invadiendo la montaña como acariciándola,
dando la imagen de un desierto blanco, que en momentos
nos permitía ver la impresionante cordillera del Karakoram, de donde esta cumbre obtuvo su nombre.

Subimos por una hora más a través de un desfiladero,
donde las rocas parecían fracturadas con grandes huecos
y bordes afilados, la vereda era angosta y a nuestra derecha se encontraba un abismo en la montaña que fácilmente tenía una caída de más de doscientos metros, nos encontrábamos cansados, Rafa que estaba inmediatamente
atrás de mí, se tropezó con una piedra y se deslizó hacia el
desfiladero; su cuerda jaló a la mía y la de Pedro que iba
adelante de mí, yo utilicé mí hacha de hielo y la enterré lo
más posible en la nieve, Pedro me cayó encima pero continué sujetando el hacha lo más firmemente posible, al
voltear vi que Rafa se encontraba casi colgando del precipicio, gracias a que Laurencio y Miguel jalaron con fuer-

za, Rafa se pudo recuperar y volver a la línea, sin aliento nos dijo:

—¡Dios mío!, por un momento pensé que todo había terminado para mí, les agradezco inmensamente su ayuda.

—Para eso estamos trabajando en equipo Rafa, todos somos uno —contestó Miguel.

—Ya verás que mañana soy yo —dijo Laurencio un poco agitado.   —
Anda, toma un poco de ron y relájate en el campamento, a ver si se te baja el susto —le dijo Pedro riéndose.

En silencio nos dimos cuenta de lo fácil y repentino que un accidente puede ocurrir, sobre todo apreciamos la gran ventaja de ser un equipo, si no fuera por mis compañeros, Rafa estaría en el fondo del precipicio uniéndose a aquel alpinista cuyo cuerpo ya era parte permanente de esta montaña.

Ya en el campamento número dos, nos sentamos por un momento, yo me recargué en una roca, con mi mochila protegiendo mi espalda, al mirar hacia arriba, pude apreciar la majestuosidad de la montaña, el viento en la cúspide ocasionaba que los cristales de nieve formaran una nube blanquecina, como un velo, envolviendo la cumbre. Estábamos tan cerca y al mismo tiempo…tan lejos.

Al estar desempacando, noté que Gabriel sacó sus binoculares de su mochila y comentó:

—Vengan rápido, miren, parece que tenemos compañía —nos dijo apuntando hacia el noroeste.

Pedro al igual que Laurencio observando con sus binoculares dijeron:

—Son siete carpas, -Respondió Pedro.

—Pero, ¿por dónde subieron? No vimos huella de ellos en el camino.

Laurencio muy intrigado volteó a ver a Miguel y le dijo:

—Hay dos posibilidades, subieron dos o tres días antes que nosotros y la tormenta de anoche borró sus huellas o subieron por el norte y tuvieron que bajar a este puesto por alguna circunstancia —comentó Miguel.

—¿Pero por qué bajarían? —Le pregunté a Miguel.

—Puede ser que alguien esté enfermo o lesionado, -me volteó a ver frunciendo el seño.

Nos quedamos pensando si era prudente acercarnos a su campamento.

-Vamos a colocar nuestras carpas y desempacar primero, mientras tengamos luz del día, ya decidiremos después —añadió Gabriel.

Desempacamos calmadamente y erguimos nuestras carpas individuales, eran en total seis, de color anaranjado fosforescente, las pusimos en formación circular dejando espacio en medio, creando un pequeño patio interno, las aseguramos al hielo y la nieve en caso de que hubiese vientos fuertes o precipitación, al terminar, Pedro dirigiéndose al grupo nos dijo:

—Yo pienso que no necesitamos acercarnos a su campamento, a pesar que nosotros estamos en una posición poco más elevada, ellos nos podrán ver fácilmente ahora que ya terminamos de armar todas las carpas, ¡estamos muy visibles! —dijo en tono sarcástico.

En el centro del campamento, utilizamos nuestros

"Meal ready to eat (MRE)" calentadores basados en la reacción química del magnesio, hierro y sal utilizados frecuentemente por el ejército para calentar té y café, cenamos nuestras raciones de proteína, barras de granola, chocolates, calentamos algunas verduras que traíamos incluyendo zanahorias y ejotes, Miguel traía algunas latas de "Spam" que comimos, con gusto.

Yo me sentía mejor a pesar de que estábamos a más altitud, no había vuelto a tener alucinaciones sólo me sentía un poco mareado, lo cual atribuía al arduo esfuerzo que habíamos realizado durante el día. Empezaba a caer el sol, el espectáculo de un atardecer en esta montaña era, nada menos que paradisíaco, aquellos tonos rojos, mezclados con colores anaranjados y violetas envolvían a la cordillera de montañas en un entorno indescriptible, inspirador, a pesar de que la temperatura empezaba a descender, estaba hipnotizado al observar toda esta belleza.

Al bajar la mirada pude observar que se acercaban tres personas provenientes del campamento localizado por debajo del nuestro, el cual habíamos detectado anteriormente. No traían mochilas y estaban vestidos con chamarras negras con franjas amarillas, sus caras se encontraban cubiertas con pasamontañas. Subían rápidamente hacia nosotros, Miguel al percatarse, se levantó y los dos nos dirigimos hacia ellos antes de que se aproximaran más al campamento.

—¿Hola, que tal? —gritó una de estas personas hablando en Inglés con un acento muy marcado que apenas se le entendía.

Nos acercamos más y los saludamos de mano.

—¿Cómo están? Mi nombre es Miguel y mi compañero es Santiago.

—Yo soy Min-jun y mis compañeros son Jun-seo y Je-yun —removiéndose el pasamontañas y apuntando a sus compañeros.

Al ver sus caras, sus facciones eran asiáticas, posiblemente chinas o coreanas basados en los nombres que nos dieron, con voz temerosa se dirigió de nuevo a nosotros diciendo:

—Estamos en problemas y quisiéramos saber si alguien de ustedes tiene conocimientos médicos.

-Mi compañero Santiago es paramédico —respondió Miguel.

—¿Podrían venir a ver a uno de nuestros compañeros que se encuentra enfermo? No sabemos qué hacer.

—Claro que sí, —respondió Miguel.

Nos dirigimos Miguel y yo a su campamento. Al movilizarnos me percaté que el resto del grupo nos miraba con curiosidad.

Durante el breve descenso Min-Yun, que parecía el líder de la expedición o posiblemente el que mejor hablaba el idioma inglés, nos comentó que venían de China, explicándonos con dificultad que habían tenido un accidente en la parte norte de la montaña durante la tormenta del día anterior que los había obligado a descender a ese punto. Nos acercamos a la carpa donde se encontraba la persona que estaba enferma o lastimada y nos mencionó Min-Yun que el nombre de esta persona era Jin-ho.

—¿Qué fue lo que pasó?, ¿cuáles son sus síntomas? — pregunté a Min-Yun.

—Al ir subiendo por una vereda estrecha Jin-ho cayó en una zanja de hielo en el glaciar que está a unos trescientos metros de aquí, tuvo convulsiones, al tratar de rescatarlo dos personas cayeron en la zanja que era muy profunda y perdieron su vida, también perdimos equipo y tanques de oxígeno que no pudimos recuperar, estamos desesperados —explicó entrelazando difícilmente las palabras en chino e inglés.

Me acerqué al enfermo, que se encontraba recostado, lo examiné y me di cuenta que su respiración era acelerada, su piel estaba sumamente pálida y seca, sus dedos estaban morados seguramente debido a la congelación y la hipoxia, y apenas respondía a estímulos, deliraba, hablando en su lengua materna y sufría de una fractura de tibia que estaba expuesta. Lo movimos hacia un lado para poder escuchar sus pulmones, únicamente con mi oído, escuché que tenía el típico ruido del velcro separándose, también conocido como estertores. Salí por un momento de la carpa y me dirigí a Miguel hablando en español, le comenté confidencialmente:

—Jin, o como se llame esta persona, tiene muy probablemente edema cerebral asociado con la altitud, también tiene líquido en los pulmones, está deshidratado y en muy malas condiciones.

—¿Crees que sobreviva? —Miguel me murmuró al oído.

—Si se queda aquí sin atención médica es posible que no, necesita oxígeno y que lo lleven a una altitud más baja inmediatamente.

—Estas personas sólo tienen un tanque de oxígeno de acuerdo a lo que me comentó Min-Yun.

—Se lo tienen que administrar ahora mismo si no morirá en unas horas, tienen que bajar inmediatamente y pedir ayuda por radio a Islamabad de la pequeña cabaña en donde estuvimos para que lo recojan por helicóptero, podrían transportarlo al pueblo de Skardu, todavía tienen tiempo de bajar.

—No entiendo por qué no se lo han administrado todavía, todos sabemos que esos son síntomas de hipoxia —moviendo su cabeza en desaprobación, me miró Miguel fijamente.

Me acerqué a Min-Yun diciéndole enfáticamente que necesitaban bajar de inmediato y administrarle oxígeno, le comenté que seguramente no sobreviviría una noche más aquí en el campamento, también le expliqué que había una cabaña a unas cuatro horas de camino, donde podrían llamar por radio debido a que necesitaba atención médica urgentemente. Les ofrecí bajar con ellos para guiarlos, al igual que unas dosis de dexametazona y otro tanque de oxígeno. Min-Yun no reaccionó bien a mis sugerencias y llamó a dos de sus compañeros. Hablando en su idioma empezaron a levantar la voz, Min-Yun parecía enfurecido, por un momento pensé que en realidad no les interesaba su compañero y que su única intención era llegar a la cumbre, costara lo que costara.

Llamé a Miguel para que me acompañara y le dije a Min-Yun que iríamos al campamento por las inyecciones y el oxígeno, Min-Yun me miró sin decir una palabra. Lo mas rápido posible subimos a nuestro campamento donde, los demás ansiosos nos preguntaron que había ocurrido, Miguel les explicó rápidamente, yo fui a mi carpa a sacar lo prometido. Tomé un tanque de oxígeno, la medicina y una jeringa. Al intentar bajar a su campamento, Miguel se puso en mi camino diciéndome:

—Por lo que acabo de ver, estas personas no están interesadas en ayudarle a su compañero, no veo que estén movilizando sus carpas y me pregunto por qué no hicieron el intento de bajar o administrarle oxígeno, seguramente no querían utilizarlo para poder tener suficiente para el resto del viaje, pensando o deseando que este hombre moriría pronto.

—¿Será posible que no tengan ningún aprecio por su vida? —le dije intrigado.

—El mal está en todos lados, Santiago, es difícil saber sus intenciones —Pedro afirmó en voz baja.

-Es mi deber ayudar a esta persona, si no actúan rápidamente morirá en unas cuantas horas.

Pedro decidió acompañarme al campamento de esta expedición, bajamos a toda prisa y a unos cuantos metros antes de llegar escuchamos un estruendo que hizo eco por la montaña, como un trueno, el ruido parecía venir de la carpa donde se encontraba Jin, sólo fueron unos momentos, después vimos salir a Min-Yun con un revólver en su mano, Pedro me miró diciéndome:

—Esto no lo esperaba, ¿crees que sea posible que lo haya…?

—No, ¡no puede ser! —respondí temblando.

Min-Yun se encontraba afuera de la carpa de Jin, con un movimiento rápido puso su revólver en su funda y se dirigió a nosotros diciéndonos:

—No será necesario el oxígeno, al final de cuentas, ¡pueden dejar el tanque y las inyecciones aquí!

—¡No era necesario sacrificar su vida! —grité enojado.

—Hay sacrificios que son necesarios, su vida ya se había terminado, estoy seguro que eso era lo que el quería. —Min-Yun me tomó de la chamarra y me jaló hacia él retándome.

—No puedo creer que hayas inferido que eso era lo que el quería, pudimos haberle salvado la vida, Min-Yun. —le dije, al tiempo que me zafaba de su mano.

Me metí a la carpa y pude observar que lo había asesinado con un balazo en la frente, era estremecedor ver, que este hombre, que se encontraba luchando por su vida, no se le dio oportunidad alguna para salvarlo. De inmediato di la vuelta, me llevé el oxígeno y las inyecciones, Pedro caminaba conmigo cuando tres de ellos nos detuvieron exigiendo el oxígeno y las inyecciones, estaban armados, decidí tirar el tanque al suelo al igual que la inyección, seguimos caminando a nuestro campamento sin mirar atrás, Laurencio y Miguel se dirigían a nosotros y les señalamos que regresaran.

—¿Qué fue ese ruido? Pensamos que había explotado uno de los tanques de oxígeno —Laurencio exclamó tocándose la frente.

—No Laurencio, Min-Yun lo asesinó, le disparó a este

hombre indefenso, también nos robaron el tanque de oxígeno y la medicina que llevábamos.

—Maldita sea, ¿qué clase de gente son?

Miguel se quedó pensativo y nos llamó a todos diciendo:

—Tenemos que salir temprano para no encontrarnos
con ellos durante nuestro trayecto al tercer puesto, si ma-
taron a uno de sus compañeros en esa forma, definitivamente no van a tener compasión en hacer lo mismo con
nosotros, especialmente si les falta oxígeno o medicina,
debemos tomar ventaja, saldremos antes del amanecer.

Un silencio abrumador nos invadió, a mí especialmente me pesó mucho lo sucedido debido a que yo sabía que
podíamos haber ayudado a Jin, me sentí culpable al haber
insistido bajar al primer puesto siendo que era lo último
que ellos querían hacer, seguramente estaban dispuestos
a seguir subiendo arriesgando su vida.

En privado, Miguel me dijo:

—Hay algunas batallas que el bien parece perder, pero
al final, la gran batalla es la que tenemos dentro de nosotros. Tú te enfrentaras a muchas de ellas ya lo verás… Si
eliges a Dios, estará contigo en ellas.

—¿A qué te refieres Miguel?, no entiendo.

—Ya lo entenderás a su tiempo.

Consideramos bajar al primer puesto y llamar a las autoridades; después de un debate sobre el tema, todos decidimos seguir adelante, yo pensaba en silencio si esta había sido la mejor decisión, nosotros únicamente
contábamos con cuchillos de escalar, no traíamos armas

de fuego, la realidad de las cosas es que seríamos presa
fácil en caso de un atraco.

Casi no dormí esa noche, en parte por el miedo de que
quisieran robarnos y por otro lado, por la pérdida de la
vida de Jin, de lo cual me sentía culpable; dieron las cuatro de la mañana, todos estábamos en pie, no se veía acti-
vidad alguna en el campamento chino, empacamos silenciosamente, nos pusimos lámparas en la frente sin
encenderlas y empezamos a escalar con dirección a el tercer puesto. Decidimos tomar una ruta distinta para evitar
encontrarnos con ellos y establecimos el campamento en
otro sitio significativamente más alto a lo planeado con
anterioridad.

Caminar en la oscuridad por la montaña ponía un
marco de tenebrosidad y peligro, pero la motivación de
llegar más lejos y más temprano que la expedición china
era lo más importante.

Aproximadamente a doscientos metros por encima de
donde habíamos dejado el segundo campamento, encen-
dimos nuestras lámparas para poder visualizar el camino,
la diferencia era significativa, finalmente pudimos ver a
esos gigantescos glaciares que a esta altitud tienen enor-
mes huecos, tuvimos suerte de no caer fatalmente en uno
de ellos. Así continuamos por dos horas, cuando finalmente observamos el sol aparecer en el horizonte, en esos
momentos, me dije en silencio, «Un nuevo día, en la Montaña salvaje».

Detuvimos la inercia de seguir escalando por un momento, había sido como si estuviéramos poseídos por un

espíritu de sobrevivencia que nos impulsaba constantemente, no sabía si llamarle simplemente temor o pánico, mirando hacia abajo para observar con los binoculares si había algún rastro de la otra expedición y con un suspiro nos dimos cuenta que todo estaba en silencio, no había evidencia de ellos por el momento. Nos sentamos buscando un lugar relativamente cómodo, bebimos agua y desayunamos calmadamente.

Decidí sacar mi pequeña cámara fotográfica, tomé múltiples fotos del grupo y de la montaña.

Esa mañana estaba particularmente bella, aquella asesina silenciosa, envuelta en un velo blanco, manchada de sangre, devorando los sueños de algunos y haciendo realidad los de otros.

K2   K2   K2   K2   K2

3

La muerte nos acecha

CONTINUAMOS ESCALANDO SIN PERCANCES POR otras dos horas, buscamos un lugar adecuado para establecer nuestro campamento y así lo hicimos, definitivamente la altitud hacía estragos, nuestra respiración era más rápida y forzada, incluso al hablar teníamos que hacer pausas para poder expresar nuestras ideas. Utilizamos la misma técnica, poniendo las carpas en relativa proximidad pero en esta ocasión, no las pudimos colocarlas en forma circular por el terreno, que era más rocoso, no había suficiente espacio para formar un circulo, así es que decidimos poner la carpas en línea.

Eran alrededor de las tres de la tarde, no había ningún in-
dicio de la otra expedición, nos quedamos más tranquilos
esa tarde, descansamos y platicamos un poco de todo lo
sucedido hasta ese momento; había una brisa leve, las
temperaturas eran bajas pero tolerables, noté indicios de
una formación de nubes hacia el norte y probablemente
habría precipitación esa tarde, lo cuál no eran buenas noticias siendo que nos aproximábamos a áreas mucho más
propensas a avalanchas, que aunado a la precipitación de
nieve que había ocurrido unos días antes, haría las cosas
mucho más difíciles. El tema de la expedición china volvió a invadir nuestra plática, Miguel estaba muy aprensi-
vo y nos dijo:

—Creo que debieron haber tomado una ruta distinta,
probablemente por donde habían subido con anterioridad
rumbo al norte de la montaña, camino que ya conocen y si
ése es el caso, es más corto y temo que nos puedan alcanzar en el siguiente campamento.

—No lo creo Miguel, ya tuvieron un accidente en esa
localización y sería demasiado aventurado que lo hicie-
ran así —comentó Pedro.

—No Pedro, piensa un poco, ya conocen el camino y
no creo que vuelvan a cometer el mismo error.

—Cualquiera que sea la situación si nos encuentran, es
muy posible que traten de robarnos nuestro oxígeno, medicina y hasta víveres, debemos andar con mucho cuidado —¿Ustedes que piensan?

Gabriel y Rafa que no hablaban mucho de la situación, se quedaron pensativos y de pronto Gabriel se dirigió a Miguel diciéndole:

—Si nos encontramos en una situación difícil, debemos de actuar juntos, como equipo; al decidir estar simplemente aquí sabíamos que los problemas no iban a faltar y al final del día, se hará la voluntad de Dios.

—Así es Gabriel, somos mucho más fuertes unidos, debemos de tener fe, que al final, todo va a salir bien, no te preocupes, Dios está con nosotros. Y tú Rafa ¿cómo te sientes? —le preguntó Miguel viendo que Rafa se encontraba muy preocupado.

—Yo por lo pronto voy a tomar las cosas a su tiempo, el ponerme a pensar en cada uno de los eventos que pudiesen ocurrir, sería para volverse loco, tengo fe y tu lo sabes Miguel, soy parte del equipo hasta el final, lo hemos sido siempre.

Me quedé callado oyéndolos hablar, especialmente de su fe ciega en Dios, era algo en lo que no podía estar de acuerdo, yo pensaba que debíamos de ser siempre positivos, pero, desgraciadamente no pensaba que Dios, si es que existiera, tomaría esas decisiones por nosotros y si ése fuera el caso por qué dejó morir a Jin allá abajo, ¿por qué sacrificar su vida? No lo entendía, lo que sí entendía es que el mal existía y definitivamente lo habíamos observado anoche. Todos me miraron, como si supieran lo que estaba pensando, tratando de incitar dudas en mí, pero no dije una sola palabra, ya hacía mucho tiempo que yo había dejado de creer en Dios, mi silencio lo decía todo.

Dentro de la carpa, me recosté por un par de horas, hasta que me despertó el ruido que hacía el viento al moverla violentamente, me levanté, abrí la cremallera y salí encontrándome con Laurencio que estaba asegurando su carpa al hielo y me dijo:

—Dale de nuevo con este clima… parece otra de esas tormentas cortas, bueno, eso espero, ven adentro, vamos a platicar —me indicó moviendo sus manos, señalándome que entrara a su carpa.

Al entrar me quité las botas y las recargué enseguida de su mochila, poco después empezó a caer la nieve. Empezamos a platicar y Laurencio preparó un té verde calentándolo con el sistema de MRE; con el frío que hacía, disfrutamos del calor con cada trago.

Le pregunté que si alguna vez hubiera pensado pasar por estos eventos en su vida y que si cambiaría el estar aquí con nosotros por unas vacaciones en la playa o simplemente estar en el campo. Sin titubeo me contestó:

—Santiago, la razón por la que yo estoy aquí es la misma que la tuya, la vida es de subida, es una cumbre, siempre se van a encontrar obstáculos, unos más pequeños y algunos mucho más grandes, lo importante es seguir adelante, nuestra meta está allá —señalando con su dedo hacia arriba.

No sabía si se refería a la cumbre de la montaña o al cielo, siendo que estaba hablando metafóricamente, me pareció que fue la segunda.

—Lo mejor está por venir, ya estamos a 6,500 metros de altitud, más alto que muchas de las montañas que yo había escalado con anterioridad. Eso para mí, ya era un gran logro. —le comenté con una sonrisa —no me arrepiento de nada.

-No juzgues por la altitud lograda, sino por lo que has aprendido a través del recorrido, yo nunca me fijo en eso, mira donde estamos, ya casi llegamos —afirmó sarcásticamente.

Escuchamos música por un rato, platicando de cosas triviales, las canciones que nos gustaban y los grupos de moda. Por lo pronto, afuera, la montaña parecía enfurecida una vez más, con los fuertes vientos y la caída agresiva de nieve, que no parecían ceder en lo absoluto.

Así pasaron varias horas hasta que finalmente la tormenta se apagó, la nieve caía levemente y sólo se oían murmullos que el viento provocaba al estrellarse con las rocas. Me puse mis botas, me despedí de Laurencio deseándole una buena noche, caminé lentamente a mi carpa, estaba ya oscuro y tenía mucha hambre, me preparé un bocadillo y bebí algo de agua, saqué de mi mochila un libro que traía, me puse a leer, utilizando una lámpara de esas que se enrollan en la frente y continué mi lectura de "El viejo y el mar" de Hemingway.

Al amanecer ya estábamos listos para salir, el sol alumbraba la montaña en una gloriosa mañana, no había nubes en el cielo, sólo había una brisa proveniente del noreste, formamos una línea, cuerda en nuestros arneses, y empezamos a escalar sobre los glaciares ahora cubiertos por nieve fresca, los caminos eran más estrechos y la inclinación mucho más pronunciada, forzándonos a enterrar las prominencias de nuestras botas lo más posible para evitar resbalarnos. Ese día fue muy productivo gracias al buen tiempo, logramos buenos avances estableciendo el siguiente campamento al atardecer, en el puesto designado, parecía que todo iba conforme a nuestros planes.

De esta forma pasaron los días, pequeños logros diariamente, dándonos tiempo de adaptarnos a los incrementos de altitud, no habíamos utilizado oxígeno y afortunadamente mis síntomas no habían regresado. Por la noche, ya en el campamento número cinco mis pies me molestaban mucho y al quitarme las botas noté que algunos de los dedos de mi pie derecho tenían una coloración oscura, con temor, apliqué calor, lo cual ayudó significativamente a restaurar la circulación y el dolor cedió paulatinamente, me sentía un poco mareado y había empezado a experimentar una tos leve. Al día siguiente, planeábamos escalar la última fase del "Abruzzi Spur" y nos uniríamos al trayecto común que se dirige a la cumbre.

Era un poco pasado el mediodía, después de un descanso continuamos escalando hacia el punto donde estableceríamos el campamento número seis.

Rafa que se encontraba directamente atrás de mí jaló su cuerda para llamarme la atención, inmediatamente volteé a verlo para saber que era lo que me quería decir, apuntando con su mano izquierda señaló hacia el norte, me detuve y miré en esa dirección, sin lograr observar lo que Rafa me señalaba. Al detenerme abruptamente, la cuerda que nos unía se puso en tensión, los demás se detuvieron, me quité los lentes y saqué los binoculares de mi

mochila para observar en esa dirección sin encontrar nada, fue de pronto que decidí mirar hacia el noreste donde
pude identificar a lo que se refería Rafa, una sensación de
frío y terror me invadió al darme cuenta que era nada
menos que la expedición de Min-Yun, cerré los ojos por
un momento, suspiré, me dirigí a Pedro y a Miguel que
también observaban con sus binoculares hacia esa dirección. Miguel observaba atentamente, movió su cabeza en
desaprobación y nos dijo:

—No creo que nos hayan visto, por lo pronto, debemos de considerar desviarnos un poco por esta ruta enfrente de nosotros para tomarles ventaja y no encontrarnos con ellos.

—Es muy arriesgado por ahí Miguel, debemos seguir
por este camino, —respondió Laurencio.

No tenemos otra alternativa —dijo Miguel

—Tendremos que enfrentarlos tarde o temprano —
Laurencio respondió mirando fijamente a Miguel.

—No cabe duda, pero nos dará un poco de ventaja el
ir adelante de ellos, estaremos en mejor posición, vamos,
sólo son unos cien metros de terreno peligroso.

Rafa se me acercó, se notaba temeroso y me dijo:

—Estamos tomando riesgos innecesarios por culpa de
estos ingratos, la inclinación de esa subida es muy pronunciada y la vereda es extraordinariamente estrecha.

—No importa, vamos Rafa, creo que es sensato lo que
Miguel propone.

Era muy difícil que la expedición china nos visualizara
de la posición donde se encontraban, procedimos tal y

como lo planeamos para ganar terreno y estar enfrente de
ellos. Este atajo era rocoso, muy inclinado y había un precipicio a nuestra izquierda. Con un esfuerzo extraordinario escalábamos a muy buen paso, seguramente alenta-
dos por la adrenalina debido al temor que teníamos.
Finalmente, llegamos al punto deseado, nos había tomado
aproximadamente una hora, al menos hubiera sido el doble de tiempo sin haber tenido la urgencia de llegar, ago-
tados, nos sentamos por un momento y tratamos de observar donde se encontraba la otra expedición, desde este
punto los habíamos perdido de vista, lo cual nos dio una
sensación temporal de tranquilidad. Teníamos planeado
establecer nuestro campamento muy cerca de aquí al encontrar terreno adecuado, caminamos en dirección lateral,
aproximadamente a cincuenta metros pudimos observar
donde se encontraba el campamento de Min-Yun, por debajo de nosotros a unos ciento cincuenta metros de donde
nos encontrábamos. Seguramente ya nos habían visto, pero pudimos lograr nuestro cometido de estar por encima
de ellos en una posición superior en la montaña, decidimos subir un poco más para poner distancia entre los dos
campamentos. Mi altímetro marcaba ya 7,100 metros de
altitud, nos aproximábamos rápida e inevitablemente a la
"zona de la muerte", la sensación de privación de oxigeno
definitivamente empezaba a hacer sus estragos, especialmente conmigo, tosía con más frecuencia y con cada paso
necesitaba respirar de diez a quince veces, temía que podría tener algo de acumulación de líquido en mis pulmones, conocido como "edema pulmonar", por lo cual, deci-

dí de nuevo aplicarme otra inyección de dexametazona, lo hice muy discretamente para evitar que mis compañeros se percataran de mi estado.

En este parte del trayecto, las veredas son mucho más estrechas y el espacio para establecer el campamento era bastante reducido, había una prominente acumulación de nieve, los vientos arreciaron al atardecer de manera sorprendente.

Miguel acertadamente decidió establecer el campamento en esta localización, por mi parte, yo no hubiera podido seguir adelante debido al dolor de mis pies y la fatiga que tenía; era como estar cargando una tonelada de peso con cada paso, me senté por unos minutos, Gabriel se me acercó ofreciéndome oxígeno, el cual utilicé por unos minutos haciéndome sentir mucho mejor. Me quité la mochila, y apresuradamente armé mi tienda de campaña, abrí la bolsa de dormir y me recosté, Rafa abrió la cremallera, se acerco a mi preguntándome cómo me sentía, yo le respondí que sentía mejoría al haber usado el oxígeno y esperaba que al día siguiente las fuerzas regresaran a mi para poder seguir adelante, en voz baja me dijo:

—Cómo me gustaría tener la fortaleza de Miguel, tengo un presentimiento de que algo malo nos vaya a pasar.

—No te preocupes Rafa, ya casi estamos llegando, sólo un par de días más y estaremos en la cumbre.

—Eso es lo que me mantiene de pie, Santiago.

—Miguel es muy fuerte internamente, su fortaleza viene de saber controlar sus temores y poner en acción sus pensamientos, yo también siento ese temor, hay momentos que quisiera regresar, pero el deseo de triunfar me tiene aquí, lo vamos a lograr Rafa.

—Sí, lo siento en mi corazón, pero no dejo de pensar que no soy tan fuerte como yo creía y eso me hace sentir muy mal.

—No temas Rafa, si yo te dijera cómo me sentía antes de emprender este viaje, me tomarías de loco, había perdido mi autoestima, mis deseos de vivir, sólo la sensación de riesgo y la posibilidad de perder mi vida, curiosamente, han sido los que me han mantenido vivo hasta este momento.

—No sabía que te sintieras así Santiago, siempre te había visto alegre y determinado, pero por lo que veo estás sufriendo mucho internamente.

—No tienes idea Rafa, no me puedo quitar estos sentimientos por más que quiero.

—Bueno, creo que los dos tenemos mucho que aprenderle a Miguel.

—Así es, pero no sólo es Miguel sino todos ustedes, creo que cada uno tiene cualidades distintas, no me imagino haciendo este viaje con nadie más. ¿Recuerdas que en la pequeña cabaña me levanté desorientado hace unos días?

—Sí, lo recuerdo claramente.

—Tuve un sueño muy extraño

—¿Cuál fue tu sueño?

—Por favor no te vayas a burlar de mí.

—Claro que no.

-Un hombre maduro, que se refería a sí mismo como guía o mensajero me prometió una gran aventura y de pronto me desperté en esta montaña con ustedes. Ha sido muy confuso entender, me sigue molestando esa alucinación o pesadilla como quieras llamarle.

—Santiago, ¿has leído la Biblia?

—No.

—Dios utiliza mensajeros en los sueños para guiarnos. Fue el caso de José cuando Dios le instruyó a través de un sueño que se dirigiera a Jerusalén para que María diera a luz, está en *Mateo1:20*. Deberías leerlo.

—No creo en mensajes ocultos, fue sólo la falta de oxígeno lo que me produjo esa alucinación. Rafa.

—No importa, es sólo una sugerencia, es posible que lo entiendas más claramente al pasar del tiempo.

Continuamos conversando ampliamente, revelando nuestros secretos más íntimos y al hacerlo, me di cuenta que me sentía mucho mejor al decirle a alguien más estas penas que cargaba como un lastre dentro de mí, era como pasarle parte de mi peso a él, que con compasión me oía sin interrumpirme.

—Tú viniste a platicarme tus temores y aquí estoy yo contándote todas mis penas —riéndome le comente a Rafa.

—No te preocupes, esto queda entre nosotros —Rafa se levantó y se dirigió a su tienda de campaña con una sonrisa.

Me quedé dormido, esa noche tuve una pesadilla en la cual me sentía caer desde la cumbre sin poder detenerme, que finalmente acabó despertándome, ya eran pasadas las seis de la mañana y parecía que nos habíamos quedado dormidos más de lo normal, me puse mis botas, salí a despertar a los demás, que sorprendidos se dieron cuenta de la hora, nos alistamos lo más pronto posible y emprendimos el viaje.

La expedición de Min-Yun estaba a nuestros talones, pude oír un grito de uno de ellos pidiéndonos que nos detuviéramos, nos miramos unos a otros fijamente y decidimos ignorarlo, seguimos adelante, incrementando lo más posible el paso del ascenso.

De pronto, escuchamos la descarga de una pistola, volteamos hacia atrás y era uno de ellos, el que le seguía al líder en la cadena, tenía la pistola en alto y había disparado hacia arriba, nos detuvimos completamente y esta persona disparó de nuevo, la bala se depositó sólo a unos metros de Miguel, un tercer disparo se impacto cerca de Gabriel que iba en la última posición de nuestra cadena, definitivamente no eran disparos a matar sino sólo aviso a que no siguiéramos el ascenso.

Se acercaron a nosotros, Min-Yun y su compañero traían pistolas en mano y nos exigieron que les diéramos todos los tanques de oxigeno que tuviéramos; yo me dirigí a ellos y les dije:

—¿No tuvieron suficiente quedándose con uno de nuestros tanques abajo?, porque no nos dejan en paz y regrésense si no tienen más oxígeno o medicina, por qué nos molestan a nosotros —dije algunas obscenidades en español que obviamente no entendió pero captó el mensaje.

Me colocó el revólver en mi frente diciéndome:

—No te estoy preguntando tu opinión, dame tu último tanque y dile a los demás que se preparen con los de ellos —jalando el martillo de la pistola y poniendo su dedo en el gatillo.

—¡Espera! —Gritó Miguel—, ¡te daremos lo que quieras!

Nos despojamos de nuestros tanques de oxígeno, se los entregamos, en ese momento me di cuenta que Rafa cautelosamente abrió levemente la llave de su tanque y se lo entregó de esa forma, no me explicaba porque hacía eso, el oxígeno escapaba por la válvula, el sonido era casi imperceptible, Min-Yun lo tomó y lo colocó en su mochila, luego nos exigió que le entregáramos la medicina que traíamos y así lo hicimos, yo hervía de coraje pero tenía impotencia de hacer algo que nos pudiera costar la vida.

Decidimos continuar el ascenso en lugar de regresar, que probablemente hubiera sido lo más prudente. Unos cuantos metros en nuestro ascenso, oímos un nuevo disparo de Min-Yun celebrando su triunfo, fue sólo unos segundos después que una fuerte explosión ocurrió, seguramente fue el tanque de oxígeno que inteligentemente Rafa había dejado medio abierto, que al disparar Min-Yun produjo la impresionante detonación; nos echamos al suelo, de pronto, se escucho un estruendo esta vez por encima de nosotros, Miguel, Laurencio, Gabriel y Pedro se habían separado de la cuerda durante el robo y sólo Rafa y yo nos encontrábamos atados con la cuerda que nos había unido, el ruido se hacia cada vez más intenso como la máquina de un tren viniendo hacia nosotros, al levantar la vista pude ver que era una avalancha y en menos de lo que pude reaccionar estaba ya encima de nosotros llevándose como un borrador a Miguel, Laurencio, Gabriel y Pedro, los perdí de vista inmediatamente como si se los hubiera llevado el viento, Rafa y yo pudimos reaccionar moviéndonos detrás de unas rocas grandes, el movimiento brusco de la nieve nos empujó hacia abajo por lo menos unos cien metros, nos deslizábamos a gran velocidad, como un acto reflejo, saqué mi hacha de hielo, la enterraba sin lograr detenernos, Rafa cayó en una zanja impresionantemente grande, jalándome fuertemente de mi arnés lo que hacia casi imposible que me detuviera. Con movimientos rítmicos utilizaba el hacha para tratar de asegurarme al hielo del glaciar, sin éxito, seguía deslizándome lentamente al precipicio donde se encontraba Rafa que colgaba libremente, sólo sujetado de la cuerda que nos unía, desesperadamente le grité:

—Rafa me sigo deslizando, espera a que me sujete mejor, ¡trata de no moverte!

—¡Esto fue mi culpa! —Respondió

—No importa, sólo mantente quieto, me oyes, ¡no importa!

Con una desesperación aterradora, trataba de clavar el hacha una y otra vez, hasta que logré tener un poco más de control, para entonces, ya me encontraba al borde del precipicio, lo único que nos sujetaba era la punta de metal de mi hacha enterrada en el hielo, mi brazo derecho perdía fuerza rápidamente, al mirar hacia abajo veía a Rafa indefenso, colgando de la cuerda que nos unía, le grité de nuevo:

—Creo tener las cosas bajo control Rafa, trata de moverte como un péndulo para tratar de que te sujetes del borde —temía que iba a ser imposible.

—Voy a intentarlo —gritó nerviosamente.

Rafa se trató de mover hacia los lados poco a poco hasta lograr movimientos de más angulación pero no llegaba al borde, yo no podía reposicionar el hacha debido a que todo el peso de los dos se encontraba en ella. Traté de utilizar mi mano izquierda para sujetarme, pero sólo se deslizaba sobre el hielo, no había punto de apoyo. Continuamos así por unos minutos y el hacha lentamente empezaba a deslizarse hacia mi, ya no podía sostenernos más, necesitaba disminuir el peso y le pedí a Rafa que dejara caer su mochila para aligerar la tensión de la cuerda, lentamente, desató su mochila dejándola caer al precipicio, pude sentir menos peso pero me era imposible sostenerlo por más tiempo, Rafa sabía esto claramente y me dijo:

—Santiago, no te preocupes, todo va estar bien —se dirigió a mí con una voz muy calmada.

—Trata de subir por la cuerda ¡no te voy a dejar caer! —sujetándome lo más fuertemente posible de mi hacha.

En ese momento me di cuenta que éste era el final del capítulo, no había escapatoria, los dos acabaríamos en el fondo de este precipicio, cerré mis ojos por unos segundos y por primera vez en muchos años le pedí a Dios que nos ayudara, especialmente a Rafa, yo estaba listo para partir.

De nuevo, miré hacia donde se encontraba Rafa que sin éxito, trataba de subir por la cuerda, se daba cuenta que con cada movimiento, yo perdía fuerza de mi brazo y no sabía si el agarre del hacha aguantaría más, abrió su chamarra, se dirigió a su cuello, se quito el crucifijo que traía, lo lanzó hacia arriba cayendo a unos cuantos metros enseguida de donde yo me encontraba, se detuvo, me miró fijamente a los ojos diciéndome:

—Santiago, hay muchas cosas bellas en la vida que te esperan, no pierdas la fe, yo te veré pronto y siempre estaremos contigo —sacó su cuchillo y cortó la cuerda de un solo pase.

—¡Noooo!, ¿por qué, por qué? —Grité desesperado al ver el cuerpo de Rafa desaparecer en la oscuridad de ese precipicio.

Me reincorporé, lloraba como niño, me arrodillé al lado del precipicio para ver si podía observar donde había caído Rafa pero era imposible observar el final, podía únicamente ver los primeros cien a ciento cincuenta metros, no más allá.

Me puse en pie, tomé el crucifijo y lo colgué de mi cuello, caminé en múltiples direcciones buscando rastros de Miguel, Pedro, Laurencio y Gabriel, no pude encontrarlos, ni tampoco rastros de la expedición china, la nieve de la avalancha inevitablemente los había sepultado.

Me preguntaba incesantemente, incrédulo, si podría ser, que sólo yo hubiese sobrevivido y doce personas murieran en sólo unos minutos.

Busqué entre la nieve por horas, descendí y volví a subir varias veces tratando de encontrar rastros de vida, removía la nieve en ciertos puntos para determinar si debajo, enterrado, se encontraba alguien con vida.

La avalancha había sido tan masiva que podía ver nieve fresca hasta doscientos metros abajo de donde me encontraba. Antes de que cayera el sol pude observar el cuerpo de uno de los montañistas chinos que seguramente había caído a un valle de hielo durante la avalancha, me acerqué lo más posible, le gritaba desesperado para ver si había signos de vida pero su cuerpo se encontraba inerte. Un poco después, armé mi tienda de campaña, pensaba seguir la búsqueda por la mañana.

No pude dormir esa noche, estaba atento a algún ruido, alguna señal de vida a la que pudiera acudir, salía constantemente de mi carpa, en una de esas ocasiones observé una multitud de estrellas que se encontraban, brillantes, no había luna, la oscuridad era abrumante, el silencio, al mismo tiempo, era ensordecedor.

Finalmente vi al sol aparecer por la mañana, empaqué mi carpa y comencé a buscar de nuevo, me acerqué al borde de la cañada donde se encontraba el cuerpo del chino, no había signos de vida, continuaba inerte, era imposible para mí llegar hasta esa localización, utilicé mis binoculares y me di cuenta que su cabeza se encontraba enterrada en la nieve, no había movimiento alguno. Decidí regresar al lugar donde había caído Rafa, aseguré la cuerda para descender y buscarlo, sólo pude hacerlo aproximadamente a unos cincuenta metros y me di cuenta, que aunque era imposible que hubiera sobrevivido a la caída, le gritaba con desesperación, sin respuesta alguna.

00000

Así pasaron tres días de búsqueda incesante, no había signos de vida, no encontré ni siquiera los cuerpos. Parecía como si la montaña se los hubiera tragado de un solo bocado.

Por la tarde, al ponerse el sol, caminaba alrededor de mi campamento, todo parecía estar en calma, de pronto, pude escuchar un rápido ruido rítmico que provenía detrás de mi carpa. Al acercarme, pude observar un ave blanca, parecía una paloma buscando emprender su vuelo. Repentinamente se elevó desapareciendo en el horizonte de la montaña. Me incomodó profundamente el pensar que pudiese estar alucinando de nuevo, siendo pues a esa altitud era simplemente imposible que un ave, más aun, una paloma estuviera aquí.

Me encontraba a sólo dos días de camino para llegar a la cumbre, podía verla a la distancia, como retándome silenciosamente. Por un momento, sonreí irónicamente pensando que todo parecía estar en mi contra, el camino estaba claro pero era, sin duda alguna, de dos sentidos.

Tenía los suficientes víveres para sobrevivir incluso el descenso, pero no tenía oxígeno ni medicina. En esos momentos, la soledad y el silencio eran mis únicos compañeros. Esa noche tenía que tomar la importante decisión: estar tan cerca, regresar fracasado, la muerte rodeándome y un sueño roto, o jugarme el todo por el todo, conquistar la montaña y cualquiera que fuera la consecuencia yo podría vivir con ella, pero definitivamente no con el fracaso. Estaba seguro, que si mis compañeros estuvieran aquí conmigo, me empujarían a subir sin importar el riesgo que ciegamente había tomado de la mano, desde el primer día que puse pie en el hielo de esta Montaña.

K2   K2   K2   K2   K2

4

Camino a la cumbre

AL AMANECER SENTÍA UN POCO DE MÁS ÁNIMO, empaqué y mochila a la espalda, mi cabeza giró rumbo a la cumbre no hacia abajo, empecé el ascenso con pequeños avances, mi respiración estaba mejor, cada paso era doloroso pero observaba un azul brillante en el cielo aunado a una brisa apenas perceptible.

No quise voltear atrás, dejaba sólo recuerdos, ahora el camino marcado era únicamente hacia arriba, a mi cometido. Así pasaron las horas, tomaba tiempo para descansar ahora mucho más que cuando subía con el grupo, paso a paso, moderando mi respiración, manteniéndome hidratado y mi mente clara. No podía evitar ver las caras de mis compañeros, recordándolos con gran dolor pero al mismo tiempo, sin duda alguna, ellos me mantenían en pie.

Eran aproximadamente las cuatro de la tarde cuando

mi altímetro ya marcaba 7,990 metros, me senté a descansar y observé con mis binoculares lo que me esperaba al siguiente día; un callejón rodeado de gigantescas acumulaciones de hielo en sus paredes laterales con una inclinación es de cincuenta a sesenta grados y era posiblemente la parte técnicamente más difícil de escalar de todo el trayecto, me encontraba a los pies de lo que se conoce como el "cuello de botella". Tenía que descansar, estar en buen estado anímico y físico para poder lograr cruzar este gran obstáculo, donde muchos desaventurados han perdido su vida. Decidí establecer mi último campamento aquí donde todo parecía estar en paz, en silencio.

Erguí mi carpa, cené, tomé té y leí el capitulo final del libro que me entretenía.

Salí a apreciar el majestuoso atardecer, que es indescriptible a esta altitud, era como estar al pie de las escaleras del cielo, los colores que el sol proyectaba, desde el rojo hasta el morado, en todas sus variedades, acariciando suavemente las pocas nubes que se veían vestidas de fiesta, y la nieve, aquel manto blanco cubriendo las innumerables montañas que se encuentran por debajo de ésta, rindiéndole pleitesía a su majestad.

Tenía una sensación de poder, pero al mismo tiempo, de tristeza y coraje, sabía que lo que seguía iba a determinar mi destino, mi vida.

El viento golpeaba mi chamarra violentamente y empezó a ser intolerablemente frío, me metí de nuevo a mi carpa recordando la frase que Hemingway decía en su libro, que acababa de terminar, "El hombre no está hecho para la derrota. Un hombre puede ser destruido pero no derrotado", repitiendo esa frase en mi mente cerré mis ojos y quedé profundamente dormido.

00000

Al levantarme noté que el dolor de mis pies era más intenso y la coloración oscura había llegado ya a tres dedos de mi pie derecho, también a dos del izquierdo, tenía una pequeña ulceración en talón del pie derecho sin signos de infección, apliqué crema antibacterial que afortunadamente habia empacado, coloqué mis calcetas y botas. Desayune café frío, barras de proteína y tomé algo de miel que traía, me fue casi imposible sacarla del contenedor debido al frío, que la había hecho extremadamente densa. Ya listo, comencé el ascenso final a la cumbre, mi respiración era más difícil pero pude mantener el paso, y en aproximadamente una hora y media ya estaba en el "cuello de botella", que tiene una longitud de ciento cincuenta metros y se encuentra a 8,200 metros de altitud, en la conocida "zona de la muerte", pasándolo, la cumbre estaba a tan sólo cuatrocientos metros.

Empecé el ascenso con mucha cautela, sin desesperación para no tratar de abarcar mucho con cada pisada, me aseguraba al hielo con la cuerda en el arnés y el sistema de anclaje en caso de caer, el cual me serviría de punto de referencia y apoyo, tuve algunos deslices leves pero pude superar este gran obstáculo en el cual me ocupé por dos horas.

Al terminar, me sentía completamente abatido, sin fuerzas, empecé a toser sin parar, al mirar mi guante y la manga de mi chamarra que usé para cubrirme, pude observar un color rosado en mi saliva como si contuviera sangre diluida. Sabía, sin dudarlo, que si seguía en esta altitud por más tiempo, la privación de oxígeno podría matarme.

Con un ritmo lento pero seguro, continúe escalando, ya eran sólo unos cincuenta metros para llegar a la cumbre. Me detuve varias veces para inspirar profundamente, sentía que no me alcanzaba el aliento, pero mi deseo de llegar era tan grande que seguí adelante. Pensaba en todo lo que había pasado para llegar a este punto, era como un impulso que me empujaba incesantemente para lograr llegar a mi objetivo.

Finalmente, estaba a sólo un metro de la cumbre. Antes de dar este último paso, que me pondría en lo más alto de esta montaña que con tanto esfuerzo y sacrificio había logrado, esperé unos segundos, cerré mis ojos y le dediqué en silencio este logro a mis compañeros de viaje que ya no estaban conmigo y que desafortunadamente no podrían verlo.

Di el último paso, me coloqué en lo más alto de la K2, "La Montaña Salvaje", era la cumbre, donde muchos sueñan estar y otros han pagado con su vida tratando de conquistarla.

En lugar de mirar hacia abajo, levanté mis brazos, volteando hacia arriba agradeciéndole a Dios por haberme permitido llegar aquí, lentamente bajé mi mirada, roté trescientos sesenta grados para observar la grandeza de estar en la cumbre.

Un sentimiento de felicidad y dolor me invadió como si estuviera poseído por una fuerza extraña, indescriptible, era el final de un trayecto y al mismo tiempo…el principio de otro.

Me puse de rodillas por unos minutos y después me senté observando cómo desde la cumbre, todo parece palidecer debajo de su grandeza, las cordilleras circunvecinas parecen ser el preludio, el primer escalón únicamente, dándole un sentido de dirección, un marco de vida, invitando a los aventurados a llegar a donde los sueños nacen.

Al apagarse poco a poco aquella magia, decidí sacar mi cámara de la mochila y tomé una variedad de fotografías para que formaran parte de mis recuerdos, me preparé para el descenso, que en las condiciones que me encontraba iba a ser definitivamente laborioso, tenía que descender lo suficiente este día, si fuera posible por debajo de los 8,000 metros.

0 0 0 0 0

Dejé la cumbre atrás, pero una parte de mí siempre estaría aquí, recordándome como un eco, día a día, que al llegar a lo más alto, no es el final sino el principio.

Al descender llegando de nuevo al "cuello de botella",

me até a los puntos de anclaje y descendí sin problema, mi respiración era rápida, los ataques de tos mucho más frecuentes, mis pies no me molestaban tanto, por lo que temía que ya se hubiera establecido algo de muerte celular y era por eso que no sentía más dolor. Con un gran esfuerzo llegué al punto donde había establecido el campamento anterior, aproximadamente 7,900 metros, aún en reposo me sentía aletargado, con falta de respiración, caí rendido de cansancio y no desperté hasta la mañana siguiente. Al quitarme las botas observé que el oscurecimiento de los dedos de los pies era mucho más marcado en los dos lados, la ulceración era más grande y mi estado general se deterioraba. Comprendí que si no bajaba lo antes posible, mi estado físico se deterioraría aún más. Me puse en marcha y puede avanzar un buen tramo, descendí aproximadamente seiscientos metros ese día y otros seiscientos al día siguiente. Ya me encontraba cerca de la pequeña cabaña donde intentaba llamar por radio para pedir mi rescate pues me era casi imposible caminar, mi respiración era más laboriosa a pesar de que la altitud era menor, seguramente tenía aún más liquido en mis pulmones, tosía cada tres a cinco minutos con flemas sanguinolentas.

Al final del día llegué a la cabaña, me despojé de mis botas notando hinchazón y una coloración ahora casi púrpura, usé el radio de inmediato y pedí ayuda, me contestaron diciéndome:

—"Podemos mandar un helicóptero por la mañana si el tiempo lo permite, por favor use oxígeno y manténgase

cubierto para evitar más el enfriamiento, mandaremos paramédicos en el helicóptero. El mensaje del radio estaba
entrecortado."

Yo les respondí y les expliqué que de la forma en que
me sentía no sabía si iba a poder sobrevivir la noche, pero
me respondieron que en menos de una hora ya no habría
luz del día, lo que haría el viaje extremadamente peligroso para la tripulación.

No había signos de tormenta, el reporte del tiempo sólo pronosticaba vientos moderados del noreste; decidí re-
costarme en uno de los catres, no desperté hasta oír el
ruido del helicóptero, para entonces, ya me encontraba en
una camilla médica de transporte rumbo a la ciudad, seguramente perdí el conocimiento durante la noche.

0 0 0 0 0

Mi siguiente memoria fue el verme en una cama de
Hospital, con una línea de plástico en mi mano izquierda,
líquido intravenoso y una máscara de oxígeno, mis pies
estaban vendados, de reojo pude ver a una de las enfermeras, le pregunté hablando en inglés y español:

—¿Dónde me encuentro?

Ella no me contestó, posiblemente no me entendía, salió del cuarto y unos minutos después, entró un hombre
de aproximadamente cincuenta años hablándome en inglés diciéndome:

—Soy el doctor Gurmani y te encuentras en la clínica
de Skardu —viendo mi expediente—. Tienes edema pul-

monar y daños severos por congelación en ambas extremidades inferiores, hay signos de infección en tu pie derecho, el tratamiento que necesitas no se te puede ofrecer aquí.

-¿De qué tratamiento habla doctor?

—Es muy posible que necesites la amputación de varios de los dedos de tus pies, esperemos que tu pie derecho se pueda salvar —Me miraba fijamente— Te vamos a mandar a Islamabad donde te puedan realizar la cirugía, por lo pronto vas a permanecer con antibióticos, oxígeno y otras medicinas para tu edema pulmonar.

—¿Cuándo me trasladarán, doctor Gurmani?

—Posiblemente mañana, cuando el helicóptero esté disponible.

—Gracias doctor por su ayuda.

—Sólo una pregunta —dirigiéndose a mí con mucha curiosidad.

—Claro, dígame doctor en que puedo servirle.

—¿Por qué se te ocurrió subir esta montaña solo?

—¿Solo?

—Sí, me indicaron que te encontrabas completamente solo.

—No doctor, iba con cinco compañeros que desgraciadamente perdieron su vida en una avalancha.

—Lo siento —bajando su cabeza ligeramente.

Se despidió y me dijo que me visitaría por la mañana antes del traslado.

Durante el turno de la noche se acercó una enfermera a medicarme, me encontraba confundido, mareado pero tomé la oportunidad de preguntarle acerca de esta ciudad donde me encontraba.

—¿Dónde se encuentra Skardu?

—Estamos al norte de Pakistán, es un pueblo turístico pintoresco con mucha historia, muchos alpinistas vienen aquí antes de subir a las montañas del Karakoram —me respondió sonriendo.

—¿Cuánto lleva trabajando aquí?

—Sólo unos cuantos meses, vine aquí de Islamabad y no quise regresar.

—¿Por qué?

—La vida es bastante tranquila aquí, es un lugar bellísimo, pero los inviernos son crudos, frío y nieve.

—¿Esta clínica es pequeña?

—Sí, sólo tenemos diez camas con dos doctores de planta —volteando a ver mi expediente—, dulces sueños y me inyectó una ampolleta en la línea intravenosa. Probablemente era alguna forma de narcótico. Perdí el conocimiento hasta la mañana siguiente.

Al despertar vi al doctor Gurmani en mi cabecera y me dijo:

—Tuviste un poco de fiebre anoche, tu oxigenación está mucho mejor, ya tenemos listo el traslado, será por el aeropuerto domestico de la ciudad, en línea comercial.

—No más helicópteros —le dije burlonamente.

—No, vas a ir a Islamabad por avión, el viaje por tierra a Islamabad por la carretera del Karakoram puede tardar hasta un día y medio.

—¿Y por avión doctor?

—Sólo una hora y media — me respondió sonriendo,
Firmó unos papeles y se despidió diciéndome:

—Buena suerte Santiago, ¿ese es tu nombre, correcto?

—Sí, el mismo, gracias de nuevo.

Me transportaron en una ambulancia al aeropuerto, el oxígeno me lo administraron por una cánula nasal y sólo pusieron un sello de heparina en mi intravenosa.

El aeropuerto era pequeño, me subieron al avión antes que nadie, colocándome en uno de los asientos de enfrente junto a la ventanilla, sólo iban unos diez pasajeros. Al despegar, pude apreciar la belleza de ese lugar, había un lago cerca de la ciudad, las montañas cubiertas de vegetación y nieve en sus cumbres. Saqué una de las revistas que se encontraban en el bolsillo del asiento de enfrente y pude observar lo hermoso que era ese pueblo que estaba dejando atrás. En una de las páginas desplegaban un hotel enfrente de un lago, estilo chino, que parecía un sueño, me prometí algún día regresar a visitar este pueblo.

Al llegar a Islamabad, me esperaba un paramédico, quien me acompañó durante mi transporte de nuevo al hospital, un centro médico grande, muy bien presentado en el corazón de la ciudad. Realizaron el proceso de admisión, me pidieron mis papeles, permisos, seguro médico y tomaron mi historial clínico, leyeron el reporte del doctor Gurmani tomaron radiografías y me transportaron a un cuarto privado en el quinto piso del hospital. Unas horas después entró el cirujano hablando inglés casi perfectamente:

—Mi nombre es Alexander Damanis, soy el cirujano

ortopédico encargado de tu caso —hizo un examen general y se concentró en mis pies.

—Doctor, ¿cuál es su opinión?

—Seguramente tenemos que amputar tres dedos de tu pie derecho, hay mucho daño por congelación en el pie también, pero creo poder salvarlo, dos dedos de tu pie izquierdo también tendré que amputarlos para disminuir el riesgo de infección.

—Está bien doctor, si no hay otra forma, adelante.

—Tienes suerte de estar vivo, tu edema pulmonar parece haber cedido lo suficiente para la anestesia de mañana.

Se despidió, salió apresuradamente me pareció un hombre de aproximadamente cuarenta años, pelo cano con rasgos pakistanís marcados.

Eché la cabeza hacia atrás y pensé que era un pequeño precio a pagar, comparado con muchos que han perdido extremidades o su vida como el caso de mis compañeros de viaje.

Esa tarde tuve fiebre, me administraron antibióticos y sedantes, las enfermeras del turno de noche hablaban únicamente urdu, así que me comunicaba casi con señales únicamente.

Salí bien de la cirugía, me encontraba adolorido y el doctor Damanis se acercó a mí diciéndome:

—Pudimos salvar tu pie, sólo los dedos fueron amputados, tuve que poner un injerto de piel sobre tu pie derecho, tu recuperación será larga pero exitosa —me lo dijo con una gran sonrisa y se retiró sin darme tiempo de agradecerle sus atenciones.

Descansé la mitad de la tarde y llegó el turno de la noche. En esta ocasión era una enfermera distinta, al entrar al cuarto y mirarla me quede paralizado, su piel era blanca como porcelana, sus ojos verdosos, su nariz un poco respingona, con cejas abundantes y su pelo era negro como la noche. Se dirigió a mí y me dijo hablando español a la perfección, con un acento que no podía ubicar:

—Qué bonito crucifijo lleváis.

—Perdón —le conteste nerviosamente.

—Sí, hombre, ¿de dónde lo habéis sacado?

—Es una historia larga de contar, le pertenecía a un buen amigo que falleció en la montaña K2.

—Sí, ya había escuchado tu historia, está en los diarios.

—¿A qué te refieres con los diarios?

—En el periódico de ayer.

—¿Me lo podrías enseñar?

—Al final del turno te lo traigo para que lo leas mañana.

—¿Cómo te llamas?

-Yumara

—Yo soy Santiago —le di mi mano y ella me dio la suya que era suave como terciopelo.

—¿Y ese nombre de dónde es? —le pregunté intrigado.

—Es de origen árabe, me llamo Yumara del Rocío.

—Suena muy interesante, ¿tiene algún significado?

—Quiere decir princesa, se le ha ocurrido a mi madre, soy de un pueblo cerca de Sevilla, España, y por allá estos nombres son comunes, —¿tú eres mexicano, no es así?

—Sí, —le contesté mirándola como si hubiera visto a

un ángel.

—No había visto un crucifijo como el tuyo es bellísimo, me permites verlo más de cerca —lo tomó con su mano y lo observaba detalladamente mientras yo la miraba a ella fijamente.

—¿Qué haces aquí en Pakistán desde España?

—Vengo con un grupo de misioneros de mi pueblo, ya he estado aquí por dos años, la verdad, sólo venía por unos meses.

—No tienes idea que bien me hace hablar español de nuevo, me hiciste sentir en casa por unos momentos.

—Anda 'quillo', a dormir, que tu recuperación será larga — mirándome, me lo dijo en tono de juego.

Salió del cuarto, yo me quedé perplejo, saqué el crucifijo de Rafa y lo besé agradeciéndole este gran regalo, al final él tenía razón, me sentía afortunado de estar vivo por primera vez en mucho tiempo.

Al despertar al día siguiente, encontré el periódico de dos días antes en la mesa de noche, que seguramente Yumara dejó antes de terminar su turno. Estaba escrito en urdu, así que no pude leerlo, pero vi una foto mía en el encabezado cuando me bajaban del helicóptero, la verdad, me veía en malas condiciones, mi pelo largo, flaco y una barba de por lo menos dos semanas de crecida, había bajado probablemente unos siete a diez kilos durante esta odisea.

No podía esperar el momento en que Yumara apareciera esa noche por la puerta, le pedí a la enfermera de turno que si podía ser ella la que cambiara mis vendajes y me diera el tratamiento en el área del injerto de piel, sin ningún titubeo accedió a que Yumara lo hiciera, aparentemente tenía mucha experiencia en injertos y amputaciones pues ella había trabajado en el área de quemaduras. Esa tarde me sentía triste, a pesar de estar vivo y recuperándome, un sentimiento de pérdida me invadió y las lágrimas mojaron mis ojos sin poder controlarlo, de pronto la puerta de mi habitación se abrió, entró Yumara diciéndome:

—Buenas noches, me di cuenta que hiciste arreglos para que yo fuera la que te hiciera el cambio de vendaje.

—Disculpa, espero no te hayas molestado —al tiempo que me limpiaba las lágrimas de mis ojos.

—¿Estabais llorando?

—Sí, es posible que las medicinas me estén afectando, me invadió la tristeza.

—Venga, Santiago, deberías dar gracias a Dios que estás vivo.

—Claro que sí, todos los días lo hago, no es que no lo agradezca, simplemente es por todo lo que he pasado en las últimas semanas.

—¡No te preocupes, que yo te daré otro tipo de lágrimas ahora!

Con mucho cuidado descubrió mis pies, era la primera vez que los veía después de la amputación de los cinco dedos y el área del injerto era impresionante, Yumara procedió con la curación, limpió las heridas y las cubrió de nuevo, no sentí dolor, no podía dejar de ver su hermosa cara.

—¡Vale, ya terminé! —Me dijo sonriendo.

—¿Podrías leerme lo que dice el periódico que dejaste aquí por la mañana?

—Claro —tomando el periódico en sus manos y sentándose enseguida de mí en la cama, leyó el encabezado:

"Montañista solitario, proveniente de México logra escalar la montaña K2. Desastre para expedición china".

—No puedo creer que no le den crédito a mis cinco compañeros, ¿de donde sacaron esa información?

—Abajo dice que revisaron tu cámara fotográfica y no había evidencia de que fueras con alguien más, vieron las fotos de la cumbre, hablan de la expedición china la cual era dirigida por el teniente Min-Yun, Aparentemente era buscado por las autoridades en china, por robo y asesinato.

—¿Qué más dice? —le pregunté ansiosamente.

Yumara leyó en voz alta:

"No hay precedente en la historia de la Montaña K2, de que un montañista solo, haya conquistado la cumbre y sobrevivido".

"Se encontraba el Montañista Santiago Cazorla inconsciente y en pobres condiciones de salud cuando fue rescatado del segundo puesto en la montaña, fue trasladado de Skardu a Islamabad esta mañana para tratamiento médico, se espera que

se recupere favorablemente."

—¡No puedo creer que hayan visto mis fotos!, de hecho seguramente traigo algunas de mis compañeros —le señalé a Yumara donde estaba mi mochila—, ¿Me pasarías mi cámara por favor?

—Claro

Empecé a revisar las fotos de mi cámara, claramente recordaba haber tomado varias de ellos, pero para mi sorpresa, no aparecían en ninguna de ellas, era como si nunca hubieran existido.

—¿Me estaré volviendo loco Yumara?

—Debes de tener tu mente más clara, ahora no te preocupes —puso su mano en mi frente—, venga, descansa un poco, mañana será otro día.

Se quedó unos minutos más, sentada en la cama, la miraba atónito, tomé su mano y le dije:

—Muchas gracias por todo Yumara, esto es tan confuso que ya no sé que creer.

—Estaré aquí mañana por la tarde para darte tu tratamiento, descansa.

Descansé mi cabeza en la almohada y me puse a pensar que en realidad la única evidencia de que ellos existieron, está en mi memoria y en este crucifijo que traigo colgando de mi cuello.

K2 K2 K2 K2 K2

5

El señor Patel

AL PASAR DE LOS DÍAS ME SENTÍA MEJOR, LLEGUÉ A formar una relación de amistad muy cercana con Yumara, a pesar de que en la superficie todo parecía ser eso, amistad, me era difícil ocultar mis sentimientos hacia ella, había ocasiones que platicábamos por horas si su trabajo lo permitía. Siempre esperaba ese momento en el cuál se abría la puerta de mi lúgubre habitación y ella, al entrar, iluminaba la tarde, era sin duda, el mejor momento del día para mí.

Nunca había estado enamorado de alguien, tuve algunas novias informales pero nada como lo que yo sentía por ella, era todo, su forma de ser, tan trivial, sencilla, su actitud ante la vida y su belleza. No estaba seguro si por estar pasando por esta situación me haya hecho más vulnerable, pero pienso que finalmente quedé enamorado.

Yumara parecía corresponderme, pero por su profe-
sionalismo, pensaba que no lo podía hacer más evidente.

Esa tarde recibí una llamada de mi único hermano,
Roberto, que era dos años más joven que yo, estaba molesto porque no le había avisado que planeaba escalar la
montaña K2, me dijo que había visto las noticias y cuando
mencionaron mi nombre casi se desmayó. Me dijo que si
estaba loco al haber emprendido esa expedición solo, sin
apoyo, y al mismo tiempo se ofreció a venir a verme, pero
le dije que no era necesario que estaba bien y que pronto
me darían de alta en el hospital.

Roberto estaba casado y tenía dos hijos, nuestros padres habían fallecido en un accidente automovilístico hacía quince años; él era la única familia que tenía.

Le dije a Roberto que iba a pasar una temporada fuera
debido a que tenía que recuperarme. Nuestros padres nos
habían dejado una buena fortuna y a pesar de que los dos
teníamos carreras profesionales, agraciadamente, no de-
pendíamos de nuestros trabajos para subsistir.

Me dio mucho gusto hablar con él, a pesar de que no
nos frecuentábamos por cuestiones de trabajo o viajes, él
vivía en la ciudad de México y yo en los Estados Unidos.

o o o o o

Ya llevaba diez días internado en el hospital, mi mejoría era marcada, por primera vez me puse de pié usando las muletas y bajé al área de terapia física, estaba listo para salir de este lugar, lo único que me mantenía feliz era ver a Yumara diariamente, en su turno de noche.

El doctor Gurmani me visitó por la mañana y me dijo que estaba listo para salir, que las terapias podrían ser del día siguiente en adelante, como paciente externo.

Esa noche, la esperaba ansiosamente pero no llegó, entró la enfermera de turno y le pregunté:

—No lo tome a mal, pero, ¿qué pasó con Yumara?.

Era una enfermera de edad mayor, volteó sus ojos hacia arriba, en señal sarcástica, se imaginaba que yo tenía sentimientos por ella y me contestó:

—Llamó ayer por la tarde, aparentemente tuvo una emergencia familiar, hoy por la mañana salió su avión rumbo a España.

—¿Qué fue lo que pasó?

—No lo sé con exactitud pero tengo este recado que te dejó antes de irse.

—Gracias, disculpe que la haya molestado —agregué con cortesía.

—No te preocupes Santiago, todos sabemos que hay algo entre ustedes dos.

—¿Cómo?

—No estamos ciegas, aquí en el piso, todo se sabe —sonriendo me pasó el sobre que había dejado Yumara con mi nombre.

—¿Mencionó ella algo de mí?

—No te lo puedo decir, pero cada vez que llegaba su

turno lo primero que hacía era preguntar por ti.

—Gracias, no sabe lo feliz que me hace escuchar esto.

—No puedes decirle nada de lo que te platiqué, es ilegal para nosotras enamorarnos de nuestros pacientes.

—¿Quién habló de amor? —me quedé completamente frío.

—Disculpa, no quise decir eso, bueno, ya es tiempo de que me retire, buenas noches.

La enfermera salió del cuarto, abracé el sobre antes de abrirlo como un adolescente soñador, tenía su olor, que me volvía loco. Lo abrí y la carta decía:

"Santiago, sé que te van a dar de alta muy pronto, mi madre se puso enferma en Sevilla, voy a pasar una temporada con ella, la verdad ha sido un placer conocerte, espero poder seguir en contacto contigo, encuentro nuestras pláticas de lo más interesante y te voy a extrañar muchísimo, aquí incluyo la forma de contactarme si lo deseas.
Besos,
Yumara del Rocío".

Era un encuentro de sentimientos, por un lado saber que ella sentía algo por mí, me hacía el hombre más feliz, pero al mismo tiempo sabía que ahora se encontraba muy lejos.

Llegó el día, finalmente, me dieron de alta. Me despedí cordialmente de las enfermeras del piso donde me encontraba, aun de aquellas que no hablaban una gota de inglés, les di un beso a todas y les agradecí sus cuidados. Me transportaron en una silla de ruedas al taxi que me esperaba afuera del hospital y bajaron casi todas a despedirme deseándome suerte en mi recuperación. Poco antes de subir al taxi me detuvo un hombre, elegantemente vestido de traje y corbata, parecía de origen europeo hablándome en español con un acento que desconocía, me pidió una entrevista para una revista local. Le dije que por el momento no quería hablar de mi viaje hasta que me sintiera mejor. Me dio su tarjeta y con mucha insistencia me dijo que lo contactara cuando estuviera listo, noté que me observaba detalladamente, lo cual me hizo sentir incómodo.

Le indiqué al taxista que me llevara al hotel que Yumara me había recomendado, se encontraba relativamente cerca del hospital y contaba con servicio de transporte por las mañanas, lo que facilitaría ir a mis terapias como paciente externo.

Podía apoyar mi pie izquierdo, pero me prohibieron que apoyara el derecho por tres semanas.

Antes de subir al cuarto, compré unas tijeras y navajas de rasurar desechables, al llegar, me senté un rato a descansar poco después me dirigí al baño, me corté la barba y después me afeité. Me notaba más delgado, con el pelo largo un poco arriba del hombro, lo cual no me molestaba, me veía bien, ya me había vuelto el color a la cara.

Al verme en el espejo noté el crucifijo en mi pecho e inmediatamente me vino a la cabeza Rafa, Miguel y los demás muchachos, abrí mi mochila de viaje y en uno de los bolsillos laterales encontré el permiso para la expedición que me habían dado aquí mismo en Islamabad, para escalar la montaña. En ese momento, despertó mi inquietud de investigar en la oficina de Turismo; seguramente también habría archivos de ellos.

Fui a la tienda de ropa que se encontraba a sólo dos puertas del hotel donde me hospedaba, un lugar elegante, con ropa de diseño inglés, compré un saco azul marino, unos pantalones grises y un par de camisas, una de color blanco y otra azul claro, puse el bulto debajo de mi muleta izquierda, caminaba con dificultad y al entrar de nuevo al hotel uno de los recepcionistas me ofreció ayuda al ver que aplastaba mi ropa nueva con la muleta. Subí al cuarto por el elevador, me entregó el mozo del hotel mi paquete, me cambié e inmediatamente me dirigí hacia la oficina de Turismo para investigar más a fondo lo ocurrido.

Tomé un taxi que me llevó a la oficina donde obtuve el permiso para la expedición, ya era tarde y temía que estuviera cerrada, bajé lo más rápido posible del taxi, fui uno de los últimos en entrar, había poca gente, a lo lejos, pude reconocer al viejo Kabir quien me había dado el permiso hacía casi un mes. Me dirigí a él y al levantar su vista me miró de cerca, se levantó, me dio un abrazo el cual, yo correspondí abrazándolo aun con más fuerza como si fuera alguien muy querido. Kabir, me dijo:

—Ya leí la noticia en el periódico, me da gusto que hayas bajado a salvo.

-Se lo agradezco mucho, pero también vengo a hacerle una pregunta.

-¿De qué se trata, Santiago? —Intrigado me miraba a los ojos.

—Cuando vine a sacar mi permiso, ¿estaba solo o con mis compañeros?

—Santiago, viniste solo, yo creí que estabas loco por tratar de hacer esa expedición sin un equipo de alpinistas.

—Es posible que mis compañeros vinieran algunos días antes o después, era una tarde lluviosa, ¿podría por favor buscar sus nombres en sus archivos?

—Claro, ¿cuáles son sus nombres? —Sacando el archivo donde tenía documentado mi permiso.

-Son mexicanos, Miguel, Gabriel, Rafael, Laurencio y Pedro.

-¿Sabes sus apellidos?

—La verdad, no los recuerdo…

—Déjame buscar.

Se puso sus lentes y buscó en los archivos hasta tres meses antes de la expedición.

—No encuentro a nadie de México con la excepción tuya ni tengo a nadie con esos nombres. Sabes, vino un reportero hace una semana a hacerme preguntas similares.

—¿Es esta persona? —Al tiempo que sacaba la tarjeta que me dio aquel hombre afuera del hospital.

—El mismo

—¿Y qué le dijo? —Le pregunté intrigado.

—Que no tenía la información que me pedía.

—¿No le mencionó que no había ninguna documentación de ellos?

—No, le di la mínima información, odio a los reporteros.

—Kabir, no sé si me estoy volviendo loco pero, ellos eran reales para mí.

—Sabes, —acercándose a mí, hablando en voz baja y volteando a ver que no lo escucharan—, tengo conocimiento de otros dos casos que han tenido eventos similares al tuyo.

—¿A qué se refiere?

—Ya estoy por salir, por qué no nos vemos en el café que está cruzando la calle —cerrando sus archivos—. Estaré ahí en un momento.

—Claro, ahí lo espero.

Me levanté intrigado, me movía lentamente, como entumecido, crucé la calle, llegué al café, pedí una taza de expreso doble y me senté a esperar a Kabir. Aproximadamente diez minutos después llegó con papeles en su mano, parecía que los había imprimido para mí, los puso en la mesa golpeándolos levemente y me dijo:

—Jacques Aubert declaró, hace quince años, como el único sobreviviente de un accidente aéreo donde su avioneta se desplomó en el corazón de los Alpes Suizos, el equipo de rescate, tardó más de dos semanas en encontrarlo, no se explicaban cómo había sobrevivido solo, durante todo este tiempo. El señor Aubert en su declaración, mencionó que estaba con otras tres personas durante todo este tiempo, sin poder comprobar su identidad o paradero.

»El otro caso es de un hindú, Tariq Patel, quien se encuentra internado en un hospital psiquiátrico en la ciudad de Lahore, a unos 260 kilómetros al suroeste de aquí, fue capturado por Al-Kaeda en las montañas de Afganistán, logró milagrosamente escapar y sobrevivió por tres semanas en las montañas. Cuando fue encontrado por tropas norteamericanas, el señor Patel reportó la ayuda de dos personas un hombre y una mujer, que de acuerdo a él, estuvieron asistiéndole en su escape, fue evaluado por psiquiatras encontrándolo mentalmente incompetente, ya tiene tres años en el hospital psiquiátrico de Lahore.

—No entiendo Kabir, ¿qué quiere decirme con todo esto?

—Es posible que tu caso sea similar al de ellos.

—Eran reales, no me cabe la menor duda, no estoy loco —le dije insistentemente.

—Puede ser que sí, pero necesitas investigar un poco más a fondo tu caso, para mí, estos eventos son fascinantes, tienes que encontrar por ti mismo que fue exactamente lo que te sucedió, te sugiero que no divulgues nada a la prensa o autoridades, es posible que te acusen de estar mentalmente inestable.

—Entiendo, pero, ¿qué fue lo que pasó entonces?

—Estoy seguro que encontrarás respuestas, ahora tengo que irme, si necesitas más información o ayuda aquí está mi número telefónico y mi dirección —escribiendo en una servilleta me proporcionó sus datos personales.

—Gracias por todo Kabir, esto abre un sin fin de posibilidades, definitivamente voy a investigar más a fondo —me despedí de Kabir y quedé de contactarlo al encontrar respuestas.

Al llegar a la puerta principal del hotel donde me hospedaba me detuve por un momento, de reojo vi al reportero que estaba interesado en mi caso salir de un taxi y dirigirse al hotel que se encontraba al cruzar la calle, me intrigó mucho, era como si me hubiera seguido durante todo este tiempo. No pensaba hablar con él, y menos darle una entrevista.

Las cosas que estaban tan claras para mí, ahora se volvían extraordinariamente complicadas, no paraba de pensar en mis compañeros, si no fueron reales, ¿quiénes eran en realidad?, ¿de dónde vinieron?

Ya estando en la habitación del hotel, por la tarde, llamé a Yumara para preguntarle cómo se encontraba su madre y simplemente para platicar con ella. Me explicó que había sufrido alguna forma de accidente cerebro vascular encontrándose paralizada de su lado derecho, aparentemente se recuperaba satisfactoriamente. Le pregunté que si regresaría pronto, me explicó que dependía de la mejoría de su madre, su hermana Rebeca que estaba de viaje llegaría en los siguientes días y posiblemente podría regresar si ella se quedaba a cargo de su madre.

La extrañaba tanto, me había dado inmensa felicidad durante mi estancia en el hospital que no podía ocultarlo, cada vez que pensaba en ella una gran sonrisa aparecía en mi cara.

Durante la siguiente semana acudí diariamente al hospital a terapia física y curaciones, finalmente podía apoyar mi pie derecho con la ayuda de las muletas, durante la segunda semana me permitieron apoyar con el uso de un bastón.

Cada vez que me subía a la camioneta de transporte

del hotel al hospital, observaba cuidadosamente si aquel reportero me seguía los pasos, pero afortunadamente ni rastros de él.

En mi última visita, finalmente me dieron de alta, me recomendaron que tuviera seguimiento ya fuese con ellos o algún cirujano ortopedista en las siguientes tres o cuatro semanas. Al sentirme mejor y más móvil, decidí empezar a investigar más de cerca los eventos ocurridos en la K2, era tiempo de abrir este misterioso capítulo.

Compré un boleto de tren en la línea "Islamabad Express" y me dirigí a Lahore, me tomó alrededor de cinco horas llegar a la estación llamada "Junction Raillway Station" en Lahore. A mi llegada, encontré que no era una ciudad pequeña, todo lo contrario, una gran urbe, decidí comprar un mapa para guiarme al lugar que encontré en la página del Internet. Al salir de la estación del tren y caminar buscando a un taxi tenía la extraña sensación de que alguien me miraba o me estaba siguiendo. Me dirigí a una pequeña tienda de abarrotes, entré, esperé unos momentos detrás de un aparador de revistas, observando cuidadosamente a mi alrededor sin comprobar mi sospecha. Tomé un taxi hacia el hospital donde se encontraba el señor Patel, al llegar, me di cuenta que era un hospital privado y pregunté por su paradero. La persona encargada amablemente me miró diciéndome:

—El señor Tariq Patel fue transferido unos meses atrás al hospital psiquiátrico del condado.

—¿Por qué razón señorita?

—Éste es un hospital privado y desgraciadamente el

señor Patel ya no tenía fondos para seguir aquí, ¿le puedo ayudar en algo más?

—No muchas gracias —le contesté dirigiéndome al elevador.

Al caminar me di cuenta que este hospital contaba con cámaras de circuito cerrado y guardias de seguridad. Posiblemente el hospital del condado era similar, por lo que tenía que elaborar un plan para que me dejaran verlo. Renté un cuarto en el hotel "Avari Lahore", para planear cómo entrar, pensaba cuidadosamente en cual sería la forma de convencer a el encargado o, aún mejor, la encargada de seguridad para poder hablar con este hombre que posiblemente tendría algunas respuestas a mis preguntas.

Esa misma tarde ansiosamente me acerqué al hospital, iba vestido con saco, pelo recogido, camisa de vestir sin corbata y lentes para leer. Me dirigí al pabellón psiquiátrico que se encontraba en el ala sur del hospital, en el primer piso.

El hospital era atenebre con un olor muy particular a medicina, desinfectante y enfermedad, tenía pasillos largos y oscuros, era posiblemente del siglo pasado. Tuve que caminar un buen tramo para llegar a esa área, mi pie derecho me molestaba por lo que frecuentemente me detenía a descansar.

Por fin, llegué al pabellón psiquiátrico, tal como sospechaba el área contaba con mucha seguridad en forma de cámaras circuito cerrado de televisión al igual que guardias que caminaban alrededor de la entrada distintivamente vestidos de blanco con gafetes al pecho. Me dirigí hacia la encargada de los visitantes que era una joven de facciones finas, nariz afilada y algunos kilos de más, y quien al verme sonrió ampliamente.

—Buenas tardes señorita, soy reportero y estoy interesado en hablar con el señor Patel —mostrándole la tarjeta de aquel reportero de Islamabad llamado Pietro Insurraga.

—¿No es usted familiar del paciente? —mirando la tarjeta de presentación y observándome con mucho interés, haciendo muecas indistintas con su cara.

—No, sólo quiero hacerle algunas preguntas, estoy escribiendo un artículo acerca de los prisioneros de guerra —trataba de ser cortés y al mismo tiempo coqueteaba con ella elogiando su collar que era de jade y plata.

—El señor Patel no ha tenido visitantes desde que llegó aquí.

—Me enteré que lo transfirieron recientemente.

—Bueno, sólo porque estás guapo te voy a dejar pasar, pero tienes únicamente quince minutos máximo, los doctores vendarán a su visita rutinaria pronto.

—Gracias señorita, ha sido un placer conocerla.

Al dirigirme a la puerta de seguridad la cual era actuada por un botón en el escritorio de la recepcionista, se levantó de su escritorio y me dijo en voz alta:

—¡Espera!

Yo me detuve en frío, cerré mis ojos y pensé que no había funcionado mi plan.

—¿Qué te pasó en tu pierna?, ¿por qué usas bastón? —

Me preguntó intrigada.

—Tengo gota y me molesta mucho mi pie, gracias por su interés —le contesté con una gran sonrisa.

—¡Que te mejores! —me volteaba a ver de arriba abajo.

Pasé las puertas de seguridad y entré a un cuarto bastante amplio, probablemente el área común de esta unidad, se encontraba un enfermero en un escritorio y le pregunte por el señor Patel, él apuntó a una persona sentada enfrente de una pequeña mesa, dormitando, con una bata de hospital, barbas largas y canosas, le calculé sesenta años de edad. Me acerqué a esta persona y le dije:

—¿Discúlpeme, es usted el señor Patel?

—Diga —me contestó sorprendido, abriendo sus ojos.

—Estoy aquí para hacerle algunas preguntas sobre los eventos alrededor de su captura y sorprendente escape, si no le molesta.

—Está bien, pero ya he dicho esta historia muchísimas veces, nadie me cree.

—No importa, yo voy a ver las cosas desde un punto de vista distinto.

—¿Cómo se llama?

—Pietro.

—¿Cómo?

—Pietro Insurraga.

—Pero si usted ya vino anteriormente ¿no es así?, recuerdo ese nombre, pero su cara es distinta.

—Se confunde señor Patel.

—A mí nunca se me olvida una cara. ¿Quién eres? —levantando la voz.

—De acuerdo, no soy Insurraga, me llamo Santiago, es un asunto personal, quiero preguntarle sobre las personas que le ayudaron a escapar y sobrevivir en la montaña.

—¿Por qué ese interés? —me miraba frunciendo su seño.

—Es personal, por favor me puede decir quiénes eran, es muy importante para mí.

Tardó en responderme, se quedó pensativo y me pareció ver lágrimas en sus ojos.

—No son de este mundo.

—A qué se refiere, ¿extraterrestres?

—No te burles joven, ten cuidado de lo que dices.

—¿Eran reales?

—¡Claro que sí, te lo digo! —levantó la voz de nuevo.

—¿Cómo llegaron a ayudarle?

—Simplemente aparecieron cuando trataba de escapar, me conocían de nombre, ella distrajo a mis captores y él se encargó de desamarrarme, se movían rápidamente como si supieran lo que iba a pasar —cerrando sus ojos como recordando esos momentos.

—Y, ¿qué pasó después?

—Me ayudaron a sobrevivir, eran excelentes cazadores, tenían técnicas muy avanzadas de sobrevivencia y tácticas militares.

—¿Eran soldados?

—No lo sé, simplemente desaparecieron la noche que me encontraron los soldados norteamericanos.

—¿Desaparecieron? —lo dije sonriendo.

—¡Tú tampoco me crees!, ¡eres como los demás!

Muy molesto me tomó de mi saco y me jaló violentamente hacia él, cuando hizo ese movimiento, mi crucifijo se expuso, al verlo, empezó gritar como desaforado, se acercó inmediatamente el enfermero y un ayudante, me lo quitaron de encima y le inyectaron una sustancia probablemente era algún sedante, él continuaba gritando:

—¡Es uno de ellos!, ¡es uno de ellos!, ¡captúrenlo! —Me señalaba cada vez más agitado.

Se lo llevaron de aquel lugar y el enfermero me explicó que ocasionalmente se ponía extraordinariamente agresivo, que no me preocupara, me preguntó si me encontraba bien y yo le respondí que no había sido nada, que no había problema, el enfermero me dijo intrigado:

—Pero, ¿qué fue lo que vio en usted?

—No lo sé, sólo le preguntaba de lo ocurrido durante su cautiverio —coloqué mi crucifijo dentro de mi camisa para que no lo viera el enfermero.

—El señor Patel sufre de estrés postraumático, no se ha podido recuperar, creo que es tiempo que usted se retire.

—Gracias por todo —salí de ese lugar por la puerta de seguridad, me encontraba temblando.

Al salir la recepcionista se dirigió de nuevo a mí y me dijo:

—¿Quieres mi teléfono?, puedes venir a verme cuando quieras —Lo dijo en un tono muy suave como pidiéndome una cita.

—Claro, regresaré mañana —le mandé un beso, me retiré lentamente y tomé el papel donde lo escribió, lo guardé en mi saco, con el susto que había pasado, se me olvidó el dolor de mi pie derecho.

Me detuve en la sala de espera de cirugía para descansar, me senté en una de las bancas pensando en lo ocurrido, me preguntaba por qué el señor Patel había reaccionado de esa manera al ver mi crucifijo «¿qué hay detrás de todo esto?», me pregunté. Me encontraba cada vez más confundido. No había encontrado respuestas pero claramente sabía que tenía que seguir mi búsqueda. Noté que la persona sentada enfrente de mí, una mujer entrada en edad, de pelo cano, se encontraba muy nerviosa, moviéndose incesantemente en su silla, estaba sola, unos minutos después salió uno de los doctores por una puerta automática, me imaginé que las salas de operaciones estaban detrás de dicha puerta, se dirigió a ella, tomó su mano por un momento y le dio alguna noticia en voz baja, ella tiró su cabeza hacia enfrente y empezó a llorar fervientemente, me di cuenta que no había nadie con ella que la consolara, puso sus manos en su cara y continuó llorando, sin saber lo que ocurría, me levanté y me senté enseguida de ella, puse mi brazo alrededor de sus hombros y ella recargó su cabeza en mi pecho, la abracé para tratar de consolarla, hasta que finalmente, paró de llorar.

En realidad no sabía que noticia había recibido pero me produjo mucha pena verla sola. Estaba seguro que, meses atrás, ni me hubiera acercado a ella, me había vuelto totalmente inmune al sufrimiento de los demás. Lo único que le proporcioné fue un hombro para llorar y ese simple acto, me hizo sentir bien. Ella trató de comunicarse conmigo en urdu pero le hice una señal de que no entendía, le ofrecí mi pañuelo lo cual me agradeció poniendo sus manos juntas y bajando su cabeza levemente, el pañuelo cayó al suelo y me arrodillé para recogerlo, cuando levanté mi vista, pude ver al reportero del cual sospechaba que me seguía, esta vez iba acompañado de otra persona, un hombre bien vestido, seguramente de origen nórdico, se dirigían al pabellón psiquiátrico. Me levanté sin que me vieran, y me dirigí a uno de los teléfonos que se encontraban en esta sala de espera, marqué el número de la recepcionista que alegremente me había proporcionado, al contestar le dije:

—Hola, ¿cómo estás?, soy el reportero que usa el bastón, ¿me podrías hacer un favor?

—Claro, qué se te ofrece bombón.

—En los siguientes cinco minutos van a llegar dos personas muy seguramente preguntándote por mí, ¿les podrías decir que no me conoces y que nunca estuve yo por allá?

—¿Qué pasa?

—Luego te explico el porqué.

—Claro, no te preocupes, yo me encargo de ellos, que tal si salimos a tomar un café cuando yo termine mi turno y me platicas de qué se trata todo esto.

—¿A qué horas terminas?

—En treinta minutos.

—Me parece muy bien,

—¿Dónde te encuentras?

—Estoy en la sala de espera de cirugía.

—Espérame en la cafetería del hospital, ahí estaré en treinta minutos.

Busqué en el directorio del hospital dónde se encontraba la cafetería y antes de salir de la sala de espera de cirugía, busqué a esta mujer que sufría por las noticias que le habían dado, pero ya no se encontraba sentada, al caminar hacia la cafetería observé que se encontraba en compañía de una enfermera, me dirigí a ellas y le pregunté a la enfermera si yo podía hacer algo por ayudarla, la enfermera amablemente me comentó que sus hijos estaban en camino, su marido acababa de morir en sala de operaciones por una complicación cardiaca. Me despedí de ella como si la conociera desde años y le di mi más sentido pésame, ella me miró con tristeza, hablando en urdu me dijo unas palabras que la enfermera tradujo al inglés:

—Que Alá te lleve y te dé buenaventura.

Me despedí, seguí caminando rumbo a la cafetería del hospital. Me senté en una mesa localizada en el rincón de la cafetería donde yo pudiese visualizar quien entraba y no estar tan obvio. Trajeron un menú, lo miré por unos momentos pero no tenía hambre, le pedí a la mesera un café y esperé pacientemente. Saqué del bolsillo de mi saco el mapa de Lahore, por el reverso había un mapa general de Pakistán, al estudiarlo, me di cuenta que había lugares turísticos entre Lahore e Islamabad que me interesaron visitar a mi regreso, decidí no tomar el tren al día siguiente, pensé contratar un taxista para ir a Islamabad y parar en las minas de sal que se encontraban entre las dos ciudades.

La mesa donde puse mi café se movía constantemente, la mitad de mi café se derramó, lo limpié con unas servilletas y al estar terminando la recepcionista apareció por la puerta, le señalé dónde me encontraba y se dirigió a mí. Se sentó, e inmediatamente me comentó que había escogido la peor mesa de toda la cafetería, sonriendo me dijo:

—¿Por qué te buscaban esos hombres?

Le contesté intrigado:

—No estoy seguro por qué me buscan con tanta insistencia, pero sospecho que me siguen… ¿Summana es tu nombre?, ¿lo pronuncié correctamente?

—No, es Summan.

—Platícame qué fue lo que pasó, Summan —le dije con una risa nerviosa.

—Al llegar, me preguntaron que si había visto a alguien con tu descripción y que si había alguien intentado platicar con el señor Patel. Les dije que nadie había estado aquí, que nuestro paciente no había tenido visitantes desde que había llegado aquí internado. Unos momentos después, el enfermero encargado del turno, salió comentándome que el señor Patel había causado una conmoción en la sala común, al oírlo, estas personas inmediatamente comenzaron a hacerle preguntas, yo intervine y traté de que no les diera información, pero él les comentó que el reportero causó el problema, ellos le preguntaron que a quien se refería, intervine rápidamente y les contesté que esa persona no era un reportero sino uno de los prospectos a estudiar psiquiatría; también les dije que no me explicaba por qué tuvo interacción con él paciente Patel, traté de cubrirte lo más posible. No hicieron más preguntas pero creo que infirieron que fuiste tú. Curiosamente el reportero me mostró la misma tarjeta que la tuya. Me puedes decir por favor ¿quién es el verdadero Pietro Insurraga?, ¿tú?, o ¿él?

—Te confieso —hice una pausa—, no soy Pietro, usé su tarjeta para que me dejaras entrar, espero que entiendas, no había otra forma de platicar con tu paciente.

—Bien, esto está muy interesante… Ellos te siguen, tú te haces pasar por otra persona y tratas de platicar con un paciente psiquiátrico, ¿voy bien?

—Correcto, quería que me diera algo de información de carácter personal, muy importante para mí.

—Soy toda oídos —me lo dijo mirándome fijamente poniendo sus manos sobre sus mejillas.

—Como te diste cuenta, no pude hablar con él, se puso agresivo.

—¿Por qué tanto interés en él?

—Sobreviví a un desastre en la montaña K2, estaba interesado en la experiencia del señor Patel, durante su cautiverio y escape.

—¿Fuiste tú el que salió en los periódicos de hace un par de semanas?

—Sí, el mismo.

—Ya entiendo —guardó silencio y no me hizo más preguntas al respecto.

—Y la otra persona que iba con Pietro ¿quién era? —Le pregunté.

—No lo sé, él se quedó callado, es un tipo que me provocó miedo por su mirada tan dura.

En esos momentos, entró a la cafetería un hombre maduro con una bata blanca, yo supuse que era uno de los doctores del hospital y mirando a las mesas, volteó al lugar donde nos encontrábamos, se dirigió inmediatamente a nosotros al reconocer a Summan. La saludó muy fervientemente y ella me lo presentó diciendo:

—Santiago, el doctor Mashori, es el director del departamento de psiquiatría del hospital.

—Mucho gusto doctor Mashori, mi nombre es Santiago —me levanté para saludarlo

Él miró mi bastón y me preguntó:

—¿Qué te pasó?, ¿por qué usas ese bastón?

—Tuve un accidente escalando una montaña.

—Espero te recuperes pronto.

—Dirigiéndose a Summan le dijo:

—¿Supiste del escándalo que hizo el señor Patel en el pabellón?

—Sí doctor, otro de sus ataques violentos.

—En esta ocasión dice haber visto a uno de esos seres extraños que le ayudaron a escapar de su cautiverio.

—Probablemente necesita más medicina, ¿no es así doctor?

—No lo sé, hacía ya tiempo que no había mencionado a estos "seres", algo desencadenó su ataque, me comentó el enfermero de turno que alguien se acercó a él a hacerle preguntas y eso produjo el ataque psicótico.

Yo intervine en la conversación y le pregunté al doctor Mashori sobre lo ocurrido:

—Doctor, a qué se refiere con estos "seres" que el paciente Patel menciona, estoy interesado en saber de ellos.

—No lo sabemos, continúa siendo un misterio, él pudo lograr escapar de un campamento militarizado sin problemas, era casi imposible que un hombre solo pudiese realizar tal hazaña, el campamento sufrió una explosión, todos los del grupo de Al-Kaeda murieron, él escapa y sobrevivió en las montañas por tres semanas, al encontrarlo los soldados norteamericanos, no encontraron armas, víveres, ni siquiera un cuchillo, lo interrogaron sobre lo ocurrido y él mencionó la ayuda de dos personas, sabía los nombres de ellos, podía describirlos con gran detalle, pero jamás pudieron ser localizados. Al principio creyeron que eran probablemente fuerzas especiales inglesas, pero al contactar al ejército inglés, ellos negaron haber intervenido, no tenían registro de ellos.

Al escuchar esto, el señor Patel sufrió de ataques psicóticos, se determinó que tenía estrés postraumático y se le internó en un hospital psiquiátrico. El continúa afirmando la certeza de estos eventos, incluso bajo hipnotismo.

—¿Y cuál es su opinión, doctor Mashori?

—Lo que yo piense es irrelevante, no creo en este tipo de eventos, ni puedo explicar cómo escapó, por otro lado, la ayuda de "seres" de otra dimensión con poderes especiales, como los describió el paciente Patel, pienso que son sólo obra de su imaginación debido a las circunstancias en que se encontraba.

—¿Por qué lo capturaron los del grupo de Al-Kaeda?

—Aparentemente, Patel tenía conocimiento de las montañas de Afganistán y lo contrataron las fuerzas norteamericanas para localizar al grupo terrorista.

—¿Tenía entrenamiento militar?

—No, es una historia interesante, él era un campesino que había vivido gran parte de su vida en esa área, aparentemente había visto al grupo de Al-Kaeda subir a las montañas tratándose de ocultar. Lo reclutaron para una misión de reconocimiento con dos soldados norteamericanos, que al tiempo de su captura fueron asesinados, los cuerpos fueron hallados en el campamento, atados, había evidencia que fueron ejecutados, días antes de que Patel escapara.

—En realidad la historia es fascinante doctor Mashori.

Summan me volteó a ver sabiendo que precisamente era la información que yo quería oír, guiñó su ojo derecho y sonrió.

—El doctor Mashori le dijo a Summan:

—Por favor no deje entrar a más reporteros, no le hace bien al paciente Patel.

—No se preocupe doctor, no volverá a pasar.

Dirigiéndose de nuevo a mí me pregunto:

—Y usted Santiago, ¿qué hace aquí?, ¿es amigo de Summan?

—Sí, vine a saludarla —le contesté con nerviosismo.

—Summan es una recepcionista excepcional, no es así Summan —en tono dulce, como coqueteando con ella.

—Lo que usted diga, nos vemos mañana doctor, ahora voy a llevar a Santiago a su hotel.

Se despidió de nosotros, fue al mostrador a pedir algo de tomar y salió de la cafetería unos momentos después.

Summan me pregunto:

—Ya tienes la información que querías y ¿ahora qué?

—Es un buen comienzo, todavía tengo muchas preguntas, voy a continuar investigando —me quedé pensativo, —¿No quieres algo de comer o un café?

—Sí, me encantaría un café.

Llamé a la mesera y tomamos un café, platicamos de la cultura pakistaní, de los lugares que había visitado y cómo me quedé interesado en el pueblo de Skardu al que prometí regresar en el futuro. Le comenté que planeaba regresarme al día siguiente en un taxi, el viaje por tren me pareció muy largo y quería parar en las minas de sal de Khewra, que se encontraban entre Lahore e Islamabad. Summan se ofreció a llevarme, siendo que al día siguiente era sábado, ella planeaba visitar a su hermana que vive en Islamabad. Summan me preguntó si estaba casado o si tenía novia, sentí que tenía interés en mí y la verdad a mí ella no me interesaba como mujer, no quería hacerle daño, así es que le dije que tenía novia y que la quería mucho. Se quedó callada por unos minutos, tomé su mano y le dije:

—Me robaron mi corazón, pero podemos ser amigos si a ti te parece, no te preocupes por llevarme mañana, yo sé que esto que te dije puede cambiar las cosas.

—No, de ninguna manera, vamos juntos así seguiremos platicando, sabía que había algo interesante en ti desde el momento que te vi, aparte de guapo, eres interesante —puso su mano enfrente de su boca riéndose.

—Muy bien, ¿a qué horas planeas salir de Lahore?

—A las diez de la mañana paso a buscarte en tu hotel.

—Me parece excelente, llega un poco más temprano y desayunamos juntos.

—No puedo, mejor comemos en el camino, yo me levanto temprano, mi desayuno es dietético, necesito perder algo de peso —riéndose de nuevo.

—Muy bien, nos vemos a las diez de la mañana estoy en el hotel Avari.

—¿Tienes teléfono móvil?

—Sí, éste es mi número, es local lo compré en Islamabad.

—Le pasé el número y lo grabó en su teléfono móvil.

Me levanté, le di un beso en la mejilla y le agradecí por todo lo que hizo por mí esa tarde, tomé un taxi al hotel. Eran cerca de las nueve de la noche cuando llegué, me dirigí al bar del hotel, ordené una copa de vino tinto, le pedí al mesero que fuera un vino local. Me senté pensativo, disfrutando de la música, estaba cerca de una escalera redonda que pasaba por encima de una alberca, los escalones eran transparentes, permitiendo observar el agua debajo de los pies, lo que me pareció genial. El hotel era elegante y al mismo tiempo moderno, con una mezcla de acentos orientales y europeos, largos pasillos con pisos de mármol. Estuve sentado por casi una hora tratando de descansar, continuaba dándole vueltas a este enredo en mi cabeza. Me dirigí a mi habitación, al llegar tomé el teléfono y llamé a Yumara, eran las diez de la noche en Lahore, en Sevilla, tres horas antes; me contestó diciéndome:

—Hola, cómo estás, esperaba tu llamada Santiago.

—Tenía muchas ganas de hablar contigo —le contesté inmediatamente.

—¿Cómo está todo?

—Muy bien, estoy en Lahore, vine a investigar un caso similar al mío, mi recuperación ha sido estupenda, sólo tengo un poco de inflamación en los pies cuando camino mucho, uso un bastón únicamente, no más muletas. ¿Cómo está tu madre?

—Ya bastante mejorada, está en casa de mi hermana, me está ayudando con ella, ya empieza a mover su lado derecho.

—Qué gusto me da oír eso, piensas regresar pronto a Islamabad.

—No lo creo, les llamé diciéndoles que por lo pronto no pienso regresar a trabajar, por la condición de mi madre, también notifiqué a la misión de mis intenciones de no regresar.

—Qué pena, pensaba verte a mi regreso a Islamabad.

—Quiero verte de nuevo Santiago.

—No tienes idea de las ganas que yo tengo de verte, mañana regreso a Islamabad, voy a visitar al doctor Gurmani para mi última visita, de ahí, pienso dirigirme a París, ¿te gustaría acompañarme?

—¿París?, ¿por qué quieres ir allá?

—Tengo que ver a una persona en relación a lo mismo, ya sabes, se trata de otro caso como el mío, quiero llegar al fondo de este asunto.

—Te molesta mucho lo ocurrido en la montaña, ¿no es así?

—Sí, no me deja dormir, tengo pesadillas, en ocasiones sueño episodios y tengo temblores, se me acelera el corazón y me falta la respiración, no puedo estar en paz.

—Ahí estaré contigo, cuando pensáis llegar.

—Voy a comprar el boleto de avión y hacer las reservaciones del hotel después de que hable con el doctor Gurmani. Yo te hablaré para darte los detalles, seguramente estaré por allá en dos días a más tardar, voy hacer arreglos para tu boleto de avión también, si me lo permites.

—Hablaré con mi hermana Rebeca, pero no creo que haya ningún problema, ella misma me pidió que me tomara unos días de asueto para despejarme, estoy muy emocionada de poder verte.

—¿Has estado en París anteriormente?

—Sí, fui con mi hermana hace dos años, tengo una prima que vive allá, es una ciudad encantadora.

—Yo me comunicaré contigo mañana para darte los datos del viaje, te los enviaré a tu correo electrónico.

—Vale, esperaré tu llamada y tu correo, cuídate mucho.

Al terminar la llamada sentí un vacío, necesitaba estar con ella ahora más que nunca. Arreglé mi mochila, vi la televisión por un rato y me quedé dormido.

Me levanté apenas pasadas las seis de la mañana, ahora me era imposible dormir mucho, como lo hacía antes, tomé una ducha con agua caliente, me vestí y me dirigí al restaurante del hotel.

Después de desayunar, fui al servicio de conserjería, le pregunté al encargado que si me permitía usar su computadora para utilizar el servicio de Internet, él me indicó amablemente que había computadoras para huéspedes dándome la clave de acceso. En un cuarto privado adyacente a una sala de conferencias, había varias computadoras, me senté enfrente de una de ellas, utilizando el buscador empecé a investigar el paradero del señor Aubert, de quien Kabir me había proporcionado información.

Jaques Aubert, de acuerdo a los resultados de mi búsqueda, se encontraba residiendo en París, estaba casi retirado a sus setenta y tres años de edad, había sido un historiador reconocido, contaba con múltiples publicaciones en libros y revistas, su mayor interés había sido el de obras de arte medievales. Actualmente era restaurador de arte en el museo de l'Orangerie. Navegué leyendo sus publicaciones que eran obras maestras de investigación, con impecables conclusiones al analizar diversas obras de arte y datos biográficos de los artistas.

Durante esta búsqueda también encontré su dirección personal en el norte de París. Estaba verdaderamente impresionado de la facilidad que existía en estos tiempos, a través de la red, para obtener información personal de alguien en específico. Sin embargo, no pude encontrar los detalles de su accidente en Suiza, como si esta información fuera completamente confidencial, secreta. En ese momento, caí en cuenta que forzosamente tenía que verlo en persona para obtener dicha información.

Imprimí los datos y por curiosidad puse mi nombre en el buscador. Fue impresionante la cantidad de noticias que se habían publicado acerca de mi travesía en la montaña K2, sobre todo haciendo alusión a que un montañista solitario lograra conquistar la cumbre, incluso, varios noticieros mexicanos explicaban en la historia que habían entrevistado a mi hermano Roberto, pidiéndole información biográfica sobre mí.

En algunos de los artículos mencionaban a la expedición china, había más datos sobre el teniente Min-Yun, quien era buscado por el asesinato de un soldado en Pekín, tras un asalto a mano armada, mencionaron que el gobierno chino pretendía realizar una investigación más detallada de los eventos, pues una expedición de origen noruego encontró, al subir unas semanas después, algunos de los cuerpos de la expedición de Min-Yun. Leí con mucho cuidado el artículo publicado y no había mención de que hubiesen encontrado cuerpos de otra expedición durante este hallazgo. Si dicha expedición encontró los cuerpos de los chinos, al disiparse la nieve, los cuerpos de mis compañeros deberían de estar próximos a los de ellos, pero no hubo mención en lo absoluto del hallazgo de otros cuerpos. Esto confirmaba, aún más, el misterio en que yo vivía en estos momentos.

K2   K2   K2   K2   K2

6

De Islamabad a París

SE LLEGARON LAS DIEZ DE LA MAÑANA, ESTABA LISTO, había ya saldado mi cuenta en el hotel y Summan llegó a tiempo. Tomé mi mochila y me dirigí a su automóvil, tenía la ventanilla abajo y le dije:

—Buenos días Summan ¿cómo estás?

—Anda, sube para que no se nos haga tarde —me contestó sonriendo.

Subí a su automóvil que era un Renault pequeño, puse mi mochila en el asiento de atrás y emprendimos el viaje a Islamabad. Le pregunté durante el camino si ella se encontraba feliz trabajando en el hospital, me comentó que sí, lo único que le molestaba eran las horas de trabajo.

Nos detuvimos en una gasolinera y le ofrecí pagar por la gasolina, a lo cual ella se negó rotundamente; le prometí que yo la invitaría a comer al llegar a las minas de sal de Khewra. Durante el viaje me pidió que le platicara de mi novia Yumara, le conté la historia de cómo nos conocimos, lo que yo sentía por ella y que planeábamos vernos pronto en París.

Summan era muy alegre, siempre bromeando, pasamos un buen rato en su automóvil. Unas horas después, llegamos a las minas de sal, nos dirigimos al puesto turístico, compré los boletos y empezamos el tour del lugar, me mencionó el guía que me recomendaba tomar el pequeño tren eléctrico en lugar de caminar, al verme con el bastón. Fue impresionante ver el desarrollo de esta mina de sal que era la segunda más grande del mundo, de acuerdo con el guía, fue descubierta desde los tiempos de Alejando Magno, 320 A. C. Continuamos el tour en el pequeño tren eléctrico, las cuevas iluminadas con luz indirecta daban la sensación de obras de arte en las paredes de este lugar que era nada menos que espectacular, dentro de la mina también se encontraba una mezquita construida hacía cincuenta años.

Sentía alivio al haberme tomado tiempo para disfrutar un poco, sin estar pensando todo el tiempo en lo que me había ocurrido, fue definitivamente una grata distracción, Summan me comentó que nunca se había imaginado que tal belleza estuviera dentro de esta montaña que ella frecuentemente pasaba por aquí, cuando iba rumbo a Islamabad a visitar a su hermana.

Al terminar el tour fuimos a un pequeño restaurante a comer. Durante la comida Summan me preguntó:

—¿Por qué decidiste subir la montaña K2 solo?

—No es una pregunta simple… no lo sé con exactitud, pero pienso que era un intento suicida de mi parte, al estar al borde de la muerte irónicamente me sentía vivo. —la verdad, no quise entrar en detalles.

—¿Y cómo te encuentras al respecto ahora?

—Mi vida cambió completamente Summan, soy otro, pero aún sigo buscando respuestas.

—Me alegra oír eso, sabes, pienso que mucha gente daría su vida por experimentar lo que tú has pasado, conquistar esa montaña, las aventuras que tuviste, me parece tan interesante.

—No lo sé, al planear mi viaje, nunca pensé llegar a la cumbre, casi estaba seguro que iba a morir intentándolo, pero las cosas cambiaron al estar en esa desolación, tuve mucha ayuda.

—¿A qué te refieres con ayuda?

—Es un decir —decidí no mencionar a mis compañeros para no despertar sospecha en ella, ni tener que dar más explicaciones—. ¿Te gustó la comida? —Le pregunte cambiando el tema.

—Mi bocadillo estaba muy sabroso, me encanta el pan de pita pero no puedo comer mucho.

—A mí también me gustó, estaba delicioso.

Disfruté muchísimo el tour de las minas, el clima era excelente, acabamos de comer y emprendimos el viaje a Islamabad. Al llegar, le pedí a Summan que me llevara al mismo hotel donde me había hospedado anteriormente, estaba un poco retirado de donde vivía su hermana pero no le importó. Nos despedimos con un gran abrazo, me deseó lo mejor, le di un beso en su mejilla diciéndole que había tenido mucha suerte en haberla conocido y que seguramente nos mantendríamos en contacto.

Renté un cuarto en el hotel, me tocó esta vez en el noveno piso, la vista de Islamabad por el ventanal era espectacular. Utilicé el servicio de computadoras del hotel y reservé mis boletos de avión a París, dudé mucho en cual hotel rentar, pero siendo que iba a estar acompañado de Yumara decidí pasar un par de noches en el hotel Ritz, si por alguna circunstancia nuestra estancia se extendiera, rentaría una habitación en un hotel menos costoso.

Esa tarde tenía la cita con el doctor Gurmani en consulta externa, revisó el progreso, me indicó que no necesitaba más tratamiento, el injerto de piel estaba en excelentes condiciones y las heridas ya habían sanado completamente. Me sugirió que usara el bastón únicamente si me sentía inseguro o si tenía dolor al apoyar. Fueron excelentes noticias para mí, le dije al doctor Gurmani que estaba agradecido por sus atenciones, él me dijo:

—Ya estás listo para tu nueva aventura, cuál será la siguiente? —sonriendo sarcásticamente.

—¡Everest! —mirándolo a los ojos fijamente.

—Bueno, son tus pies y nada más te quedan cinco dedos.

—Estoy bromeando, no pienso escalar por lo pronto.

—Bien, ya me di cuenta que eres famoso.

—Es sólo publicidad doctor.

—Te ves bien sin tu barba y con tu pelo largo, pareces artista, y ahora, ¿a dónde vas?

—Gracias doctor, antes de regresar a Estados Unidos voy a ir a Paris, me encontraré con Yumara la enfermera española que trabaja en el quinto piso.

—Vaya, veo que no pierdes el tiempo, es una linda muchacha, te deseo lo mejor.

Nos abrazamos y nos despedimos afectuosamente.

El vuelo a París salía de Islamabad a las ocho de la mañana y era un viaje largo, alrededor de doce horas, esa noche le mandé un correo electrónico a Yumara con la información del itinerario, ella llegaría antes que yo, le pedí que tomara un taxi del aeropuerto y que la vería en la recepción del hotel por la noche.

Compré finalmente una maleta de viaje, en lugar de usar mi mochila de escalar que era poco práctica para traerla en aeropuertos, la vacié completamente y pensaba dejarla en el cuarto, ya no tendría uso para ella, sólo recuerdos.

Llamé a mi hermano Roberto que se encontraba de viaje de negocios en Monterrey, México, le platiqué de mis planes de ir a París y que pensaba regresar poco después, le dije que me encantaría verlo a él, a su esposa y sus niños, me preguntó intrigado:

—¿Qué hay en París hermano?

—Voy de visita.

—¿Vas solo?

—No, con una muchacha española que se llama Yumara del Rocío, es sevillana.

—Me da gusto oírlo, ¿es tu novia?

—No, la conocí en Islamabad.

—¿En Islamabad? —me dijo sorprendido.

—Sí, ella me atendió en el hospital, es enfermera, estaba de misionera.

—Qué interesante, siempre pensé que tú eras inatrapable, siempre has tenido muchas novias.

—Parece que esta vez es distinto Roberto.

—Me encantaría que sentaras cabeza, soy tu hermano menor y siempre me preocupo por ti y tus peligrosas aventuras.

—Tienes razón, pero las cosas están por cambiar lo puedo sentir muy dentro de mí.

—No dejaban de molestar los noticieros al enterarse que yo era tu hermano, les di unas tres entrevistas.

—Discúlpame que te hayan molestado, ¿qué les dijiste?

—Que estabas loco desde que éramos niños, siempre arriesgándote en los deportes más extremos, carreras de automóviles, alpinismo, motocicletas y demás, ¿no es así?

—No exageres, ¿y qué dijo Laura tu esposa?

—Que no le extrañaba en lo más mínimo lo que habías hecho, que le daba gracias a Dios que estuvieras bien, me amenazó a que no fuera a ningún viaje contigo —riéndose—, le dará gusto saber que estás saliendo con alguien.

—Gracias hermano, yo me comunico contigo cuando esté de regreso.

Me encontraba ansioso de ver a Yumara al día siguiente, conservaba la carta que me escribió, la leí varias veces de nuevo, me encontraba como un títere, siendo movido por algo que hasta ahora desconocía, siempre había sido frío, calculador en cuestión a las mujeres, ahora que me encontraba completamente fuera de control, vulnerable, desnudo, parecía como una adicción.

Muy temprano, tomé un taxi rumbo al aeropuerto internacional, pasé seguridad, subimos al avión, por suerte me tocó un asiento enseguida de la ventanilla, nunca me había gustado en pasillo. El vuelo estaba relativamente lleno pero el asiento enseguida al mío estaba vacío, la tercera posición la ocupaba una mujer vestida elegantemente, de unos sesenta años. Al despegar y perder de vista Islamabad, me di cuenta que dejaba atrás, una parte muy importante de mi historia, lo cual me produjo tristeza y al mismo tiempo alegría al dejar este lugar.

Me quedé dormido por unas horas y me despertó un brusco movimiento del avión debido a una turbulencia, tenía que ir al baño, me dirigí a la parte trasera donde se encontraban los sanitarios, el avión experimentó otra turbulencia y poco antes de llegar al baño, perdí el balance y de golpe, me senté en uno de los asientos que estaban libres en la parte trasera, en el altavoz, el piloto recomendó que permaneciéramos sentados con el cinturón de seguridad abrochado. Decidí no regresar a mi asiento por lo pronto y me abroché el cinturón en esta posición. Había un joven sentado en el asiento de la ventanilla a mi lado izquierdo, le calculé unos veinticinco años, parecía de origen anglosajón, con ojos azules y pelo castaño claro. Le dije que me disculpara por sentarme aquí y él me contestó que no tuviera cuidado. Se dirigió a mí y se presentó:

—Soy Ryan, ¿tú como te llamas?

—Santiago, mucho gusto.

—¿vives en París?

—No, voy de visita, ¿y tú?

—También, tres amigos y yo vamos a conocer París, después nos dirigiremos a Edimburgo en Escocia que es donde vivimos.

—¿Qué hacían en Islamabad?

—Emprendimos una expedición para tratar de escalar la montaña Ultar, que mide 5,300 metros de altitud, pero tuvimos que regresar a los 4,500 metros, por mal tiempo y una lesión de uno de mis compañeros —sonriendo—, ¿tú que hacías en Islamabad?

—Lo mismo, fui en una expedición hace ya casi un mes.

—¿Qué montaña? —Me preguntó interesado.

—K2 —le contesté.

Hizo una pausa antes de hacer su siguiente pregunta, su expresión fue de intriga.

—¿Fuiste tú?... ¿el de las noticias?

—¿A qué te refieres?

—Sí, el que llegó a la cumbre solo, Santiago Cazorla.

—Qué coincidencia, nunca pensé encontrarme otro montañista en este avión —tratando de evitar contestarle.

—Entonces… ¿eres tú?

—El mismo.

—Qué gusto —me extendió su mano—, fuiste una inspiración para nosotros, cuando leímos en los periódicos que una persona sola pudo escalar K2, nos dieron más esperanzas de poder llegar a la cumbre del Ultar, no somos experimentados pero fue una experiencia increíble.

—Muchas gracias, pero yo casi dejé mi vida en esa montaña.

—¿Te enteraste de la expedición china?

—Sí, lo leí en los diarios —le contesté sin sorprenderme.

—Sabes, al bajar de la montaña y dirigirnos a Skardu, en nuestro viaje a Islamabad, platicamos con una expedición noruega, ellos fueron los que encontraron los cuerpos de algunos de los miembros de la expedición china. Los diarios no mencionan que uno de ellos fue asesinado, lo encontraron quinientos metros más abajo de los demás integrantes, definitivamente era miembro de la expedición, mostraba un balazo en la frente y fuertes lesiones. Le echaron la culpa a la avalancha, no sé si los noruegos lo reportaron.

Me quedé callado recordando los eventos transcurridos alrededor de la muerte de Jin en la montaña.

—¿Qué pudo haber pasado? —Le contesté.

—Me parece que hay gato encerrado.

—Es muy posible que sí.

—Los miembros del grupo de Min-Yun eran militares retirados, él era buscado por la ley. Aparentemente le había prometido a uno de los generales que pondrían a china en lo alto, le mencionaron esto a la prensa antes de subir. De acuerdo a lo que escuché, el general a cargo del ejército, perdonaría a Min-Yun si lograban llegar a la cumbre, o le darían una pena menos severa por sus crímenes.

—No había escuchado esto que me estás diciendo.

—Creo que ya no tienen de que preocuparse, me impresiona como la prensa distorsiona la realidad.

—De eso que no te quepa ni la menor duda.

—Nos impresionó a todos, especialmente a mí, que alguien tuviera la osadía de emprender una expedición solo, a una montaña tan peligrosa como la K2, ¿me podrías decir por qué hiciste eso?, ¿lo harías de nuevo? —Me preguntó con mucho entusiasmo.

—No creo que lo volvería a hacer, me encontraba en un lugar muy bajo en mi vida, necesitaba algo como eso para sobrevivir.

—Es una misión casi suicida.

—¡Exactamente! —Le respondí muy enfático.

—¿Cómo te estás recuperando?

—Ya estoy muy bien, sólo uso un bastón cuando lo necesito pero ya casi me encuentro como antes, bueno, menos cinco dedos de los pies y un injerto más —le dije sarcásticamente.

—Ya veo, qué bien que te has recuperado, y de lo otro, ¿cómo te encuentras?

—¿Disculpa, a qué te refieres?

—A tus ideas suicidas —lo dijo con un poco de titubeo.

—Eres muy perceptivo Ryan, lo que te puedo decir es que acabo de empezar un nuevo camino, tengo una nueva cumbre que escalar, esta vez, tengo todo para triunfar, gracias a Dios.

—Me da gusto oírlo, el camino a la cumbre nos cambia a todos...

La turbulencia continuó por unos minutos y después paulatinamente cedió, Ryan me preguntaba de las técnicas que usé en la montaña, de mi equipo, marcas de botas y cuerdas que utilicé, la ruta que tomé en el ascenso y los contratiempos que tuve. Platicamos por un buen rato, me presentó con sus amigos que se encontraban un par de asientos adelante de nosotros diciéndoles en voz alta:

—Él es Santiago, ¡el de las noticias!, el "montañista Solitario".

Sonriendo los saludé, me sentía un poco incómodo y al mismo tiempo halagado, me despedí de Ryan, me dirigí al sanitario y después a mi asiento. Al llegar, la mujer que se encontraba en el asiento del pasillo vi que estaba dormida, le pedí que si me dejaba pasar, me senté y pensaba en lo que Ryan me había dicho acerca de la expedición china. Las respuestas venían poco a poco. Sin duda, era por sus actos criminales que Min-Yun quería, con tanto afán llegar a la cumbre, costara lo que costara, sin ningún apego a la vida, un egoísmo ciego, que acabó pagando con su vida y la de su expedición.

Por mi lado, sentía que guardaba un silencio doloroso, acerca de mis queridos compañeros, ellos eran los héroes de esta hazaña, no yo, estaba seguro que sin ellos no estaría aquí ahora, quería decirlo a los cuatro vientos, pero temía que nadie me creyera, como era el caso del señor Patel, tenía que encontrar respuestas antes de hablar de ellos abiertamente. Por lo pronto, sólo Yumara y el viejo Kabir tenían conocimiento de lo sucedido.

0 0 0 0 0

Llegamos al aeropuerto Charles de Gaulle aproximadamente a las ocho de la noche tiempo de París, había sido un viaje largo, pero muy placentero. Me despedí de Ryan y sus amigos, intercambiamos números telefónicos, tomé mi maleta y pedí un taxi. Me llevó al hotel Ritz, en el transcurso del viaje, observaba la gran diferencia que existía entre Islamabad y París, esa tarde llovía, las luces de la ciudad empezaban a encenderse, aquello era como un dulce pensamiento, una ciudad magistral, la hermosura de cada calle, tesoros arquitectónicos desplegándose sin esfuerzo alguno, enmarcando mis sentimientos anticipados de ver a la mujer de mis sueños. El tránsito no parecía tan pesado esa tarde a pesar de la lluvia, al voltear el taxi en la "Place de la Vendôme" pude observar el palacio magistral que es este hotel.

El taxista me dejó enfrente, bajó mi maleta y la colocó en la puerta principal, me empapé en sólo unos segundos, entré a la recepción, mi corazón palpitaba rápidamente en anticipación de ver a mi amada.

Al entrar, era como transportarse a otro tiempo, caminé unos pasos buscando a Yumara antes de sacar mi teléfono para llamarle, fue cuando de pronto, la vi sentada leyendo un libro en la sala principal, me dirigí lentamente a ella, subió su mirada como si estuviera esperándome, se levantó del sofá donde se encontraba sentada, vestía un traje sastre blanco, su pelo recogido y zapatillas blancas de tacón, sus ojos verdes brillaban como estrellas, al llegar a ella la abracé y nos besamos brevemente en la boca, me dijo:

—Pero qué bien te ves sin barba, me encanta tu pelo largo —dándome otro beso en la boca.

—Tú estás hermosa Yumara, qué bueno que viniste a acompañarme, me hacías mucha falta, te quedarás conmigo en el hotel, ¿no es así?, si quieres puedo dormir en el sofá, si eso te molesta.

—Hice planes de quedarme con mi prima, vive a sólo unos minutos de aquí, pero ya veremos a dónde nos lleva la noche.

Le pedí a Yumara que me acompañara a registrarme y me entregaran las llaves de mi habitación, ella recogió su maleta y subimos al cuarto, le dije que se pusiera cómoda mientras tomaba un baño y me pusiera ropa seca para irnos a cenar.

Me cambié, me puse mi saco azul y una corbata gris, salí del baño, la habitación era poco menos que espectacular con muebles hermosos, estilo "Luis XV", y la vista desde el séptimo piso nos quitó el aliento, ella se encontraba parada enfrente del ventanal observando la ciudad, al mirarla, sentía que me faltaba la respiración por la anticipación de tenerla tan cerca, quería abrazarla, no dejarla ir nunca.

—Qué hermosura de hotel, -comentó Yumara.

—Es impresionante, nunca me había hospedado aquí, sólo había estado en el restaurante y el bar.

—Anda 'quillo', vamos a cenar que tengo hambre — -tomándome del brazo.

Nos dirigimos al restaurante del hotel, llamado "L'Espadon" que significa, "Pez Espada" o "Marlín" en Español.

La entrada era un largo pasillo exhibiendo diferentes vitrinas y espejos, en el cuarto principal las mesas estaban vestidas elegantemente, cortinas de seda, las paredes adornadas de incrustes de oro y múltiples cuadros rena-centistas colgados, candelabros de cristal en las paredes, arreglos florales de todo tipo y los techos desplegaban un cielo azul con nubes que parecían ser acariciadas por el sol de un atardecer.

El ambiente era de tranquilidad y elegancia, un olor a alta cocina era prominente, la gente hablaba en voz baja, la música provenía de un piano de cola magistralmente ejecutado por un hombre vestido en un tradicional frac.

Al caminar tomado de la mano de Yumara, era fácil atrapar las miradas de los hombres y mujeres admirando su belleza. El camarero nos ofreció una mesa localizada cerca de un ventanal donde se observaba un patio interno con mesas para cenar, que no se encontraban ocupadas por la lluvia que arreció desde nuestra llegada.

Pedimos una copa de vino, platicábamos en voz baja para no romper el embrujo de serenidad y elegancia que nos envolvía, brindamos por los eventos que nos llevaron a estar aquí juntos. Le pregunté al mesero con curiosidad si el restaurante fue llamado así por Hemingway, que so-lía venir aquí frecuentemente, el mesero nos contestó que curiosamente no fue por él, sino que el fundador, Charles

Ritz, que era un ávido pescador, fue quien lo llamó por este nombre en 1956.

Disfrutamos enormemente de la cena que fue exquisita, al terminar, decidimos tomar un paseo por la "Place de La Vendôme".

Había parado de llover, se sentía frío, conjugado con aquel olor a humedad, el ruido de los automóviles en el pavimento mojado, una brisa leve, enmarcaban nuestro recorrido por la acera de la plaza.

Nos detuvimos bajo un arbotante de luz amarillenta, nos besamos apasionadamente por largo tiempo, disfrutábamos el uno del otro, nuestros cuerpos se juntaban sin podernos detener, levanté mi mirada diciéndole a Yumara:

—Creo que nos está viendo ese grupo de adolescentes sentados en la plaza.

—No importa, bésame Santiago, bésame.

Sus besos eran tan dulces y al mismo tiempo llenos de pasión que era imposible parar, así seguimos por lo menos una hora. Continuamos caminando, decidimos regresar al hotel, le pedí que me acompañara a la habitación, al entrar, nos despojamos de nuestra ropa, desabroché su blusa lentamente exponiendo su belleza cada vez que caía una prenda al suelo, nos besamos todos los rincones de nuestros cuerpos e hicimos el amor apasionadamente casi toda la noche, al final, quedamos atados el uno al otro hasta el amanecer.

Al entrar por la ventana la luz del sol, iluminó su cuerpo que era bellísimo, como una obra de arte, medio cubierto por las sábanas exponiendo su cadera y busto, la besé una vez más y me quede dormido junto a ella. Ya avanzada la mañana, la moza encargada de nuestro cuarto tocó la puerta, los dos nos levantamos, y sonriendo pusimos el signo de "no molestar". Yumara me dijo:

—Qué noche tan bella hemos pasado Santiago.

—No pensé que quisieras quedarte —le respondí susurrando en su oído.

—Pensaba en este momento desde que estábamos en Islamabad, no sé que me atrajo a ti, si fue tu presencia o lo misterioso que eres, me encantas.

—No pensé que me correspondieras, por eso nunca te dije de mis sentimientos hacia ti.

—Entiende que ese hospital es como un mercado, todo mundo se mete en tu vida.

—Ya lo sé, una de las enfermeras me comentó que tenías interés en mí.

Te lo digo, no se les escapa una sola —riéndose a carcajadas—. ¿Y quién fue la chivata?

—No te lo puedo decir, no recuerdo su nombre.

—Anda quillo no seas tan político, ¿quién fue?

—La verdad, no recuerdo, era ya entrada en años.

—Ya sé de quien hablas, ya se las verá conmigo —sonriendo.

—Si no fuera por ella, no me hubiera atrevido a invitarte a estar conmigo, deberíamos agradecerle su ayuda ¿no crees?

—Estoy bromeando, ¿mi carta era sugerente no te pareció?

—No tanto, pero seguí a mis instintos.

Pedimos el desayuno en la habitación y nos quedamos disfrutando de esa mañana preciosa, desnudos debajo del Albornoz, sin preocuparnos por el mundo, por primera vez me sentía vulnerable, descubierto.

Tomamos un duchazo juntos, las pasiones continuaban desenfrenadas e hicimos el amor varias veces en la bañera, sentía que me consumía como pólvora en el fuego.

Nos vestimos informalmente para salir a pasear. Fui a la conserjería del hotel y hablé con el encargado de los eventos en la ciudad. Tenía muchísimo interés en oír a la Filarmónica de París; el conserje me informó que no había conciertos esa semana, secreteando, me dijo que había un concierto privado de los violinistas y chelistas de la filarmónica en la capilla de "Sainte Chapelle", tocarían los célebres adagios esa noche, el evento estaba destinado para familiares y amigos de los integrantes de la orquesta, sorprendentemente, él tenía varios boletos disponibles. Compré dos de ellos para el concierto que empezaría a las ocho de la noche.

Yumara llamó a su prima Sofía diciéndole que, por lo pronto, no se hospedaría con ella, para que no se preocupara, se disculpó por no haberle llamado el día anterior; de acuerdo con Yumara, su prima le dijo, en tono burlón, que así eran las cosas del amor.

Salimos a pasear, sin un rumbo determinado, disfrutando de los aparadores de las tiendas, riendo de tonterías que hablábamos. Nos dirigimos al "Jardín de las tullerais" que estaba sólo unas cuantas cuadras delante de donde nos encontrábamos, caminamos un poco ya dentro del parque, nos sentamos admirando las estatuas y las fuentes que están localizadas en el corazón de este lugar, la brisa era agradable, el sol se escondía entre las nubes, yo me sentía estar en el paraíso al lado de Yumara quien recargaba su cabeza en mi hombro y acariciaba mi pecho.

Al caminar, nos encontramos con un edificio localizado en posición horizontal dando frente al "Jardín de las Tullerais" y el Rio Sena, al acercarnos más, observamos la estructura que contaba con pilares laterales y una cúpula triangular adornado el techo de la entrada, con letras románicas que decían, "Musée de l'orangerie", nos acercamos a la entrada y le dije a Yumara:

—Mañana vendré a entrevistarme con el señor Aubert.

—¿Es la persona de la que me hablaste?, ¿trabaja aquí?

—Sí, es un historiador retirado. Tuvo un accidente con su avioneta privada en los Alpes Suizos, estuvo diecisiete días perdido en las montañas y de acuerdo con el viejo Kabir, del departamento de turismo de Islamabad, quien es el encargado de los permisos para expediciones a las montañas, su reporte confidencial, hablaba de eventos similares al mío. Espero que el señor Aubert quiera contarme lo que en verdad le sucedió.

—¿Y cómo piensas hacer eso, si dices que todo fue confidencial?

—Tengo que pensarlo muy bien, aún no sé cómo proponérselo. Vamos a hacer una cita, ven acompáñame.

Entramos al museo y me dirigí a la señorita sentada en el escritorio localizado a la entrada del museo, era joven, pelirroja, usaba lentes grandes y chupaba un bolígrafo como si fuera un dulce, se veía desinteresada y aburrida.

—Disculpe señorita, quisiera hacer una cita para hablar con el señor Aubert, ¿se encuentra disponible?

—¿Me puede decir para qué quiere verlo?

—Se trata de una adquisición de obras de arte que quiero hacer en los Estados Unidos para el museo Metropolitano en Nueva York, quiero su opinión al respecto.

Él no se encuentra aquí el día de hoy, trabaja únicamente tres días por semana.

Sacó su agenda y viendo el calendario me dijo:

—Está disponible mañana a las cuatro de la tarde, ¿le parece bien?

—Perfecto, aquí estaré, mi nombre es Santiago Cazorla, gracias.

Apuntó en su agenda y me dijo:

—Muy bien señor Cazorla, ya lo puse en su agenda, lo esperaremos a esa hora, por favor sea puntual.

—Gracias, ha sido usted muy amable.

Al salir del museo Yumara me dijo:

—¿Museo Metropolitano de Nueva York?, ¡estás loco!

—¡Se me ocurrió a último minuto! Creo que de ninguna otra forma me hubiera dado una cita, recordé que al estar estudiando su biografía, encontré que es consultante para varios museos que adquieren obras de arte alrededor del mundo —le dije suspirando.

—Espero que funcione tu plan —me dijo sonriendo y me dio un beso apasionado diciéndome—, si buscas la verdad, tienes riesgo de encontrarla.

Seguimos paseando por el "Jardín de las tullerais", tomamos un refresco y comimos un delicioso bocadillo de Nutela, que vendían en un pequeño restaurante que encontramos camino al hotel, caminábamos lentamente, fue una grata sorpresa que pude hacer todo el recorrido sin necesidad de usar mi bastón.

Al lado de ella, me sentía feliz por primera vez en mucho tiempo, los eventos ocurridos en la montaña ya no eran una yaga abierta, parecían estar sanando, pero la inquietud de encontrar la verdad seguía viva en mi como una veladora, recordándome a cada momento que necesitaba encontrar respuestas por dolorosas que fueran, quería cerrar este capítulo de mi vida, para empezar de nuevo.

Tenía el presentimiento que el señor Aubert tendría las respuestas que tanto añoraba y que posiblemente me darían finalmente un descanso interno que tanto necesitaba.

Lo importante era cómo iba a lograr que él le dijera a un completo extraño los detalles más íntimos de los eventos, que como yo, había callado hasta ahora. Era mi única oportunidad, no podía echarla a perder, todo dependía de la estrategia que utilizara para que él quisiera decirme lo ocurrido. De acuerdo a lo que leí en su biografía, él era una persona extraordinariamente inteligente y estudiada, un historiador de primera clase. Sus publicaciones eran extensas, y basándome en las descripciones de él, hechas por personas que lo conocían bien, era de carácter fuerte, de pocos amigos. Con respecto a sus intereses artísticos, él había escrito sendos ensayos sobre la vida de Claude Monet y Amadeo Modigliani, entre otros, fue posiblemente por estas razones por lo cual decidió trabajar en el museo de "l'orangerie" que curiosamente contenía múltiples ejemplos de estos monstruos del arte. Yo en lo particular siempre había sido admirador de Modigliani, había estudiado a través de los años su vida y algunas de sus obras de arte.

Definitivamente iba a ser un reto poder hablar con él claramente. Pensé en decirle toda la verdad de frente y eso pudiera hacerlo que reflexionara contándome lo ocurrido en el accidente, trataría de ser lo más espontáneo posible. Él había rechazado entrevistas de múltiples reporteros cuando habían tratado de enfocarse en su biografía y no existía información sobre los detalles de su accidente. Era un secreto que guardaba cautelosamente, estaba seguro que dentro de él había un misterio que al descubrirlo seguramente ayudaría a desenmascarar el mío.

Al llegar al hotel Yumara me preguntó:

—¿Por qué tan pensativo Santiago?

—No es nada, sólo pensaba en mi entrevista de mañana con el señor Aubert.

—Tienes curiosidad de saber qué le pasó a ese hombre, ¿no es así?

—¡Definitivamente!, Pero mi duda es que él quiera hablar conmigo.

—Las cosas vendrán y aclararás tus dudas, no te preocupes, vamos a entrar al bar del hotel para tomar un trago, se me apetece muchísimo.

—Vamos.

Nos dirigimos al bar de Hemingway localizado en la planta baja del hotel. Al entrar moviendo unas cortinas de terciopelo tras una puerta de cristal, respiramos ese ambiente histórico, era como estar esperando ver a Hemingway y FitzGerald sentados en una de las mesas discutiendo política o la temática de alguno de sus libros. Las paredes eran de madera llenas de fotografías de Hemingway y sus más cercanos amigos, la iluminación era indirecta, tenue. Al acercarnos a la barra, pudimos observar la diversidad de botellas de licor sentadas enfrente de libros gruesos, como una biblioteca donde los libros no eran los protagonistas sino el elíxir enfrente de ellos. El encargado del bar nos indicó que nos podíamos sentar donde quisiéramos, Yumara decidió ir a una de las mesas localizadas un par de escalones arriba. Al llegar a esa área observé una vieja máquina de escribir con el nombre "Royal", empotrada sobre un pequeño escritorio, probablemente, le perteneció a Hemingway. En la esquina de la barra había un busto del él junto a múltiples fotografías históricas, al sentarnos, Yumara suspirando me dijo:

—El tiempo se detiene en este lugar, yo siempre he sido ferviente admiradora de él.

—A mí me encanta su forma de escribir, estando en la montaña, acabé de leer "El viejo y el Mar". Y pensar que este hombre, probablemente estuvo sentado aquí mismo, hace ya casi cien años.

—¿Que vas a pedir Santiago?

—Le pediré una sugerencia al mesero, me encantaría tomar vodka o un *whisky*.

—Yo voy a ordenar un Martini seco.

Disfrutamos de nuestras bebidas, Yumara su Martini yo, de un vodka de frambuesa y un *whisky*. Me disculpé de Yumara y me dirigí al baño, estaba un poco mareado por el efecto del alcohol, al caminar me detuve en seco, sorprendido, al visualizar claramente a Pietro, el reportero que estaba acompañado de aquel hombre de apariencia nórdica que recordaba haberlo visto en Lahore, se encontraban en un mesa camino al baño.

Me escondí tras una de las paredes antes de bajar una pequeña escalera y muy disimuladamente regresé a nuestra mesa para que no me vieran, al llegar le comenté a Yumara sin aliento:

—Tengo un mal presentimiento.

—¿De qué se trata, qué pasa?

—Hay dos personas sentadas en la última mesa antes de llegar a los baños, son reporteros, de acuerdo a lo que ellos dicen —le enseñé la tarjeta que tenía en mi cartera—, me han estado siguiendo desde Islamabad, estuvieron en un hotel cerca de donde me hospedaba, en esos momentos era sólo Pietro. En Lahore donde me encontré con el señor Patel, fue la primera vez que vi a su compañero, hicieron varias preguntas a la recepcionista del pabellón psiquiátrico del hospital, y ahora aquí en París. No entiendo que pretenden y por que me siguen con tanta insistencia.

-Pietro Insurraga —leyó Yumara en voz alta la tarjeta de presentación en su mano —reportero en jefe de la revista "Islamabad Hoy". —No creo que esta tarjeta sea real, ¿crees que sean policías?

—Definitivamente no, si lo fueran no me seguirían y hubieran forzado la entrevista, aquí hay algo más, estas personas no creo que estén detrás de una historia, no me parecen el tipo, especialmente el compañero de Pietro, parece mercenario.

—Quiero verlos —comentó Yumara—, voy a ir al baño para verles la cara.

—Ten cuidado, es posible que ya estén enterados de que estás conmigo.

Yumara se levantó y la perdí de vista por unos cinco minutos, temía que fueran a tratar de interceptarla y hacerle preguntas. Pagué la cuenta, me levanté, dirigiéndome a la parte trasera del bar donde se encontraban los baños, con cuidado para que no me vieran estas personas, de pronto Yumara apareció ya de regreso a la mesa. Me acerqué a ella y le pregunté que había pasado, salimos del bar y nos dirigimos al elevador para ir al cuarto, teníamos que estar listos para el concierto en "Sainte Chapelle" en una hora, en el elevador ella me contestó:

—Me acerqué al baño y caminé lentamente para observarlos, están vestidos con ropa italiana muy cara, uno de ellos traía un reloj Panerai, y el hombre de pelo oscuro, supongo que es Pietro, me miró por unos segundos, su compañero parece de origen nórdico, no sé si será alemán o inglés, tomaban *whisky*, los dos utilizaban una tableta electrónica.

—Estoy sorprendido de tu capacidad de observación.

—Recuerda que es mi trabajo, como enfermera nos en-
señan a analizar a nuestros pacientes con tan sólo mirar-
los, una cosa te puedo decir, estos 'tíos' no son reporteros.

—Eso lo sospechaba, pero si no son reporteros ¿por
qué están siguiéndome?

—Definitivamente quieren algo de ti.

—¿Será en relación a la expedición china?, querrán más
información, detalles, no lo sé, ya me enteraré con el tiempo,
es importante que estemos alertas en todo momento.

—¡Esto se ha puesto interesante Santiago!

—No sé si interesante sea la palabra correcta…

—Vamos, tenemos que salir en veinte minutos al concierto.

Nos cambiamos lo más rápido posible, Yumara se puso un vestido negro sin ajustador y sólo traía una pequeña
pantaleta negra, el vestido le llegaba un poco arriba del
muslo, su pelo suelto, un collar de plata con incrustaciones de diamantes y zapatillas de tacón alto, no podía dejar
de mirar su bellísima silueta seductora, me sentí tan afortunado de estar con ella.

Bajamos al vestíbulo del hotel, pedimos un taxi y nos
dirigimos a la famosa "Sainte Chapelle" para el esperado
concierto. Al llegar, me di cuenta que no era una capilla,
sino parecía una catedral, con un impresionante estilo gótico, al entrar, le entregamos los pases a un joven que se
encontraba en la recepción, no dejaba de mirar a Yumara
que lucía espectacular esa noche. Cada paso que dábamos
producía un eco en las paredes de la capilla, podíamos
oír los violines y chelos entonándose al final del pasillo,
seguimos a la gente entrando al gran salón, no había nu-

meración en los asientos y decidimos sentarnos a la mitad, entre familiares y amigos de los músicos. Un hombre francés de pelo cano los introdujo al público, aplaudieron y empezó el concierto.

Las paredes del salón estaban cubiertas por grandes telas alrededor de los vitrales, había andamios, sin duda estaban restaurando algunos de los vitrales y haciendo reparaciones. La música era hermosa, empezaron con "Adagios de Mozart", la ejecución era magistral. Después de un pequeño intermedio, en la segunda parte, tocaron parte del "Concierto de Aranjuez", el cual Yumara disfrutó muchísimo. Su última pieza fue la "Rapsodia de Rachmaninoff", una de mis favoritas, estaba tan emocionado que mis ojos se llenaron de lágrimas al oírla, el concierto terminó y al dirigirnos a la salida, oí que me llamaban por mi nombre con un acento inglés:

—¡Santiago, espera!

Al voltear me di cuenta que era Ryan aquel muchacho que había conocido hacía un par de días en el vuelo de Islamabad a París, iba acompañado de una mujer de edad media, pensé que era su madre, se acercó a mí y me dijo:

—No pensaba encontrarte aquí.

—Ryan te presento a Yumara, mi novia.

—¿Cómo estás? —le dijo Ryan sonriendo—. Santiago, Yumara, les presento a mi tía Euphegenia hermana de mi madre vive aquí en París e insistió que viniéramos a este concierto.

—¿Fue excelente no les pareció?— Les dije a Ryan y a su tía.

—Yo no soy mucho de esta música pero me encantó —dijo Ryan volteando a ver a su tía—. ¿Nos acompañan a cenar?

—No tengo inconveniente, dirigiéndome a Yumara le dije:

—¿Vamos?

—Claro, ¿dónde piensan ir? —Contestó Yumara.

La tía Euphigenia sugirió un restaurante cercano a "Sainte Chapelle" que le pertenecía al esposo de una muy amiga de ella, se encontraba a sólo unas cuantas cuadras de donde estábamos. Salimos de la capilla, nos dirigimos al restaurante caminando, ya estaba fresco, como suele ser en el mes de septiembre en París; afortunadamente no llovía esa tarde, pero habían pequeños charcos de agua y se percibía olor a humedad, como si hubiera llovido durante el concierto.

Llegamos al restaurante llamado "Au Trappiste", recibieron a la tía Euphegenia y nos dieron una mesa cercana a la ventana.

—Les recomiendo los mejillones —dijo la tía Euphegenia—, son de lo mejor.

Así lo hicimos, yo tomé una cerveza durante la cena, Yumara también. Ryan y yo platicábamos de nuestras aventuras escalando, mientras Yumara y la tía Euphegenia hablaban de lugares turísticos en París y de su trabajo de misionera en Islamabad.

Ryan ya entrado en copas me dijo que el planeaba escalar la montaña K2, que el se sentía inspirado por mí, me dijo que le encantaría discutir los planes de hacerlo conmigo, me invitó a visitarlo en Edimburgo, en Escocia para que conociera a su familia, yo le dije que debería prepararse muy bien y escoger a un buen grupo de alpinistas que lo acompañaran, en caso de percances, el me miró y me dijo:

—¡Lo quiero hacer solo Santiago, igual que tú!

—No es buena idea Ryan, óyelo de la voz de la experiencia, Tienes que contar con apoyo.

-Mis amigos no quieren hacerlo, ya hablé con ellos.

—No importa, consigue a alguien más, la verdad es una misión suicida hacerlo solo, no sigas mis pasos.

—Ya veremos —se tomó casi todo un tarro de cerveza en un solo trago—. Ya veremos.

La tía Euphegenia, le dijo a Ryan de una manera sutil que dejara de tomar tanto, se dirigió a mí sin que Ryan la oyera, aprovechando que platicaba con Yumara:

—Santiago, tienes que convencer a Ryan de que no escale esa montaña, especialmente solo, desde que tú lo hiciste está empeñado a lograrlo.

—No se preocupe, yo me encargaré de convencerlo.

—Por favor, lo he notado raro últimamente, no está feliz y quiere hacer locuras.

—Yo ya pasé por eso, espero que reflexione.

—Gracias —me dijo tomando mi mano.

Al terminar la cena, nos despedimos, quedé de ponerme en contacto con él. Ryan y su tía tomaron un taxi, nosotros decidimos caminar al hotel que no estaba demasiado lejos, pensamos que sería romántico hacerlo. Nos parábamos de vez en cuando, nos besábamos apasionadamente y debido a todas estas interrupciones, tardamos casi una hora hasta que pudimos observar el hotel a la distancia. Nos detuvimos en un callejón relativamente oscuro y le dije a Yumara:

—Vamos a detenernos aquí por un momento, finge que me besas.

—¿Qué pasa Santiago?

—Quiero ver si nos siguen estos individuos del bar.

—La verdad que estás paranoico, pero me gusta la idea, anda ven aquí, nadie nos verá.

Nos detuvimos por aproximadamente cinco minutos y para nuestra sorpresa, un automóvil *Audi* de color blanco pasó por la calle principal que se encuentra enfrente de la "Plaza Vendôme", dentro del automóvil pude identificar a Pietro, que se encontraba en el lugar del pasajero. Le dije a Yumara:

—¿Qué andan buscando?, me preocupa.

—No lo sé, pero definitivamente están invirtiendo mucho tiempo y esfuerzo en ti.

—La ventaja que tenemos es que ellos posiblemente no se han dado cuenta que sabemos que nos siguen.

—Tenéis razón, tenemos que usarlo.

—Qué opinas de afrontarlos y preguntarles que de qué se trata todo esto, por qué tanto misterio.

—No creo que sea buena idea, ya hubieran tratado de contactarte otra vez, es posible que sólo estén investigando que te propones hacer, tus movimientos.

Esperamos en el callejón por unos momentos y caminamos apresuradamente al Hotel.

A la mañana siguiente, fui al vestíbulo del hotel, usé el sistema de computadoras tratando de investigar quien era Pietro Insurraga, desafortunadamente no encontré ningún resultado bajo ese nombre, también traté de encontrar la revista para la que supuestamente trabajaba y no había mención de él, ni como reportero o editor.

Todo era una farsa, pero, ¿con qué propósito? Lo único que me podía imaginar en estos momentos era que tuvieran alguna conexión con la expedición China.

K2 K2 K2 K2 K2

7

Entrevista con Jacques Aubert

YUMARA PLANEABA ENCONTRARSE CON SU PRIMA SOFÍA en el hotel, luego irían a pasear mientras yo me entrevistaba con el señor Aubert.

Se llegaron las cuatro de la tarde, estaba puntual en la entrada del museo. Me presenté con la encargada, que me reconoció prontamente y me dijo que esperara al señor Aubert en la segunda sala del museo.

Al caminar a dicha sala, pasé por la obra de Claude Monet, "Las Ninfas", me detuve por un momento a observar esta obra de arte encontrándose en un salón semicircular, el museo casi estaba vacío, sólo observé una pareja muy entretenida apreciando esta obra. Prontamente me dirigí a la segunda sala donde pidió el señor Aubert que lo esperara, me di cuenta que estaba parado enfrente de múltiples cámaras de circuito cerrado de televisión, decidí detenerme enfrente del cuadro de Amedeo Modigliani, "Le jeune apprenti" cuadro que conocía muy bien desde joven, estuve mirándolo por aproximadamente cinco minutos; de pronto oí una voz que provenía detrás de mí, diciéndome:

—Es bellísimo, ¿no lo crees? —hablando en inglés.

—Es un cuadro aburrido —le contesté en español para iniciar controversia.

—Todo lo contrario —hablando español con un acento casi perfecto.

—Creo que Modigliani usaba a este modelo frecuentemente, no me gustan los colores que utilizó, es álgido, el muchacho se ve triste, distraído, abatido.

—Interesante tu interpretación, es exactamente lo que Modigliani quería que tuvieras.

—Muy posiblemente —me di la vuelta y le dije—, ¿señor Aubert?

—El mismo.

—¡Qué gusto!, me llamo Santiago Cazorla —le extendí mi mano y él la suya.

—Es un placer, señor Cazorla, por favor camine conmigo a mi oficina, es por acá.

Nos dirigimos a una oficina localizada entre las últimas salas del museo, entré con él, era un lugar oscuro, con una pequeña biblioteca, múltiples computadoras, un escritorio grande con extensiones en sus partes laterales para acomodar las pantallas de video y sus computadoras. Se sentó en su escritorio y observó a una de las pantallas desplegando múltiples imágenes de video en vivo. En ese momento, me di cuenta, que posiblemente me observaba detalladamente desde que entré al museo, y más aun, cuando miraba detenidamente el cuadro de Modigliani.

Aubert, era un hombre alto, delgado, vestido elegantemente, lentes de investidura negra, traje oscuro entre azul marino y negro, corbata gris, su pelo cano cortado al ras, tez blanca y ojos azules, su presencia era intimidante.

Sentado en su escritorio me dijo:

—¿Que cuadros le interesaría desplegar en el museo Metropolitano, señor Cazorla?

—Me puede llamar Santiago, si así lo prefiere.

—Muy bien, Santiago.

-Le quiero ser franco, señor Aubert, no vengo representando al museo Metropolitano de Nueva York…

Me interrumpió antes que pudiera decir algo más.

—¡Vaya! al menos dices la verdad ahora —mirándome por arriba de sus lentes.

—Vengo a platicar con usted de los eventos ocurridos hace ya tiempo, en Suiza.

Se levantó calmadamente de su silla, como si no estuviera sorprendido y me dijo:

—Santiago, hoy por la mañana investigué tu nombre y estoy enterado de los sucesos ocurridos en Pakistán, especialmente en la montaña K2, no pienso hablar de mí, te lo advierto desde este momento. Puedes salir, fue un placer conocerte, pero no tenemos más de que hablar.

—Espere un segundo por favor, si ése fue el caso ¿por qué decidió verme hoy?, ¿por qué no canceló la cita?

—La verdad... tenía curiosidad de conocerte, imaginé que querías saber más de mí y de mis eventos ocurridos en Suiza.

—Por favor señor Aubert, se lo suplico, necesito saber qué le ocurrió.

—Santiago, si no sales de mi oficina voy a llamar a seguridad.

Se sentó y empezó a observar su computadora mientras yo me dirigía a la puerta, de pronto me dijo:

—¡Espera Santiago!

—¿Qué pasa señor Aubert? —Ya abría la puerta para salir.

—Por favor acércate, ¿estos dos, vienen contigo? - apuntando a la pantalla con una mano y con la otra señalándome que fuera a él.

Me aproximé a la pantalla de la computadora que él veía y le dije:

—No, me han estado siguiendo constantemente desde Islamabad —observando cuidadosamente la computadora pude ver a Pietro y su compañero buscándome en la sección dos del museo.

— ¡*Mon Dieu!* —Dijo moviendo su cabeza a los lados en señal de desaprobación—. De nuevo Castrogliani.

—¿Los conoce?, ¡por favor tiene que decirme quiénes son ellos! —Busqué en mi cartera la tarjeta que Pietro me dio en Islamabad—. Aquí está la tarjeta — entregándosela—. —Él me dijo que era reportero de esta revista.

—¡De ninguna forma! –riéndose sarcásticamente.

—¿Quiénes son?

—Trabajan para un millonario italiano, Giulio Castrogliani. Es un fanático religioso, heredero de una gran fortuna en Roma, un hombre sin escrúpulos… un asesino. Hace muchos años, uno de ellos, el rubio, me interrogó haciéndose pasar por un reportero, cuando regresaba de Suiza. Lo investigué con ayuda de un expolicía francés que me dio la información acerca de su paradero, este investigador, Alphonse Prost me informó que trabajaba para Castrogliani. Muy discretamente investigué a Castrogliani a través de Prost, dándome cuenta que su fanatismo iba por encima de cualquier principio y, cueste lo que cueste, siempre ha obtenido lo que quiere. Desafortunadamente, Prost fue asesinado en Roma hace diez años, la información que tenía para mí era muy importante pero sólo obtuve piezas del rompecabezas. Las investigaciones italianas concluyeron que había sido un asesinato debido a un robo en relación al uso de drogas, lo cual yo se que es completamente falso. Por esta razón he sido tan discreto con lo ocurrido durante mi accidente en Suiza.

—Y, ¿por qué me buscan?

—Seguramente tienes información o algo que le interesa profundamente —inmediatamente me dirigí a mi crucifijo, lo toqué y en silencio pensé «¿podrá ser?». Aubert me vio haciendo ese movimiento y me dijo:

—Déjame verlo Santiago.

—¿A qué se refiere?.

—¡A tu crucifijo! —lentamente saqué el crucifijo de mi camisa y se lo mostré, al verlo, inmediatamente buscó una lupa con iluminación que se encontraba en uno de los cajones de su escritorio y lo examinó detalladamente—. ¿Lo obtuviste en la montaña?, ¿a quién le pertenecía?

En ese momento me sentí desvanecer, pero no mostré ninguna expresión en mi cara como si fuera un juego de póker, sólo le contesté afirmativamente con un movimiento de mi cabeza hacia abajo. El se echó hacia atrás en su silla.

—¿Qué pasa señor Aubert? —Le pregunté con un tono de voz tembloroso.

—Eso, colgado en tu cuello es lo que buscan, Santiago.

—¿El crucifijo que me regaló Rafa?, no tienen forma de saber que lo traigo puesto, nunca lo ha visto Pietro.

—¡Espera un momento! — se dirigió a su computadora y buscó en un archivo con mi nombre que tenía ya guardado en sus documentos. Empezó a ver detalladamente las fotografías de cuando me encontraron inconsciente en la montaña y amplificó una de ellas. –¡Aquí! se puede identificar el crucifijo, no es muy clara la fotografía, es posible que sospechen que lo tienes, pero no están seguros.

—El crucifijo, ¿para qué lo quieren?

Aubert, se levantó buscó en uno de los libros que se encontraban en una pequeña biblioteca en su oficina, lo abrió en una hoja que tenia marcada previamente y me mostró una fotografía del crucifijo en el libro, era idéntico en forma al que colgaba de mi cuello.

—Te presento a la "Cruz de San Salvador de Oviedo".

—¿La Cruz de Oviedo? —le respondí sujetando mi

crucifijo.

—"La Cruz de los Ángeles", Santiago —se sentó, se quitó sus anteojos y me miró contándome la historia:

—Fue donada por Alfonso II, "El Casto", rey de Asturias, a la catedral de San Salvador de Oviedo en el año 808 D. C., como puedes ver es idéntica a la que cuelga de tu cuello, esta formada de madera de cerezo de dos piezas, unidas en el centro por un disco metálico. En la versión original colocada en la catedral, la cruz cuenta con piedras semi preciosas e incrustaciones de oro.

—¿Y por qué le llaman la "Cruz de los Ángeles"?

—Existe una leyenda alrededor de esta cruz, la primera versión fue publicada por el obispo Lucas de Tuy, quien nos cuenta que el rey Alfonso II deseaba donar una cruz para la catedral de Oviedo. Aparentemente Alfonso II después de haber asistido a misa, dos ángeles se le aparecieron en forma de peregrinos y le dijeron que ellos eran orfebres, le aseguraban que podían realizar la cruz que el deseaba, sin titubear él les entregó los materiales necesarios para que la construyeran incluyendo las piedras preciosas y el oro.

Con temor de que lo robaran, después de unos días, envió a sus soldados a observar qué era lo que ocurría con su encargo y se dieron cuenta que había un gran resplandor en el lugar donde se construía dicha cruz; llamaron al rey y al entrar a este lugar, se encontraron con la cruz, pero los que la construyeron habían desaparecido, aparentemente nunca se les dio su pago y jamás lo reclamaron, su ropa se encontraba en el suelo junto a la cruz.

Existe otra versión de esta leyenda, es decir, una continuación de ella, no se sabe quién la escribió, si fue el mismo obispo de Tuy en anonimato o fue escrita por alguien más.

—¿Qué dice la segunda leyenda, señor Aubert?

—Desafortunadamente, nunca se recuperó el manuscrito de la segunda leyenda, muchos historiadores dudan de su existencia. Aparentemente, si este manuscrito en realidad existió, de acuerdo con reportes que no son oficiales, alguien tenía conocimiento de su localización en la catedral y fue robado en 1977, al mismo tiempo, también robaron la "Cruz de los Ángeles", que fue recuperada y restaurada tiempo después. En el reporte del robo, no hubo mención de dicho manuscrito. Según esta leyenda, la cruz es utilizada por ángeles enviados por Dios, para ayudar a los desvalidos o al borde de la muerte, lo más importante es que de acuerdo a dicha leyenda, tiene propiedades milagrosas.

—¿Tiene usted conocimiento de algún otro crucifijo como el mío?

—Es obvio que existen copias de la "Cruz de los Ángeles", pero la pregunta es para ti, no me contestaste, ¿cómo la obtuviste?

—Es una historia larga de contar, todavía me encuentro confuso al respecto; fue un regalo de uno de mis compañeros de expedición que se encontraba al borde de la muerte en un precipicio, su nombre era Rafael, le decíamos Rafa, él me regaló el crucifijo antes de cortar la cuerda que nos unía y de la cual colgaba libremente, al hacerlo, se precipitó al fondo de una zanja de más de doscientos metros de profundidad, salvando mi vida.

—¿Quién era Rafael?, ¿algún conocido?

—Me encontré con un grupo de cinco muchachos que me ayudaron a sobrevivir en la montaña, cada uno de ellos tenía un crucifijo idéntico al que traigo colgado sobre mi pecho, desconozco de dónde vinieron, no sé sus apellidos ni hay información acerca de su existencia antes de que los conociera en la montaña, durante mi viaje pensé que estaba bajo el efecto de la hipoxia y no le di importancia; sin ellos no hubiera sobrevivido —mis ojos se llenaron de lágrimas al contar la historia, el señor Aubert puso su brazo sobre mi hombro y me dijo:

—Yo he pasado mi vida buscando respuestas acerca de lo que me ocurrió en Suiza, fueron eventos muy similares a los tuyos.

—¿Qué fue lo que sucedió en Suiza señor Aubert?

—Pensaba sólo hacer un viaje corto sobre los Alpes Suizos, salí de "Durach" en Alemania, a bordo de una avioneta mono hélice DR-400, tenía experiencia en terreno montañoso y estaba disfrutando del paisaje. Noté que había turbulencia debido a una tormenta que se avecinaba por el norte, seguí mi trayectoria y de pronto el motor tuvo una falla, mi avioneta se desplomó en el corazón de los Alpes Suizos, traté de controlarla pero me fue imposible, me estrellé en una de las montañas aproximadamente a 5,000 metros de altitud. Estuve inconsciente por varias horas y al despertar me di cuenta que no contaba con servicio de radio y estaba perdido, en un área desolada, no traía víveres, sólo unas cuantas botellas de agua, la avioneta estaba completamente destruida y me preguntaba como fue posible que sobreviviera al accidente. Tuve una lesión en mi pierna derecha, fue un esguince únicamente pero no me permitía caminar con libertad. Con lo que traía en el pequeño maletín para emergencias médicas, me vendé el pie y empecé a bajar la montaña, sabía que tenía que dirigirme al sur. Así pasaron tres días, el frío era estremecedor, tormentas nocturnas casi diariamente, ya no tenía agua ni comida, me encontraba muy débil y la verdad no sabía con exactitud a donde dirigirme. Esperaba un milagro, que las autoridades hubieran mandado un equipo de rescate y me encontraran pronto. Pero cual fue mi sorpresa que al alojarme en una pequeña cueva al pie de la montaña, quedé inconsciente por un día o dos, no estoy seguro, teniendo únicamente pocos momentos de lucidez. Sabía que moriría pronto, en esos momentos, sentí que alguien movía uno de mis hombros diciéndome que me levantara, abrí mis ojos y observé a tres jóvenes sentados en la pequeña cueva. Ése fue mi milagro, me preguntaba cómo era posible que tuviera tanta suerte. Me ayudaron a levantarme, me dieron agua, compartieron los víveres que traían hasta que mejoré, me dijeron que eran de una villa llamada "Appenzell" en Suiza, que me dirigiera a ese lugar siendo que ellos se dirigían hacia el norte, se despidieron y nunca más los volví a ver. Regresé a la villa, investigué por semanas en el pueblo, sin encontrar rastro de sus nombres o de que hubiera alguien con su descripción. ¡Santiago, los tres llevaban el mismo crucifijo que ahora cuelga de tu cuello!

—¿Cómo se enteró Castrogliani?

—Al llegar a Zúrich, la prensa publicó mi historia, al principio mencioné a estos muchachos que me ayudaron, pero después cambié mi historia pues no había evidencia alguna de su existencia, no quería que pensaran que estaba loco. Poco tiempo después se apareció este "reportero", el nombre que me dio fue Burk Gester, el que acompaña a Pietro, se dijo de origen alemán, pero su acento me pareció ruso. Sabía que mentía e insistió por meses con la intención de recuperar datos específicos de mi accidente, preguntaba si tenía yo algún objeto en particular que me hubieran obsequiado durante mi travesía.

—Discúlpeme señor Aubert, ¿le obsequiaron un crucifijo como el mío?

Tardó en responderme, y me dijo:

—No, nada.

Unos momentos después, el teléfono localizado en su escritorio sonó, se disculpó contestando la llamada, al colgar me dijo:

—Tienes que salir de aquí ahora —escribió su dirección personal en un papel al igual que el número de su teléfono móvil.

Me indico que saliera por la puerta de su oficina para que no me vieran. Tomé mi crucifijo y lo coloqué dentro de uno de mis calcetines, me despedí rápidamente de él, agradeciéndole su franqueza y salí por la puerta de su oficina que daba directamente hacia el "jardín de las tullerais". Me dirigí hacia la calle que llevaba al hotel y aproximadamente a diez metros de la salida me atracó el hombre que venía con Pietro, el "Ruso", pistola en mano escondida en su saco me dijo:

—¡No te muevas! —mostrándome su pistola, era una escuadra de color metálico oscuro.

Abrió mi camisa buscando el crucifijo, me dijo que vaciara el contenido de mis bolsillos y examinó mi saco, poco después gritó:

-¿Dónde está?

—No sé de qué me habla —contesté nerviosamente.

—¡El crucifijo!

—No tengo ningún crucifijo.

—¿Se lo has dado al viejo?

—¿De qué me habla? —sacó la pistola y la presionó contra mi pecho.

—¿Dónde está? —me preguntó con insistencia, cada vez en un tono de voz más alto.

En esos momentos, pasaban dos policías en bicicleta, se acercaron a nosotros al oír que este hombre gritaba, él se echó a correr, uno de los policías lo siguió y el otro se detuvo enfrente de mí. Hablando en francés se dirigió a mí, yo le contesté en español diciéndole que no le entendía, me dijo que esperara un momento, unos minutos más tarde se acercó el otro policía que había ido tras este individuo, afortunadamente hablaba español y me preguntó lo ocurrido. Les dije que seguramente se trataba de un asalto y que les agradecía que estuvieran ahí en esos momentos. Con curiosidad el oficial me dijo:

—Este hombre que te quería robar ¿lo habéis visto antes?

—No, oficial.

—Mi nombre es Julio Oropeza y mi compañero es André Banet.

Me preguntaron detalles de los hechos, dónde me hospedaba, de dónde venía, identificación y tomaron notas. Le pregunté al oficial Oropeza:

—¿Pudo alcanzar a este individuo?

—No, desgraciadamente lo perdí de vista al llegar al Rio Sena. Pero publicaré su descripción en el departamento de Policía.

Les agradecí de nuevo su asistencia y decidí regresar al hotel.

Eran pasadas las seis de la tarde, Yumara no había llegado, me senté en el sofá de la habitación de la recámara, me encontraba temblando, mi cuerpo estaba aquí pero mi mente estaba perdida, me decía a mí mismo que tenía que calmarme y pensar racionalmente para planear mis siguientes pasos. La información que Aubert me dio, abrió mis ojos, sabía que detrás de todo esto había un gran misterio, un mensaje oculto tras mi travesía, me sentía afortunado, el protagonista de un milagro; una pregunta quedaba en mi mente, ¿por qué se me obsequió este crucifijo?, si ya mi vida había tomado otro curso. La verdad… no entendía. Sabía que tenía que seguir investigando, cuidadosamente. Me dirigí al vestíbulo del hotel, usé la computadora, busqué más información sobre la "Cruz de los Ángeles". Durante mi búsqueda exhaustiva en la red, de pronto comprendí, que muy seguramente encontraría más respuestas en su lugar de origen, en Asturias, era posiblemente el mensaje que Rafa me quiso dar, tenía que poner las cosas en marcha.

Unas horas después llegó Yumara al hotel, se le veía exhausta y con una cara triste. Al recibirla en la recámara del cuarto, la abracé y le pregunté que sucedía, si había tenido algún problema, se puso a llorar y me dijo:

—Mi madre se ha puesto mal de nuevo, Santiago.

—¿Qué pasó Yumara?

-Me llamó mi hermana Rebeca, desde Sevilla, y me dijo que la llevaron al hospital, perdió el balance cayendo al suelo, parece que tiene una fractura en su cadera, la tendrán que intervenir quirúrgicamente mañana.

—¿Su salud general está bien?

—Sí, parece que fue porque le bajo la presión debido a las medicinas que le están dando, causando el desbalance.

—Vamos a arreglar los boletos de avión para que salgas por la mañana a Sevilla y estés con ella.

—¿Pensáis venir conmigo?

—Después de los eventos ocurridos hoy, es mejor que vayas sola, estaré contigo antes de lo pensado.

-¿Qué sucedió con Aubert, Santiago?

Con lujo de detalles le expliqué lo ocurrido en el museo también mi preocupación de que le pudiesen hacer daño estas personas después del atentado que tuve. Le sugerí que regresara a Sevilla y le prometí que yo estaría en contacto con ella.

Volvimos al vestíbulo del hotel, cambié sus boletos de avión para las seis de la mañana del día siguiente. Pedimos la cena en el cuarto, ordené una botella de vino, oíamos música clásica en la estación del televisor, nos metimos a la bañera, utilizamos las sales provistas por el hotel, las pusimos en el agua, nos relajamos e hicimos el amor como si fuera nuestra última noche juntos. Fue inolvidable, no dormimos en lo absoluto, la acompañé a tomar un taxi a eso de las cuatro de la mañana, le di la mayor parte de mi ropa para que la llevara a Sevilla, sólo me quedé con un cambio y mis objetos personales de uso diario. Me preguntó:

—¿Por qué me das tu maleta y toda tu ropa, Santiago?

—No los necesitaré en mi viaje.

—¿A dónde pensáis ir, quillo?

—Todavía no estoy seguro pero yo te informare después, es mejor que no sepas por ahora.

—Está bien, pero por favor comunícate lo antes posible.

—Claro mi amor, espero que todo salga bien con la cirugía de tu madre —la bese apasionadamente y el taxi salió rumbo al aeropuerto.

—Hasta luego, te veo pronto, cuídate mucho Santiago —me dijo con lágrimas en sus ojos.

Pedí una taza de café en el restaurante del hotel que se encontraba desolado a estas horas de la mañana, me acerqué al mostrador para pagar la cuenta. Le dije a la señorita que me atendió, que mi estancia había sido formidable y que pensaba regresar pronto. Ella me informó que existía la posibilidad de que cerraran el hotel por un par de años para remodelarlo, pero no tenía conocimiento de las fechas.

—Qué tristeza —le dije en voz baja—, mis recuerdos

van a ser inolvidables.

—Es bellísima su mujer, señor Cazorla.

—Gracias, pero es sólo mi novia, espero que algún día será mi mujer —le dije con una gran sonrisa.

—Se ven tan afines los dos, me encantaría algún día tener una relación como la de ustedes.

—Una cosa le puedo decir, en lo que menos lo espera, viene el amor, yo tampoco lo esperaba —le agradecí sus atenciones y me despedí de ella.

Subí por el elevador a mi cuarto, puse un cambio de ropa y objetos personales en una bolsa de plástico. Bajé de nuevo al vestíbulo y pedí un taxi. Al verme aproximarme a la salida del hotel, la señorita del mostrador tomó el teléfono, levantó su mano moviéndola, diciéndome adiós. Antes de subirme al taxi, ponía extrema atención a mis alrededores para percatarme si alguien me seguía; el joven encargado de llamar al taxi me preguntó que a dónde me dirigía, le di la dirección de la agencia de renta "AdMo" localizada en el centro de París.

Eran ya casi las ocho de la mañana cuando llegué a este lugar, al acercarme me di cuenta que no abrirían sus puertas al publico hasta las nueve de la mañana. Busqué un restaurante para desayunar, encontré un pequeño café que era estilo americano, unas cuantas mesas y una barra enfrente de un ventanal; pedí un jugo de naranja y un *croissant*, me senté en la barra junto a la ventana para observar cuando abrieran las puertas del negocio al que me dirigía. Al entrar los encargados del lugar, inmediatamente crucé la calle para ser el primer cliente de la mañana.

Me dirigí al mostrador y le expliqué al joven que lo atendía que quería rentar una motocicleta, ya había yo hecho algo similar en los Estados Unidos. Esta compañía, con base en Los Ángeles, California, se dedicaba a rentar motocicletas y el equipo necesario para paseos turísticos. Les pedí que buscaran mis datos en su computadora, por fortuna tenían toda mi información y me presentaron su inventario. Pasé a la parte trasera del edificio donde estaba el equipo de renta, escogí un casco negro con un visor especializado de color oscuro, una chaqueta de piel, botas, pantalones, una mochila para la espalda y finalmente me presentaron las motocicletas disponibles. No contaban con una motocicleta para viajes largos, pero al voltear a mi izquierda encontré una motocicleta roja, inmediatamente me llamó la atención, al acercarme me di cuenta que era manufacturada por Ducati, una Hypermotard, motocicleta que yo había conducido antes y me había enamorado de ella. Contaba con un tanque de gasolina para largos viajes y deflector de aire. Fui al mostrador, firmé los papeles necesarios, me indicaron donde estaba el vestidor para que me cambiara. Ya listo, me monté en la motocicleta, tenía el tanque de gasolina lleno, coloqué los audífonos en mis oídos antes de ponerme el casco, programé el sistema de posición global de mi teléfono móvil, la encendí y salí por la parte trasera. Me sentía libre, con la movilidad que una motocicleta provee, el sonido proveniente del motor paralelo en "V" de esta máquina era intoxicante.

Me dirigí a la calle principal donde este local se encon-

traba localizado, al llegar al semáforo, indicaba luz roja,
pude observar que Pietro salía rápidamente del local, su
compañero lo esperaba en el automóvil *Audi* blanco, Pietro apuntó hacia donde yo estaba, inmediatamente aceleré, maniobré entre varios automóviles y crucé el semáforo
en rojo para perderlos de vista. Me preguntaba como era
posible que supieran con tanta precisión donde me encontraba; al atar cabos, me di cuenta que la señorita del mostrador del hotel o el mozo, les dieron la información de mi
paradero. La llamada telefónica de la señorita del mostrador del hotel al despedirse de mí, era posiblemente a Pietro, informándole que ya me retiraba, era toda una confa-
bulación impresionante.

Al pasar la calle observé por el retrovisor que me seguían, también se habían pasado el semáforo en rojo e
inevitablemente esto se convirtió en una persecución. Yo
tenía la ventaja, era más móvil y podía entrar en lugares
que un automóvil simplemente no puede, seguí acele-
rando desenfrenadamente, alcancé a meterme en un callejón estrecho, observé al automóvil que manejaban Pietro
y su compañero detenerse, trataron de alcanzarme, continué por este callejón, di la vuelta en sentido contrario, me
metí en otro callejón, hasta observarlos pasar. Me siguieron por cien metros, de nuevo corté entre los automóviles
y encontré otro semáforo, era una intersección importante, no me detuve aunque estaba en rojo, sólo por unos es-
casos metros evité que una camioneta hiciera contacto
conmigo, al tratar de evitarla el *Audi* que venía a sólo
unos diez metros detrás de mí, perdió el control y se im-

pactaron espectacularmente en la pared de un edificio, bajé la velocidad y me di cuenta que Pietro bajó del automóvil, el daño fue impresionante, el vehículo se encontraba completamente destrozado, la mayor parte de los
daños parecían ser en el área del conductor.

Me detuve por un momento y arranqué decidiendo
tomar una ruta alterna hacia el sur de París para salir de
la ciudad, mi destino era España, Oviedo en particular.
Seguramente no podrían saber a donde me dirigía, siendo
que en los papeles de la renta de esta motocicleta anoté
que el sitio de regreso, iba a ser Barcelona.

Tomé la ruta Aéroport/Orly y después la autopista
A-630 y la A10 por aproximadamente veinte kilómetros,
hasta que paré a tomar un refresco en Palasiau, mis manos aún temblaban, necesitaba calmarme y disminuir los
niveles de adrenalina, respiré profundo, compré un cigarrillo y lo fumé con gran placer.

Observé en mi teléfono móvil la ruta, puse música estilo rock metálico y continué mi camino, pensaba rentar
una habitación de hotel en Bordeaux que se encuentra
aproximadamente a 500 kilómetros al sur de París. Con
más calma emprendí mi viaje, disfrutando de los alrededores, había un olor a humedad en el camino, el viento
era fresco, sentía el sol en mi cara a través del visor del
casco, la música y el entorno del paisaje, después de escapar del destino, eran mis amigos, una vez más. «¡Soy libre!», grité en silencio, girando con mi mano derecha el
acelerador de esta máquina bestial, cortando el viento
como una flecha buscando su blanco. Continué en la au-

topista por unos doscientos kilómetros, me detuve a descansar en Tours. Al detenerme en una gasolinera, me senté en una banca afuera del establecimiento y decidí visitar la ciudad en lugar de seguir en la autopista.

Tomé la dirección hacia el centro de Tours, crucé el rio por el "Pont Napoleón" y seguí por la "Rué de la Victorie", paré la motocicleta y caminé hasta encontrar la calle "Scellerie", donde había múltiples establecimientos, cafés y restaurantes. Me senté en un café, en las mesas de afuera y ordené de comer. Me quedé observando a la gente, caminando en este jueves a mediodía, algunos corrían hacia sus actividades, otros como yo, apreciaban el acontecer cotidiano de la gente. Me recargué en la silla, descansando; el restaurante era pequeño, con unas cuantas mesas adentro que se encontraban vacías, era sobrio y tenía un olor a carne, ajo y aceite de oliva. Afuera, las mesas estaban llenas, todas tenían una sombrilla de color blanco con franjas verdes. Se acercó a mi mesa un hombre de mediana edad, poco pasado en peso, tez blanca, pelo entrecano y me pidió sentarse en mi mesa, me saludó en francés pero lo había escuchado hablar español con un joven adolescente probablemente su hijo. Le contesté en español:

—¿Cómo está usted?

—Muy bien, gracias por dejarnos sentarnos contigo, como veis no hay otro lugar, a mi hijo y a mí nos gustaría disfrutar de esta mañana tan hermosa aquí afuera.

—No se preocupe, pueden sentarse.

—¿De dónde sois?

—De México, estoy de visita.

—Mira que bien, nosotros somos de Madrid, estamos de visita aquí en Tours.

—Sólo voy de paso, me dirijo a Oviedo.

—Veo por tu casco que andáis en motocicleta.

—Así es.

—¿Y manejaréis hasta Oviedo?

—Ése es mi plan. Mi nombre es Santiago.

—Yo soy Francisco Herrera y mi hijo se llama Alejandro, aquí viene —acercándose el adolescente a la mesa; Alejandro era un joven de posiblemente dieciocho años, vestido con pantalones de mezclilla y una camiseta azul marcada con el logotipo de una banda de rock norteamericana, "Metallica"—. Mira Alejandro, él se llama Santiago y viene de México —le dijo su padre.

—Mucho gusto Alejandro.

—¿Qué motocicleta traéis? ——Me preguntó el joven

—Es una Ducati.

—Me encantan las motocicletas italianas —respondió sonriendo.

—¿Tienes una?

-No, no me lo permite mi Padre —¿podría verla?

—Claro, está estacionada a unos pasos de aquí.

Estuvimos conversando por un buen rato, Francisco me dijo que el hermano de su esposa era sacerdote en Oviedo, el padre Justino Fábregas, que había oficiado en la catedral por muchos años y que se encontraba ya casi retirado por su avanzada edad. Me platicó que sólo oficiaba misa uno o dos domingos al mes y que era un erudito en los objetos de la "Cámara Santa" de la catedral donde se encuentra "La Cruz de los Ángeles". Le pedí a Francisco, por favor, si me pudiese poner en contacto con él, que me encantaría conocerlo pues la razón de mi visita a dicha ciudad era, precisamente, la catedral de San Salvador de Oviedo.

—Vaya que es una coincidencia —me dijo Francisco sorprendido.

—Lo admito, nunca pensé, siquiera estar aquí sentado en este restaurante, me llamó la atención la ciudad de Tours por eso me detuve.

—Todo tiene una razón de ser en esta vida Santiago, es un camino trazado por Dios.

—Es posible Francisco, cada día que pasa, creo más eso que usted dice.

—¿Y cuál es tu siguiente parada?

—No lo sé, pero pienso pasar la noche en Bordeaux.

—Bonita ciudad, te encantará visitar la "Place du Parlement" tienen buenos vinos, los Jueves por la tarde suelen tener un festival de "vino y arte".

—Lo visitaré seguramente Francisco, gracias por la sugerencia.

Al estar platicando, noté que empezaron a formarse nubes en este precioso cielo azul, una brisa poco más fuerte, como si se avecinara una tormenta. Seguimos nuestra conversación por un rato, Alejandro decidió caminar hacia el hotel donde se hospedaban, que estaba localizado cercano a este restaurante dejándonos a Francisco y a mí disfrutando de esta preciosa mañana, tomamos un café, me platicó que su esposa había fallecido hacía un año debido a complicaciones de cáncer de seno y la tristeza con la que los había dejado, lo que la extrañaba y, al igual que su único hijo Alejandro, se adaptaba a los estragos relacionados con la pérdida de su madre. En menos de lo esperado, empezó a llover y Francisco me comentó que para que me arriesgaba a manejar mi motocicleta en la lluvia, que debería considerar quedarme aquí en Tours, lo que no me pareció mala idea, me encontraba cansado, no había dormido la noche anterior y lo que me había mantenido despierto hasta ahora, habían sido la adrenalina y el café, me encontraba a 350 kilómetros de Bordeaux, la verdad, no tenía prisa. Le pregunté a Francisco que si estaba contento en el hotel donde se hospedaban y me contestó que era bellísimo, que se encontraba a sólo unos pasos de este lugar. Pagamos la cuenta y lo acompañé a su hotel. Al salir del restaurante, llovía constantemente, apuramos nuestro paso caminando por aproximadamente tres minutos, para entonces ya estábamos completamente empapados. Llegamos al hotel llamado "L'adresse", era bellísimo, nos detuvimos unos momentos en la parte de afuera, debajo del techo en la calle para escurrir el agua y no mojar los pisos de la recepción del hotel.

-¡Vaya tormenta! —Comentó Francisco—. Espero ya haya llegado Alejandro.

—No deja de llover, parece que va a durar un buen rato —le comenté sacudiéndome el agua de mis botas.

—Anda vamos adentro, que necesito un duchazo.

Nos dirigimos a la recepción, el encargado me pidió mi información, me dijo que tenían un cuarto disponible en el tercer piso del hotel. Me registré y antes de subir al cuarto me comprometí con Francisco para ir a cenar con ellos a un restaurante de mariscos que él recomendaba ampliamente, yo le dije que sólo contaba con ropa informal, él me comentó que no necesitaba más. Francisco subió a su habitación y al dirigirme al elevador, me percaté que Alejandro entraba por la puerta principal del vestíbulo del hotel, llevaba una sonrisa muy grande en su cara, estaba 'hecho una sopa', se dirigió a mí, me dio las llaves de mi motocicleta y me dijo.

-¡Es una bestia esa máquina, macho!, discúlpame mucho pero la llevé a dar una pequeña vuelta por las calles del centro. Por favor no te vayas a enojar, tomé las llaves sin que te dieras cuenta, no tiene un sólo raspón, ¿Puede quedar entre nosotros?, por favor no le digas nada a mi padre, la he estacionado casi exactamente donde tú lo hiciste —me miraba implorándome.

—No te preocupes —le dije sonriendo y moviendo mi cabeza hacia los lados —me da gusto que no te hayas accidentado en la lluvia. Tienes que subir ahora, que tu padre te espera en la habitación.

Los dos nos dirigimos al elevador riendo a carcajadas, el mozo vestido de botones nos preguntó a cual piso íbamos, Alejandro le dijo que al segundo y yo al tercero, nos preguntó que por qué nos reíamos tanto, le dijimos que de una pequeña aventura que Alejandro había tenido. Llegué a la puerta de la habitación todavía sonriendo sobre lo que Alejandro había hecho, el cuarto era sobrio y al mismo tiempo elegante, por su ventanal tenía vista hacia la plaza central de Tours que contaba con calles estrechas y edificios antiguos, la gente se le veía correr para escapar de la lluvia y los techos resplandecían al haber sido lavados por el agua de esta tormenta que 'no daba de sí', podía sentir claramente la vibración en el vidrio de la ventana en respuesta a los estruendos que la tormenta producía. Me despojé de mi ropa mojada, la colgué en el baño y tomé un duchazo que me cayó estupendo. Me puse una toalla a mi cintura, me acosté en la cama y quedé profundamente dormido por un par de horas.

Las campanas de la cercana Basílica de San Martín me levantaron a eso de las siete de la tarde, me paré de golpe e inmediatamente llamé a Yumara para preguntarle como había salido su madre de la cirugía, me dijo:

—Todo salió bien Santiago, gracias a Dios.

—Me alegro, tú cómo estás, ¿has podido dormir algo?

—No, al llegar fui directamente al hospital, me quedaré aquí cuidándola, ya nos dieron un cuarto y tiene un catre, ahí dormiré. ¿Dónde te encuentras?, ¿todavía en París?

—No estoy en Tours.

—¿Qué haces ahí, quillo?

—Renté una motocicleta, me dirijo a Oviedo, paré en Tours para comer y empezó una tormenta fuerte, así que decidí quedarme aquí por la noche.

—¡Tío, tú sí que eres impredecible! No ha pasado un solo día y ya te extraño —me dijo en voz baja.

—Te alcanzaré en Sevilla antes de lo que piensas.

—Aquí te espero impacientemente, aguarda un momento —separándose de la bocina del teléfono—. Te llamo en unos minutos, el doctor entró al cuarto.

—Espero tu llamada, te envío un beso.

Me vestí lo más rápido que pude y bajé al vestíbulo del hotel donde me esperarían Francisco y Alejandro, su hijo. Al llegar no los encontré, me senté en uno de los sofás de la recepción, en la televisión estaban las noticias, a los pocos minutos llegaron Francisco y Alejandro, los saludé y me levanté para dirigirnos al restaurante, al voltearme oí el nombre de Jaques Aubert en la televisión, le dije a Francisco que por favor me tradujera lo que decían:

"El gran historiador Jacques Aubert se encuentra luchando por su vida en la unidad de terapia intensiva del hospital "Hôtel Dieu" tras un asalto en su residencia, sufre de fractura de cráneo y un impacto de bala en su pecho".

—¡Lo conocéis? —Preguntó Francisco.

—Sí, estuve con él ayer por la tarde —le contesté muy consternado—, ¿qué más dicen?

"Aún no se encuentra el culpable o culpables relacionados a su caso, la policía busca a los responsables".

Tomé mi teléfono inmediatamente después del corte comercial, llamé a la recepcionista del museo L'orangerie y me dijo:

—"Musée de L'orangerie".

—"Señorita cómo está discúlpeme que la moleste, soy Santiago Cazorla estuve por allá el día de ayer, acabo de ver en las noticias del trágico incidente, me podría dar más información del estado del señor Aubert".

—"¡Señor Cazorla!, él se encuentra en estado crítico, en coma, estamos muy tristes" —me dijo sollozando.

—"¿Hay alguna pista del culpable?"

—"Estuvo la policía aquí durante el día, les di información sobre las citas del señor Aubert y me enteré que trataban de localizarlo a usted".

—"¿Tiene el número del policía para llamarle?"

–"Sí, del oficial Oropeza y un detective" —me dio la información y la escribí en un papel.

—"Le llamaré, espero que salga adelante el señor Aubert. Le agradezco su información".

Les pedí a Francisco y Alejandro que me disculparan por un momento y llamé al oficial Oropeza.

-"Oficial, ¿cómo está?, habla Santiago Cazorla, es relacionado al incidente del señor Aubert.

—"Bien Santiago, fuimos a buscarlo al hotel donde nos dijo que se hospedaba pero nos dimos cuenta que ya había salido".

—"Sí, hoy por la mañana, me encuentro en Tours voy camino a España".

—"Revisamos los videos de las cámaras del hotel y nos dimos cuenta que usted y su novia estuvieron ahí toda la noche. El incidente del señor Aubert ocurrió alrededor de las once de la noche, un vecino de Aubert llamó para reportar el sonido de balazos en su residencia. ¿Tiene algo de información que nos pudiese brindar?"

—"No estoy seguro, el individuo que trató de asaltarme afuera del museo… puede estar involucrado".

—"Sí, tenemos su descripción y lo estamos buscando, gracias por su llamada y contácteme si tiene más información".

—"Con mucho gusto oficial" —al terminar la llamada

me quedé paralizado.

Me sentía culpable de lo ocurrido, al esconder el crucifijo, seguramente pensaron que se lo había entregado a Aubert y por eso trataron de robarlo en su residencia, seguramente puso resistencia y por eso lo golpearon pero, «¿por qué tratar de matarlo?. ¿Es posible que él tenga suficiente información para involucrar a Castrogliani?», me preguntaba incesantemente.

De nuevo, le pedí disculpas a Francisco y nos dirigimos en un taxi al restaurante que recomendaban, la distancia fue corta, posiblemente podíamos haber caminado al lugar pero con la lluvia que todavía caía fue mejor decisión tomar el taxi.

Llegamos a la "Place du la gran marche", donde se ubicaba este pequeño restaurante llamado "Le Zinc". Se encontraba al otro lado de la acera donde nos dejó el taxi, al cruzar había una estatua metálica estilo arte moderno, parecía un monstruo con sus brazos hacia arriba. Continuaba lloviendo, ahora con menos intensidad, entramos al restaurante y nos sentamos. El olor del lugar era de especias fuertes, ajo y pan, al revisar el menú de "Le Zinc", me di cuenta que no era puramente comida de mariscos, había de todo, yo no tenia mucha hambre, pero quería tomar un vino tinto y le pregunté a Francisco cuál era su preferido, él me contestó.

—Mira hijo que no hay mejor vino que el español, pero siendo que no tenemos ese lujo, te recomiendo este Chateneauf-du-Pape, te va gustar, lo tomamos aquí la otra noche.

—Voy a ordenar una botella para la mesa —le dije con voz temblorosa.

—Venga, yo te ayudo —¿Os encontráis bien Santiago?

—Estoy preocupado por este señor que vimos en la televisión.

—Espero que todo salga bien, ¿hay algo en lo que pueda ayudarte hijo?

—No, Francisco, se lo agradezco mucho, ya se aclararan las cosas con el tiempo.

Pedimos nuestros platillos y trajeron la botella de vino, la primera copa la tomé de un solo trago, brindé con Francisco y Alejandro, disfrutamos de un gran manjar de mariscos y diferentes carnes que sugirió Francisco. Platicamos de nuestros viajes y ya con unas copas encima, les platiqué un poco de mi aventura en Pakistán. Francisco me contó que él era un hombre ya retirado, fundador de un banco en Madrid, que se dedicaba a viajar mientras su hijo no estaba en la escuela, Alejandro empezaba su primer año de medicina en la Universidad Complutense en Madrid.

Al terminar la cena, Alejandro le pidió a su padre permiso para ir a un bar que se encontraba relativamente cerca de donde estábamos, me invitaba con mucha insistencia. Francisco no quiso ir y tomó un taxi al hotel. Alejandro y yo caminamos a este bar que se encontraba muy cercano a la Basílica de San Martin, había parado de llover y la noche estaba fresca pero agradable. Al llegar a este establecimiento llamado "L'Excalibur" observé que se encontraba lleno de gente para ser un Jueves por la noche, la mayoría de las personas parecían estar entre veinticinco a treinta años de edad, por afuera, era estilo gótico, probablemente el establecimiento perteneció a la basílica en años pasados, siendo su estructura antigua seguramente creada en esa época. Al entrar, se escuchaba música electrónica proveniente del centro del lugar, la gente brincaba al ritmo de la música en la pista de baile y había un bar de buen tamaño, Alejandro identificándose con la música empezó a bailar, yo me dirigí al bar y me senté en la barra. Le pregunte al camarero del bar que si tenía tequila, y me dijo que esperara un momento, fue a la barra y me dijo que tenían "Don Julio", le pedí dos copas, se acercó a mí Alejandro y bebió la suya en un solo trago, yo lo tomé lentamente, siendo que ya sentía el efecto del alcohol, sintiéndome mareado. Después de unos minutos se acercaron dos chicas muy atractivas a la barra junto a nosotros, una de ellas se sentó enseguida de mí seductoramente hablándome en francés, Alejandro que hablaba francés perfectamente, le dijo que me hablara en inglés o español, ella parecía tener unos veintiocho años, su pelo rubio, ojos negros, vestía con una minifalda, zapatos de tacón y la mitad de sus senos estaba expuesta tras una camiseta escotada, lucía un tatuaje de una flor que se escondía detrás de su blusa, en su seno derecho. Me dijo, hablando en inglés, que me invitaba a tomar un trago, agradecido le dije que ya estaba un poco pasado en copas y que esperaría un rato, no hizo caso y ordenó una bebida compuesta, para no desairarla tomé de esta bebida que era dulce, aparentemente contenía vodka; le dije:

—¿Qué piensas de la música electrónica?.

—Me encanta, la prefiero a la música pop, y el "DJ" es excelente.

—A mí me gusta más la música rock y baladas, pero no me molesta.

—Qué te pareció la bebida —me preguntó acercándose más a mí.

—Me gusta, pero está muy dulce y ya ando un poco tomado, espero que no se me suba más —muchas gracias.

—No te preocupes, a mí me gustan los hombres un poco mareados.

—¿Cómo te llamas?

—Briggite, ¿y tú

—Santiago.

—Briggite se acercaba cada vez más a mí, puso su mano en la parte interna de mi muslo y empezó a acariciarme, yo me sentí perdido, por un lado pensaba que era una mujer muy atractiva y si esto hubiera ocurrido hacia unos meses, no hubiera titubeado en besarla, pero ahora, después de haber conocido a Yumara, no tenía interés en estos juegos; lentamente tomé su mano, la puse en la barra del bar y le dije:

—Briggite eres una mujer bellísima y me siento atraído a ti, pero tengo novia y estoy enamorado.

—¿Está aquí ella?

—No, está en España —le contesté.

—Entonces no hay problema.

—Lo siento, la verdad si fuera en otras circunstancias ya te estaría besando, por favor discúlpame un momento

— me levanté dirigiéndome al baño.

Alejandro se besaba apasionadamente con la amiga de Briggite. Al llegar al baño, me dirigí al lavamanos, eché agua en mi cara para enfriar la situación, al salir me detuve en el pasillo, noté que un individuo me miraba constantemente, era más joven que Pietro y su compañero, probablemente tenía treinta años, llevaba una camiseta y un saco formal, su pelo era oscuro y sólo podía apreciar su cara cada vez que las luces provenientes de la pista de baile prendían al ritmo de la música. Pensé que me seguía y después de lo que había ocurrido, necesitaba cerciorarme. Al regresar al bar, noté que Briggite bailaba con alguien más, me sentí orgulloso de haber evitado una situación íntima con ella, Alejandro, por su parte, seguía besando apasionadamente a su amiga. Le pedí al camarero que me diera un puro, el que tuviera, y unos cerillos, después de un momento, me dio un puro corto, cuya etiqueta leía Montecristo #2. Me levanté de la barra, recargando mi espalda en la silla y me di cuenta que, esta persona seguía mirándome, me acerqué a Alejandro, lo toqué en el hombro y le dije que iba por unos momentos afuera, a fumarme un puro, levantó su dedo pulgar y continuó besando a su chica. Caminé hacia la entrada y me di cuenta que este individuo me seguía más de cerca, abrí la puerta, salí, me paré en la acera de la calle, encendí el puro, y él salió por un momento, dándose cuenta que estaba yo afuera, inmediatamente volvió a entrar al bar.

Sentía una combinación de coraje y temor, no me explicaba como era posible que siguieran buscándome si no había forma de que supieran donde me encontraba, entré al bar, fui a la barra, donde se encontraba Alejandro, que finalmente había parado de besar a esta muchacha. Ella se levantó y se disculpó diciendo que iba al tocador, Alejandro la acompañó y yo decidí ir con ellos, me di cuenta que esta persona me seguía de nuevo, en el pasillo del baño se acercó más a mí y con el enojo que sentía aunado al efecto del alcohol, me abalancé hacia él, lo presioné contra la pared con mi mano en su cuello y le grité que por qué me seguía, que si Castrogliani lo había enviado, habló en francés, levanté mi puño y antes de golpearlo Alejandro me dijo:

—¡Espera Santiago! —Empezó a reírse a carcajadas.

—¿Qué pasa?, ¿qué es lo que dice, Alejandro? —seguía riendo.

-—Dice que te encuentra muy atractivo y por eso te seguía, le gustaste.

Inmediatamente lo solté, le acomode su camisa y le pedí mil disculpas por el mal entendido, le ofrecí comprarle un trago por haberlo hecho pasar un mal momento, él se retiró sonriendo, diciéndonos que no había problema.

Alejandro acercándose a mí, me dijo:

—Tío, ¿qué pasa?, ¿por qué esa reacción? —Se reía bromeando.

—Disculpa, ando un poco alterado —empecé a reír a carcajadas con él.

Nos abrazamos como un buen par de borrachos y esperamos a su chica salir del baño. Alejandro me dijo que iba a buscar un lugar un poco más privado para estar con ella, yo fui de nuevo al lugar que tenía junto a la barra, noté que una banda se preparaba para tocar, pedí un refresco, no más alcohol por lo pronto, me senté cómodamente a observar a la gente. A los pocos minutos empezaron a tocar música estilo rock, la banda contaba con dos cantantes, un hombre que era bueno y una mujer que me pareció excelente, tocaron varias canciones que conocía, incluyendo una pieza de la cantante Nâdia, "Ammies ennemies" en español "Amigos enemigos", lo que me pareció irónico en estos momentos.

Así pasaron dos horas de música en vivo, Alejandro se acercó a mí con una gran sonrisa, al observarlo más cerca me di cuenta que tenía lápiz labial por su cuello y en la camiseta que llevaba; le pregunté por su chica, él me dijo que desafortunadamente ya se había retirado al igual que Briggite. Estuvimos un rato disfrutando de la música, Alejandro tomó un poco más, brindamos a la vida, salimos del local bastante mareados y decidimos caminar al hotel que se encontraba cerca; ya eran pasadas las cuatro de la mañana.

K2 K2 K2 K2 K2

8

De Tours a San Sebastián y el violinista

EL SOL ENTRÓ POR LA VENTANA DE MI CUARTO, AL abrir los ojos sentí un dolor de cabeza muy fuerte, tomé dos aspirinas y un duchazo de veinte minutos, empaqué mis pertenencias y fui al restaurante del hotel. Eran las diez de la mañana, intenté llamar al cuarto de Francisco y Alejandro, al descolgar el teléfono me di cuenta que bajaban por el elevador, Alejandro tenía la misma cara que yo, de trasnochado. Nos sentamos juntos y Francisco nos preguntó que si la habíamos pasado bien, los dos sonreímos y le dijimos que mejor de lo que pensábamos. Francisco me dijo:

—Qué bien que habéis pasado una noche agradable.

—Yo estoy pagando por lo que tomé —le dije, tocándome la frente.

—Igual que yo tío —contestó Alejandro.

—¿Bien, y saldrás rumbo a Bordeaux ahora Santiago?

—Espero salir al terminar el desayuno.

—¿Y pensáis manejar hasta la frontera hoy?

—Son 350 kilómetros a Bordeaux y otros 244 kilómetros a la frontera con San Sebastián, espero poder llegar a España hoy —hice una pausa y agregué—: al final, Francisco, nunca sabemos que pueda pasar, como por ejemplo ahora, que me encuentro con ustedes en lugar de haber estado en Bordeaux, puedo decirle que espero lo inesperado, si no se presenta, lo esperado será.

—-¡Coño!, qué filosófico, pero es completamente cierto hijo, te deseo lo mejor en tu búsqueda, no olvides de contactar al padre Fábregas, mi cuñado, cuando llegues a Oviedo.

—Definitivamente lo haré. –Me podría explicar lo de las peregrinaciones a Oviedo.

—No son a Oviedo, inicialmente fueron de Oviedo a Santiago de Compostela, se le llamaba la ruta primitiva, el primero en realizarla fue nada menos que el rey Alfonso II, ahora la ruta de peregrinación es de León a Santiago de Compostela.

—Ya entiendo, no tengo planeado ir a Santiago de Compostela, me dirigiré a Sevilla a ver a mi novia.

—Es un viaje largo en motocicleta.

—Lo sé, no pienso hacerlo en la motocicleta, la dejaré en Oviedo, posiblemente viajaré en avión o tren.

—Me parece mejor idea, el camino de San Sebastián a Oviedo debe ser precioso, especialmente montado en tu motocicleta.

—Me imagino, ya se lo contaré Francisco.

Nos despedimos afectuosamente, ellos se dirigían a visitar lugares turísticos aquí en Tours, intercambiamos direcciones y teléfonos. Me despedí de Alejandro con un fuerte abrazo, deseándole lo mejor en su carrera, Francisco me dijo que tuviera fe, que al final del camino está la luz y que seguramente la encontraría, les agradecí ampliamente su compañía.

Saldé mi cuenta en el hotel y fui a buscar mi motocicleta que se encontraba parada muy cerca de donde yo la había dejado.

Llame a Yumara de mi teléfono móvil y le dije que estaba a punto de salir a Oviedo, no quise platicarle lo ocurrido con el señor Aubert para no preocuparla, le conté que había casualmente conocido a Francisco y su hijo, que curiosamente conocían a un sacerdote en Oviedo que posiblemente podría ayudarme a resolver algunas de mis preguntas, me informó que su madre se encontraba mejor y que me extrañaba mucho.

Me monté en la moto, revisé el tanque de gasolina que se encontraba casi lleno, salí por las calles de Tours, crucé el puente y me dirigí a la autopista, viajé por aproximadamente dos horas antes de pararme. Durante el viaje, pensaba en lo ocurrido durante mi estancia en Tours, la casualidad de haberme encontrado con alguien que coincidentemente estaba conectado con la catedral de San Salvador de Oviedo, los eventos del bar, una prueba más de que ya no era el mismo de antes, me sentía tan bien de haber evitado eventos, de los que me hubiera arrepentido más tarde.

Me detuve en Poitiers que es casi la mitad del camino a Bordeaux, estacioné la motocicleta, cargué gasolina, fui a la tienda, compré una botella de agua y me senté a descansar por unos momentos. Me encontraba solo de nuevo en esta travesía, pero ahora todo era distinto, tenía un propósito y sobre todo había alcanzado momentos felices, pensaba en la bella cara de Yumara y los inolvidables momentos que habíamos pasado juntos, sus dulces besos, sonrisas y su cuerpo unido al mío. Estos recuerdos ponían instantáneamente una sonrisa en mi cara. No obstante, tenía siempre en mi mente a mis inseparables compañeros de viaje, que recordaba con tristeza, pero al mismo tiempo, los escuchaba como si fueran parte de mí.

Me acerqué de nuevo a la pequeña tienda localizada a unos pasos de la gasolinera y compré un periódico para enterarme de los eventos ocurridos con el señor Aubert, podía leer francés mucho mejor que hablarlo, la noticia era similar a lo que el noticiero de televisión explicó la noche anterior, nada nuevo.

El día era perfecto, no había nubes en el cielo, la temperatura era agradable este viernes al mediodía y el tránsito vehicular no era pesado. Seguí manejando hasta llegar a Bordeaux, decidí conducir hacia el centro de la ciudad para buscar un lugar donde comer, recordé que Francisco me había recomendado ir a la "Place du Parlement" y manejé en esa dirección. No había demasiado tránsito para una ciudad tan grande como Bordeaux, me estacioné cerca de la plaza y caminé hacia el centro de ella, no era muy grande, pero al estar en el centro, se podía apreciar su belleza arquitectónica y el ambiente creado por la gente y los negocios, es como hacer reverencia al pasado en un atuendo moderno, la fuente en el centro era estilo rococó, fue diseñada por el arquitecto, Chez Edouard en 1865.

Caminé alrededor de la plaza hasta encontrar un pequeño restaurante que me llamo la atención, tenía múltiples mesas con sombrillas en la parte de afuera, casi todas estaban llenas, me acerqué a la entrada y el encargado me llevó a una de las mesas localizada frente a la puerta principal del restaurante llamado "Chez Edouard" en honor al arquitecto que diseño la fuente. Pedí un *croissant* con jamón y queso y una copa de vino tinto. Al terminar de comer, caminé un poco alrededor de la plaza, a esta hora sólo se veían turistas tomando fotografías. Subí de nuevo a mi motocicleta y tomé una ruta distinta para apreciar la ciudad antes de subir a la autopista que me llevaría a San Sebastián. La autopista A-63 de Bordeaux hasta la frontera con España es aburrida, recta y había muchos camiones grandes. Me detuve brevemente en Bayonne para cargar gasolina. Ya estaba muy cerca de la frontera con España.

Llegué a la frontera, presenté mis documentos y proseguí manejando ya en terreno español. Sólo 20 kilómetros me separaban de San Sebastián, donde pensaba rentar un cuarto de hotel y descansar. Al llegar a San

Sebastián pregunte en un establecimiento a la entrada de la ciudad, dónde seria un buen lugar para quedarme por la noche y me sugirieron ir a la "Parte Vieja" y rentar un cuarto en el hotel "María Cristina". Enfilé en esa dirección y esperaba un hotel modesto, era sólo una noche, así que no me importaría la condición del hotel. Al acercarme a la dirección, me percaté de un edificio antiguo, localizado cerca del rio, frente a una estatua y un teatro escultural que se encontraba enseguida, pude observar que decía hotel María Cristina, quedé boquiabierto, no esperaba quedarme en un hotel de tal lujo, pero me acerqué con curiosidad de conocerlo por dentro. Le pregunté a la recepcionista que si tenía un cuarto disponible y me dijo que lo sentía mucho pero estaban a capacidad debido a una conferencia de ingenieros. Le agradecí sus atenciones y le pedí una sugerencia de algún Hotel cercano, me dio su recomendación y salí a observar la belleza estructural de este lugar que curiosamente fue diseñado por el mismo arquitecto que diseño el hotel Ritz en París, de acuerdo a un folleto que leí en el vestíbulo del hotel.

Al estar en la entrada principal, salió la recepcionista y se disculpó, pues sí tenía disponibilidad y debido a la cancelación realizada a última hora me daría el cuarto mucho más barato que lo que normalmente costaba, yo acepté y nos dirigimos de nuevo a la recepción. El cuarto estaba en el séptimo piso. El hotel era magistral y el cuarto lleno de elegancia, eran ya cerca de las once de la noche, decidí no salir y me quedé profundamente dormido después de tomar un baño.

A la mañana siguiente, bajé al restaurante del hotel para desayunar, planeando mi viaje a Oviedo. En el centro del restaurante se encontraba un pianista tocando melodías clásicas en un piano de cola, se le acercó un joven que me pareció ser de no más de quince años, sacó un violín de su estuche. Lo acompaño el pianista en una pieza que me llegaba a los más dentro de mi corazón, "Vocalise", de Rachmaninoff, cerré mis ojos para oírla con detalle, su violín tocaba las fibras más íntimas de mi alma.

El joven la ejecutó a la perfección como si estuviera oyendo a un violinista profesional como Berkman o Bell. Al terminar, guardó su violín y yo me acerqué a él, preguntándole si iba a tocar alguna otra pieza, me contesto que no, que estaba practicando para un festival de música clásica y el pianista se ofreció a ayudarle. Al terminar de guardar su violín me miró vagamente, el cristalino de sus ojos era blanquecino, fue cuando le pregunté:

—¿Cuál es tu nombre?, ¿qué edad tienes?

—Soy Juan José Astiazaran y tengo dieciséis años.

—Tocas el violín magistralmente —le dije poniendo mi mano en su hombro.

—Muchas gracias, empecé a los ocho años, como podéis ver no puedo leer notas debido a mi ceguera, así es que me tardo más tiempo en aprenderlas.

—Seguramente te convertirás en un gran violinista algún día.

—Me ha invitado la sinfónica de San Sebastián a tocar en el festival de música, aquí en el teatro de "Victoria Eugenia" que se encuentra al cruzar la calle, por eso practicaba hoy, mi presentación será en dos semanas.

—Me encantaría verte con la filarmónica, será todo un espectáculo, te deseo mucha suerte.

—¿Y cómo te llamas tú?

—Me llamo Santiago Cazorla, vengo de México.

—¿Eres el tío que salió en las noticias hace unas semanas, después de escalar el Everest?

—El mismo, pero no fue Everest fue la montaña K2.

—Cuando oí la noticia pensé que cómo era posible que alguien quisiera hacer una expedición tan peligrosa solo, es como si yo me aventurara a manejar en la autopista —lo dijo en un tono sarcástico a la par que sonreía.

—Yo me pregunto lo mismo Juan José…

—¿A dónde os dirigís?

—Voy a Oviedo, a la catedral.

—¿Y tú compañero, viaja contigo?

—¿A qué te refieres Juan José?, ¿cuál compañero?

—El que está aquí a tu lado.

—No hay nadie conmigo, estoy solo ——Juan José movió su cabeza como dudando lo que le decía.

—Pues no estáis solo, Santiago anda dime cuál es su nombre.

Me eché unos pasos atrás y me quedé frío, sin decir una palabra.

—¿Estás bromeando? —le dije intrigado.

—Discúlpame, hay ocasiones en las que imagino cosas, me pareció sentir la presencia de alguien más junto a ti.

—Estaré pendiente de tu progreso Juan José, estoy seguro que un día, serás el primer violín de alguna filarmónica —le dije tratando de cambiar el tema.

—¿Quieres que te lleve a algún lado?, voy saliendo.

—Te agradecería si me puedes acercar a la casa de mi madre, está muy cerca, de otra forma tendré que esperar a que el pianista acabe lo cual no será hasta dentro de un par de horas.

—Claro, el único problema es que ando en motocicleta, ¿te animas?

—¡Nunca me he subido a una! —me lo dijo como un niño al que se le concedió un deseo.

—Siempre hay una primera vez.

Juan José se acercó al pianista y le dijo que yo lo llevaría a su casa, tomó su violín, me tomó del brazo y nos dirigimos al estacionamiento. Me subí primero, puse su violín en mi mochila, le ayudé a subir y le enseñe dónde poner los pies, le indiqué que se sujetara firmemente de mí. Salimos por la calle principal enfrente del hotel, al voltear hacia la izquierda pude observar el teatro donde sería su presentación, seguí por la avenida, mientras Juan José me dirigía al yo darle la información visual que necesitaba. Aceleré para tomar un poco más de velocidad y note que Juan José disfrutaba del paseo, se soltó de mí, puso sus brazos al aire y gritaba:

—¡Joder, esto sí es vida!.

No tardamos mucho en llegar a su casa, paré la motocicleta y le ayudé a bajar, le entregué su violín y con un abrazo me agradeció por haberlo llevado y sobre todo lo que disfrutó con el paseo.

Le dije que seguramente nos encontraríamos algún día cuando el diera algún concierto, él me dijo:

—Seguramente, nuestros destinos se cruzarán de nuevo Santiago, ve con cuidado.

— Adiós Juan José.

Arranqué la motocicleta de nuevo, con mi mano izquierda apunté al oeste y grité a voz en cuello:

—¡A Oviedo señores!

El sol apuntaba directamente a mis ojos, el sonido del aire estrellándose en mi casco, conjuntado con el sonido del motor, las llantas acariciando el asfalto, formaban una sinfonía de sonidos que parecían ser uno, con el bello paisaje y aquella avenida que me llevaba a un nuevo destino, a desenmascarar un misterio que la vida me había regalado, el día de hoy atesoraba estas memorias que estarían conmigo por siempre, pasara lo que pasara; al mirar adelante, veía aquel camino, al que, el destino me empujó y pensaba recorrerlo con la frente en alto.

Pasaron casi tres horas, disfrutaba enormemente cada kilómetro recorrido, tenía al mar Cantábrico como mi compañero a mi derecha, pensé que había sido una gran idea el haber hecho este viaje en motocicleta.

De pronto, el terreno se volvió montañosa, vivas imágenes de una tierra que vio desenlaces históricos, batallas y peregrinaciones; tomé una desviación para bajar a Oviedo, quería observar la ciudad desde el monte Naranco antes de llegar. Tomé un camino a través de las montañas para ver este lugar en perspectiva, al llegar, encontré que existe un parque recreativo muy cerca de la cima del monte Naranco, y coronándolo está una estatua majestuosa del Sagrado Corazón de Jesús con sus brazos abiertos simbolizando abrazar la ciudad de Oviedo, montada sobre un pedestal que exhibe una cruz que me pareció que era la "Cruz de la Victoria".

Me bajé de la motocicleta a descansar y reflexionar de todos los eventos que me habían, lenta pero abruptamente, atraído a este lugar, tenía muchas preguntas y sabía que probablemente no las respondería todas, pero tenia que ponerle cierre a este capítulo en mi vida. Me sorprendí de no ver tanta gente en un Viernes como éste, el clima era templado, cielo nublado y una brisa que apenas movía las hojas de los robles. Me sentía en paz, sin apuro, a pesar de que no dejaba de pensar en el significado del crucifijo que colgaba de mi cuello, era tan profundo el sentimiento que no podía simplificarlo, ni comprenderlo.

La ciudad desde este punto se observaba en calma, ahí permanecí por cerca de una hora, sentado, observando a algunas personas que caminaban con mochilas y otros cuantos en sus bicicletas, la mayoría de la gente no se percataba de la belleza enfrente de ellos, nadie se detenía a observar este gran regalo que era una combinación de la ingenuidad del hombre y la naturaleza.

Tenía hambre, estaba cansado, me monte de nuevo en la motocicleta y me dirigí rumbo a la catedral, al atravesar las calles, noté una multitud de estatuas desplegadas a través del centro de la ciudad, cada una dándole un matiz cultural representando épocas distintas de la historia de

Oviedo, como si fuera un museo al aire libre. Antes de llegar a la plaza donde se encontraba la catedral me detuve a comer en un pequeño restaurante, que estaba a sólo dos cuadras, durante la comida a sugerencia del mesero, tomé un vaso de "sidrina", bebida espumosa de manzana con un pequeño toque de alcohol, que era característica de este lugar. Lo más interesante fue cuando el mesero la sirvió en el vaso, extendiendo el brazo que sostenía la botella, por encima de su cabeza y sin mirar al vaso que se encontraba en su otra mano por debajo de su cintura, lo llenó sin mirar y sin derramar una gota diciéndome:

—Tenéis que beberla de un sólo trago para que aprecies el sabor.

Así lo hice, me pareció muy refrescante y deliciosa, al terminar de comer, llamé a Yumara preguntándole cómo se encontraba, y ella me dijo:

—"Santiago, ¿te has enterado de lo que le ha pasado al señor Aubert?"

—"Sí, me enteré ayer, no te lo comenté para no preocuparte. ¿Cómo te enteraste tú?"

—"Lo vi en el noticiero, el pobre hombre se encuentra en coma en el hospital."

—"Sospecho que los responsables fueron Pietro y su amigo el "Ruso", creo que pensaron que yo le había entregado el crucifijo y por eso lo asaltaron, lo que no me explico es porque lo trataron de matar, hay algo más detrás de todo esto."

-—"Estoy de acuerdo, no me gusta nada, cuídate mucho Santiago, te quiero ver."

— "Ya me encuentro en Oviedo."

— "Qué bien, ¿cuándo piensas venir a Sevilla?"

— "Espero en un par de días estar junto a ti."

Hablamos un rato de cuanto nos extrañábamos, me dijo también que cada día que pasaba su madre mejoraba y que ella se encontraba muy aburrida, que pensaba buscar trabajo en algún hospital y también había considerado regresar a Islamabad.

K2 K2 K2 K2 K2

9

La catedral de Oviedo, "La Cruz de los Ángeles" y el sacerdote

UNOS MOMENTOS DESPUÉS, CAMINÉ POR ESTRECHOS callejones, subí unas escaleras hasta llegar a la plaza donde se encuentra la catedral. Al llegar ya caía la tarde, había una variedad de turistas tomando fotos, varias personas caminaban en la pequeña plaza y otros asesorados por un guía turístico esperaban su entrada por la puerta principal.

La catedral tiene una sola torre erguida en su parte derecha, al mirar hacia arriba pude apreciar una cruz en su cúspide, detrás, un cielo nublado reflejando los últimos rayos del sol que ya se retiraba por este día, dándole un color rojo tenue, dibujando un fondo espiritual en el cual, esta joya arquitectónica formaba el centro de atención. Al bajar mi mirada, observé la puerta principal, me acerqué lentamente, evitando al grupo de turistas al cual se les daba una explicación sobre la historia de la catedral, por curiosidad me detuve antes de entrar para escuchar lo que les decía la guía turística, que se expresaba con gran destreza diciendo:

—"Recordemos que en el año 711 tras la invasión árabe a la península ibérica, los musulmanes llegaron al norte cinco años después, Pelayo, en la batalla de Covadonga los vence y se forma el reino de Asturias, Alfonso II construye varias iglesias y una de las basílicas que se encontraba precisamente aquí, donde se construyó esta catedral estilo gótico, junto al palacio de Alfonso II. Durante los años ha recibido millones de peregrinos provenientes de todos lados del mundo principalmente debido a las reliquias que se atesoran en la Cámara Santa, incluyendo el "Arca Santa" proveniente de Jerusalén conteniendo reliquias vinculadas con la pasión de Cristo incluyendo el sudario, manchado con sangre de Jesús y pedazos de pan que según se dice, fueron parte de la última cena de Cristo con sus apóstoles; también contiene astillas provenientes de la Cruz de Jesús."

No me entretuve más y me dirigí a la puerta principal que estaba resguardada por una gran reja de metal, en su parte superior la adornaba nada más que una imitación en metal, de la "Cruz de los Ángeles". Entré caminando lentamente, «finalmente estaba aquí», repetía en silencio. Al entrar y mirar hacia arriba, observé un techo altísimo en forma de cúpula decorado con desniveles simétricos de cantera uniéndose en la parte más alta del techo, que era iluminado por múltiples vitrales. Frente a mí, estaba un monumental altar de madera, que estaba lleno de decoraciones en oro y colores azules, Cristo crucificado en el centro e imágenes de santos y ángeles.

Las bancas de madera donde la gente se sentaba a oír misa, se encontraban casi vacías con excepción de unas quince personas sentadas ordenadamente enfrente de un cubículo de madera que contaba con múltiples incrustaciones y decoraciones en madera labrada, al que se acercaban una a una esperando su turno. Me percaté que era un confesionario y sin explicarme el porqué, me senté en el último lugar. Junto a mi estaba una señora de unos cincuenta años que practicaba una oración escrita en un papel pequeño, repetía una oración incesablemente. Me acerqué a ella preguntándole en voz baja:

—¿Qué es lo que está orando señora?

—Es el acto de contrición, me pongo muy nerviosa antes de confesarme y no lo recuerdo.

—¿Me permite verlo?

—Claro aquí está hijo, ¿los sabéis bien?

—Mi última confesión fue cuando era adolescente, no lo recuerdo.

—Pero debéis de recordarlo, ¿no lo habéis aprendido de niño en el catecismo?

—Muy seguramente me lo enseñaron, pero no tengo memoria de él, ¿me permite tomarle una fotografía con mi teléfono móvil para estudiarlo?

—Anda hijo hazlo, algunos padres son muy estrictos y te pedirán que lo digas de memoria antes de la confesión.

Le tomé una fotografía, lo leía constantemente para memorizarlo. No podía creer que estaba sentado esperando entrar a confesarme.

Nos movíamos de lugar en la banca al avanzar. Noté que movía sus pies rítmicamente y temblaban sus manos. Le pregunté a la señora de nuevo:

—¿Por qué está tan nerviosa?

—Por mis pecados, hijo, son pequeños pero tengo miedo.

—No tema señora, ahí enfrente, mire —apuntando al altar donde se encontraba Cristo crucificado—, Él dio su vida para perdonar sus pecados, ¿por qué teme?, pídale perdón y dele gracias, no se aflija.

Noté que sus ojos se llenaron de lágrimas y al mismo tiempo sonreía.

—Tenéis razón hijo, te lo agradezco.

No dijimos una palabra más y me pareció que quedó en paz. Le llegó su turno, abrió la cortina y entró al confesionario.

No pude evitar notar que seguía yo, el último en la banca. No podía explicar que hacía aquí, era como si una fuerza extraña hubiese actuado para traerme a este momento, a este lugar. Por unos momentos pensé en levantarme y salir apresuradamente pero me quedé sentado revisando las palabras del acto de contrición grabadas en mi teléfono y no me percaté cuando esta señora salió, el padre abrió parcialmente su cortina y me dijo:

—Es tu turno, ¿te vais a confesar hijo?

—Sí padre, disculpe.

Entré al confesionario, me puse de rodillas, al hacerlo, un escalofrío entró en mi cuerpo y al mismo tiempo una paz interna, el padre me preguntó:

—¿Cuándo fue tu última confesión?

—No recuerdo padre, la última vez que asistí a la iglesia fue cuando mis padres murieron siendo yo un adolescente, quiero regresar, estoy arrepentido.

—Es un milagro, hijo, -rezaba oraciones pidiendo por mí.

Uno a uno le dije mis pecados, al hacerlo me invadió un sentimiento que no puedo describir, como un calor que no tenía escape, de pronto, las lágrimas salieron por mis ojos y con un nudo en la garganta apenas podía seguir hablando. El padre me dio la bendición pidiéndome que rezara unas cuantas oraciones, nunca me pidió que dijera el acto de contrición, que de tanto repetirlo, ya lo había memorizado. El padre continuó orando por mí, salí del confesionario y me senté de nuevo en la banca a rezar mi penitencia. Al salir el padre del confesionario le pregunté:

—Disculpe, ¿es usted el padre Justino Fábregas?

—No hijo, ¿por qué me lo preguntáis?

—Quisiera conocerlo, padre.

—El ha vivido desde joven aquí en la catedral.

—¿Aquí en la catedral?

—Sí, hace ya más de cincuenta años que nadie se hospeda aquí, con la excepción del padre Fábregas.

—¿Cómo es eso?, ¿dónde se encuentra?

—Existe un lugar adyacente a la catedral creado hace más de dos siglos, donde los Sacerdotes solían hospedarse, es un camino que va por debajo de la catedral, al pasar la estatua de "San Salvador" hay una puerta que conduce a ese lugar.

—¿Cree que me podría recibir hoy?

—No hijo, regresa en una semana, él posiblemente oficiará misa y lo puedes ver y platicar con él después de la ceremonia.

—Muchas gracias padre.

Se persignó y lentamente se retiró de la catedral.

Me senté de nuevo y me puse a rezar las oraciones que recordaba de mi penitencia. Al terminar, noté que ya no había nadie sentado en las bancas, sólo se oían pasos distantes. Estaba tan cansado que me recosté en la banca por un momento y me quedé dormido, no me percaté de cuanto tiempo estuve acostado pero me levantaron los pasos de alguien caminando cerca de la banca donde me encontraba, mi mochila y mi casco estaban en el suelo, me agaché para recogerlos y pensé que podría ser una buena oportunidad para tratar de visitar al padre Fábregas, me recosté en el suelo escondiéndome para que no me viera, noté que era un guardia de seguridad, pasó por donde yo me encontraba sin percatarse de mi presencia. Oí sus pasos disiparse, muy seguramente estaba haciendo su recorrido rutinario.

Me encontraba completamente solo en esta inmensa catedral, no había luz, únicamente la que provenía de las veladoras que los fieles habían prendido frente a la estatua de "San Salvador" y otras cuantas en el altar. Caminé lentamente hacia donde me había indicado el padre que se encontraba el pasadizo hacia las habitaciones antiguas para los sacerdotes, con cuidado de no hacer ruido; no obstante, cada paso de mis botas producía un eco en la bóveda de la cúpula, aun siendo extremadamente cuidadoso. De esta forma seguí caminando hasta pasar la estatua de "San Salvador", encontrando una puerta de madera que se encontraba cerrada, al tratar de abrirla empujándola, me di cuenta que no se movió. Tratando de ser lo más silencioso posible, en lugar de empujarla, la jalé, finalmente se abrió, produciendo un eco a través de los pasillos, me detuve por unos segundos para tratar de oír los pasos del guardia, pero agraciadamente todo estaba en silencio. Continué abriendo la puerta que rechinaba con cada movimiento, lo hice lentamente hasta que la apertura me diera espacio para entrar. No había iluminación, no pude identificar un apagador por lo que dejé la puerta entreabierta y apresuradamente me dirigí a la estatua de "San Salvador", decidí tomar una veladora para poder iluminar el camino, me acerqué de nuevo a la puerta y en ese momento pude oír los pasos apresurados del guardia acercándose, entre rápidamente y cerré la pesada puerta de madera lentamente detrás de mí. Me quedé paralizado por unos momentos, oí los pasos del guardia del otro lado de la puerta detenerse pero no intentó abrirla, pude oírlo decir:

—¡Malditas ratas!, me han sacado un susto.

Esperé por unos minutos a que se retirara el guardia antes de hacer cualquier movimiento. Podía observar con la luz que producía la veladora una escalinata larga, que se dirigía hacia abajo y una luz tenue al final de un túnel.

Las paredes eran de piedra, en el techo que era curvo, pude observar que había un pequeño foco incrustado y una línea eléctrica expuesta. El olor era a humedad y musgo, podía oír una pequeña gotera que rítmicamente parecía marcar los segundos que transcurrían, caminé lentamente sólo podía ver unos cuantos pasos enfrente de mí. De pronto, recordé que había dejado mi mochila y mi casco debajo de la banca enfrente del confesionario, en mi mochila traía una lámpara pero decidí no regresar y continúe hasta llegar a donde había visto esa luz al final del pasillo. Al entrar a ese lugar, encontré un pequeño altar con un Cristo crucificado, múltiples veladoras y un reposo para las rodillas. Continué por unos veinte metros más adelante y descubrí una entrada a la izquierda, en este largo pasillo, había varias puertas de madera redondeadas en sus ápices, marcadas con una cruz en su parte superior embisagradas con metal. Me imaginé que pudiesen ser los viejos dormitorios; en una de ellas, pude observar una luz inconstante proveniente del interior del cuarto por debajo de la puerta, me acerqué y con titubeo, suavemente la toqué.

—¿Eres tú Leonel? —contestó una voz dentro del cuarto.

—No, me llamo Santiago, ¿discúlpeme puedo pasar?

—¿Quién eres?

—Soy un visitante, padre.

La puerta se abrió y el padre me miró por encima de sus lentes diciéndome:

—¿Qué hacéis aquí?, ¿quién te ha dejado entrar?

—Padre, necesito hablar con usted, es muy importante para mí. Por favor permítame un momento, Francisco Herrera, el esposo de su fallecida hermana,, me platicó de usted y creo que me puede ayudar en lo que busco.

—Pasa por favor, siéntate —jaló una silla de su escritorio la puso enfrente de mí. Él se sentó en la cama donde tenía un libro abierto.

El cuarto era amplio en forma de cúpula, cientos de libros en las paredes, no había una sola ventana ni un aditamento electrónico, la única iluminación provenía de una lámpara antigua la cual asumí que era de keroseno. Parecía como si el tiempo se hubiese detenido hacia más de un siglo en este lugar; el padre Fábregas con un semblante de intriga dirigía su mirada a mí, su poco pelo estaba completamente blanco, las arrugas cortaban su cara, era delgado al punto de parecer frágil y vestía una camiseta blanca con un pantalón de dormir, su atuendo negro colgaba de un gancho, perfectamente planchado, con un crucifico de oro al frente. Noté una sonrisa discreta en su cara como si le hubiera agradado mi visita en lugar de estar molesto.

—¿Qué pasa, por qué estáis aquí?, habéis tomado un riesgo muy alto en quedarte en la catedral después de cerrar sus puertas, a partir del asalto ocurrido en 1977, cualquier persona que se le encuentre al cerrar es detenida y arrestada.

—Discúlpeme padre, me quedé dormido después de confesarme y ya habían cerrado, al preguntarle al sacerdote que me confesó, me comentó que usted vivía aquí y que desafortunadamente no iba a poder verlo, al levantarme, me di cuenta que ésta era la oportunidad que esperaba no tenía conocimiento de las consecuencias.

—No te preocupes, yo te llevaré a la salida y le diré a Leonel, el guardia, que estabais conmigo.

—Le agradezco que no se haya enfadado por importunarlo de esta manera.

—No hijo, ahora dime qué es lo que queréis decirme —me dijo con una voz muy calmada y llena de paz.

Le platiqué con lujo de detalles mi experiencia en la montaña, cómo de pronto me encontraba en la oscuridad al borde del suicidio y aquella vida de arrebato que había llevado hasta esos momentos, cómo con su ayuda conquisté la cumbre y de la manera en que ellos perdieron su vida. Compañeros de una travesía de tal magnitud a los cuales nunca había conocido que me hicieron sentirme en confianza y con sutileza me daban mensajes acerca de la fe en Dios, en quien yo ya no creía y antes de morir, uno de ellos, me había entregado el crucifijo que fue lo que me hizo llegar aquí. Le conté que traté de buscar la identidad de mis compañeros sin encontrar evidencia alguna de que su existencia, no aparecían en las fotografías que tomé de ellos y que la prensa me llamaba el "Montañista Solitario", siendo que para mí ellos fueron reales y lo siguen siendo en mi corazón.

Tomé mi crucifijo y lo saqué de mi camiseta enseñándoselo, al mirarlo, se acercó curiosamente colocando sus lentes más cerca de sus ojos, tomó la lámpara de keroseno acercándola al crucifijo y al observarlo se echó hacia atrás lentamente persignándose, luego me dijo:

—Eres muy afortunado Santiago, estuviste en la presencia de ángeles enviados por Dios para ayudarte a regresar a tu fe.

—¿Eran en verdad ángeles padre?

—Santiago, la palabra ángel proviene del griego quiere decir "mensajero", son seres puramente espirituales y pueden tomar forma humana, a pesar de que los cuerpos que asumen pueden parecer humanos no son de nuestra naturaleza, simplemente son vehículos necesarios para comunicarse con nosotros, en nuestra fe son reconocidos también en las Sagradas Escritura, recuerda al pasaje de Tobías a quien lo acompaño el ángel Rafael en su viaje y le dijo:

"Ustedes me veían comer y hablar, pero era sólo en apariencia" dijo Rafael a Tobías al final de su jornada, cuando descubrió su identidad (Tobías 12, versículo 19).

—Y este crucifijo padre, ¿por qué me lo obsequiaron?

—No lo sé hijo, es un mensaje que tienes que encontrar tu mismo.

—Padre, sé que hay una leyenda acerca de la "Cruz de los Ángeles" en esta catedral escrita por al arzobispo Lucas de Tuy. Un gran historiador que ahora se encuentra luchando por su vida confidencialmente mencionó que existe otro manuscrito que complementa al primero, el cual habla de instrumentos milagrosos como este crucifijo que llevo colgado. Desafortunadamente, al descubrir que yo lo tenía, dos individuos enviados por un despiadado fanático religioso trataron de robarlo creyendo que yo se lo había entregado a este historiador cuyo nombre es Jacques Aubert, lo asaltaron e intentaron asesinarlo, ahora se encuentra al borde de la muerte. Padre, ¿existe este misterioso segundo manuscrito?

—Ven Santiago, acompañadme.

Se vistió con su atuendo de sacerdote y unas sandalias de cuero, tomó su lámpara y salimos al pasillo, el tomaba pequeños pasos al caminar, encorvado, sujetando la lámpara con dificultad. Al verlo, le ofrecí llevarla, pero me contestó que ya estaba acostumbrado, que por favor lo siguiera de cerca. Me llevó por un camino distinto, abrió con sus llaves una puerta que nos llevó a otro pasillo y al salir me dijo:

—Éste es el camino que nos lleva a la "Cámara Santa".

Al llegar, pude observar con la tenue luz de su lámpara de keroseno, una reja de metal, tras de ella, se encontraban los tesoros de la catedral, al centro resplandeciente se veía la "Cruz de los Ángeles", enfrente la "Arca Santa" y a un lado la "Cruz de la Victoria", también había un manto enmarcado con la sangre de Cristo "El Sudario" que colgaba al lado derecho. Sacó sus llaves que se encontraban dentro de su atuendo y con sus temblorosas manos abrió la puerta, entramos a la "Cámara santa" y me paré enfrente de la cruz, con asombro me di cuenta que era casi idéntica a la que llevaba colgada, con excepción de las piedras preciosas. En estos momentos sentía que todo lo que ocurría era paralelo a la realidad, como un sueño.

Apresuradamente llegó el guardia de seguridad al escucharnos entrar a la "Cámara Santa" y nos dijo faltándole la respiración:

—¿Está todo bien padre?

—No os preocupéis Leonel todo está bien. Él es mi amigo Santiago, estaremos aquí por unos minutos.

El padre movió un manto en la parte trasera de este pequeño tabernáculo el cual escondía una puerta, tomó de nuevo sus llaves y al abrirla me dijo:

—Este lugar resguarda algunas reliquias que no se han expuesto al público —Tomó una pequeña caja de madera y sacó un libro forrado en piel, atado con un hilo de seda, diciéndome:

—Éste es el libro del arzobispo de Tuy, el cual relata la leyenda de la "Cruz de los Ángeles", aquí mismo se encontraba el segundo manuscrito del que tú me hablasteis, desafortunadamente fue robado en 1977. Tuve la oportunidad de leerlo en detalle antes del robo.

Tomé el libro, lo abrí lentamente y al mover sus páginas leía la descripción de la misteriosa desaparición de los peregrinos que construyeron la cruz, postulando la posibilidad de que en realidad eran ángeles. El padre me interrumpió y abriendo con una llave escondida detrás de un altar de plata otra caja de madera que contenía el análisis hecho por varios sacerdotes incluyéndolo a él, refiriéndose al desaparecido segundo manuscrito, diciéndome:

—Aquí podéis encontrar de lo que hablaba este segundo manuscrito. Siendo que no podemos extraerlo de este lugar te explicaré en pocas palabras lo que decía. Existen objetos alrededor del mundo de origen religioso, emulando a crucifijos, rosarios y prendas que han sido regalos de seres espirituales, ángeles, los cuales parecen tener cualidades milagrosas según nos cuenta el manuscrito.

»La parte más interesante fue que nunca supimos quien fue su autor y en qué se basó para llegar a sus conclusiones, ninguna parte de su contenido se le ha mostrado al público, sólo los sacerdotes sabíamos de su existencia hasta que fue robado, tampoco tuvimos conocimiento de cómo llegó aquí. Cuando fue hallado siglos atrás, se encontraba junto al del Arzobispo de Tuy, la caligrafía era similar pero pequeños detalles la diferenciaban del original, databa de la misma época que éste, por lo que no se le atribuyó al Arzobispo. Al estudiar el manuscrito con más detalle, encontré que aunque el poder de estos objetos está creado por Dios, hubo evidencia, de acuerdo a este libro, de individuos que los han utilizado para otros propósitos, muy lejos de ser puros, fueron realizados en la falsa pretensión de ser en nombre de Dios. Investigué algunos de los eventos descritos aquí, consulté al Vaticano al respecto sin encontrar evidencia alguna de su autenticidad, hubo siempre mucha resistencia por parte de las autoridades religiosas en estudiarlo más a fondo.

—¿Quién lo robó?

—No se sabe, fue al mismo tiempo que robaron la "Cámara Santa".

Guardó el manuscrito del Arzobispo en su caja mientras yo detenía la lámpara, de pronto, noté otro artefacto metálico pequeño, redondeado, con una escritura forjada en su cara superior, parecía que estaba escrito en latín diciendo, "Christi crux est mea lux", lo tomé e intrigado le pregunté al padre:

—¿Qué hay aquí dentro?

—Es sólo una reliquia Santiago, no contiene nada.

—En su parte lateral hay una ranura.

—¿De qué me habláis hijo?

—Por favor observe, es alargada —se acercó para observarlo más de cerca.

—Parece parte del diseño de la pequeña caja, no es nada.

—¿Qué dice en su parte superior?

—"La cruz de Cristo es mi luz" —contestó el padre.

—¡La Cruz!… -en ese momento tomé mi crucifijo y lo introduje por la ranura, al llegar al final y extraerlo se levantó la parte superior exponiendo un pedazo de piel similar a un papiro con la siguiente inscripción: "A cruce salus" no contenía nada más, volteé a verlo y le pregunté:

—¿Qué significa padre?

—"La salvación está en la cruz" —su voz se quebraba al decírmelo—. No tenía idea de que este mensaje estuviera guardado aquí por tantos años.

—¿Ahora qué padre?, ¿qué significa todo esto?

—No lo sé con exactitud Santiago, venga, vamos a salir de aquí.

El padre cerró las puertas de metal de la "Cámara Santa", Leonel nos esperaba afuera, al final del pasillo. Al llegar, nos dijo:

—Padre, ¿necesita algo más?, ¿quiere que lo acompañe?

—No es necesario Leonel, Santiago y yo vamos a platicar aquí en el área de Sacerdotes, por favor quiero que cuando terminemos le abras las puertas de la catedral para que pueda salir mi amigo.

—Claro que sí, padre —dirigiéndose a mí me dijo:

—¿Te pertenecen esta mochila y casco?

-Sí, son míos, mil gracias —me los entregó en ese momento, sonriendo pícaramente.

—¿Quiere que encienda las luces padre?

—No es necesario Leonel, con mi lámpara es suficiente.

Nos acercamos a un cuarto localizado sólo a unos pasos de la "Cámara Santa", nos sentamos enfrente de una mesa de madera labrada, rodeada de sillas forradas en piel con incrustes de oro y respaldos altos, posiblemente utilizada por los sacerdotes para planear la vida espiritual de sus seguidores y orar. El padre puso la lámpara en la mesa y me dijo:

—Santiago, ese milagro que pudiese prometer el crucifijo, ya ha ocurrido, tu vida ha tomado otra dirección, Dios os ha enviado un gran mensaje a través de los ángeles y debéis de seguir escuchándolo. Algún día os darás cuenta que estos eventos que habéis experimentado no son más que un sentido de dirección cuando no encontrabais el camino, busca siempre la luz, Dios está contigo, os ha mandado un gran mensaje, es en verdad un especial privilegio para ti.

—¿Y qué debo hacer con este crucifijo padre?

—Es tuyo hijo, ha sido un regalo, no seáis impaciente, Dios te dirá que hacer con él.

—Padre, le agradezco infinitamente su hospitalidad y su paciencia en escuchar mi historia.

—Sabéis —hizo una pausa—, hoy por la noche pensaba acabar de leer un libro que había empezado hace muchos años, pero tu historia es mucho más bella que los pasajes de ese libro, a mis años hay pocas cosas que me sorprenden y tú, hoy me haz dado un gran regalo también, yo soy quien te da las gracias Santiago, anda y ve con Dios, que Él te guiará ahora y espera mucho de ti, no te desvíes de tu camino nunca más, por lo pronto, te acompaño a la salida, no vaya a ser que Leonel te confunda con un ladrón —empezó a toser al reírse.

Caminamos a la salida de la catedral, parecía una escena surrealista ver a esta gran persona, un sacerdote que había dado su vida entera a Dios, caminando a mi lado con su lámpara de keroseno, encorvado, su cuerpo cansado de la vida y nuestros pasos haciendo eco en los muros de este lugar santo, no podía yo haberle pedido a Dios más por esta noche.

Leonel abrió las puertas, yo salí pero regresé y abracé al padre dándole las gracias de nuevo, él replicó:

—Anda hijo, termina, que me vais a hacer que se caiga mi lámpara y seguramente no conseguiré otra —me dio tres palmadas en la espalda.

Me retiré lentamente, ya estando al final de la plaza, miré atrás, viendo al sacerdote con el guardia a la entrada de la catedral, era como si observara aquel hermoso cuadro de Claude Monet: "La Catedral de Rouen", sólo faltaba agregarle aquella pequeña lámpara —que resplandecía suavemente— y al gran sacerdote.

Renté un cuarto en un pequeño hotel en el centro de Oviedo, bajé a caminar ya habiendo dejado mis pertenencias en el cuarto.

Buscaba un lugar donde comer, me moría de hambre, ya era pasada la media noche y no habían establecimientos abiertos con la excepción de un pequeño carrito ambulante que anunciaba "churros y chocolate", la noche estaba fresca y me dije «¿por qué no?», junto al carrito se juntaban jóvenes que posiblemente provenían de antros cercanos para apagar los efectos del alcohol, me senté un momento a saborear este manjar que era lo único disponible en esos momentos, al terminar, subí al cuarto del hotel, me quité los zapatos y sin quitarme la ropa quedé profundamente dormido.

Esa noche tuve una pesadilla que me levantó de golpe, fue extraordinariamente vivida, mi corazón palpitaba rápidamente, apenas podía sostener mi respiración. Soñé que me encontraba en el hospital donde el señor Aubert luchaba por su vida, había entrado a su cuarto viéndolo conectado a un respirador, múltiples máquinas sosteniendo su vida, el cuarto sólo estaba iluminado por la luz proveniente de los monitores cardiacos y del respirador. Me acerqué a él, apreté su mano y le susurre a su oído que siguiera luchando, de pronto, una figura que era conocida para mí, aquel "Mensajero", se encontraba sentado en una silla a un lado de Aubert, dirigiéndose a mí, dijo:

—Nos encontramos de nuevo, Santiago. Tu aventura sólo comienza, la de Aubert está terminando; en ese momento sentí que Aubert apretó mi mano y abrió sus ojos mirándome profundamente, me eché hacia atrás y sentí que caía en un precipicio sin fondo, fue ahí cuando me levanté.

Me dirigí al baño, enjuagué mi cara y tomé un baño para relajarme. No pude volver a conciliar el sueño, le daba vueltas a la situación de Aubert, trataba de entender por qué intentaron asesinarlo, entendía perfectamente que trataran de robarle buscando el crucifijo. La única explicación lógica era que él tuviese evidencia en contra de Castrogliani y que temieran que la utilizara en contra de él; si ése fuese el caso, ¿dónde estaba la evidencia?

Desgraciadamente, el único capaz de proveer la información estaba en coma.

K2 K2 K2 K2 K2

10

Los norteamericanos,
El accidente y
Pietro vuelve a escena

L A MAÑANA SIGUIENTE CONTACTÉ A LA COMPAÑÍA "AdMo" para entregar la motocicleta localmente en Oviedo; sorprendidos, me dijeron que la esperaban en Barcelona, les expliqué que tuve cambio de planes y me contestaron que no tenían cómo recibirla en Oviedo, que si deseaba, podía entregarla en Madrid o en su lugar, ellos podrían transportarla pero necesitaba esperar hasta el lunes, estaba sorprendido que me hubiesen contestado en domingo. Les expliqué que yo me contactaría con ellos el lunes por la mañana.

Después de investigar en la computadora del hotel la ruta a Madrid y la distancia que sólo era de aproximadamente 400 kilómetros, decidí realizar el viaje en la motoci-

cleta y entregarla en Madrid y de ahí tomaría el tren a Sevilla. Me preparé para salir y aprovechando que era relativamente temprano en domingo, no esperaba tránsito pesado en la carretera; antes de salir, fui a misa en la
catedral y comulgué por primera vez en más de diez
años.

Partí finalmente de la ciudad de Oviedo que me dejaba con grandes recuerdos, seguí mi travesía a través de
tierra española. Me detuve en una gasolinera cerca de
León, donde se encontraba un grupo de motociclistas norteamericanos, que al igual que yo, estaban disfrutando de
los bellos caminos de España, utilizaban motocicletas
Harley Davidson y se dirigían a Madrid. Eran un total de
cinco, cuatro alrededor de mi edad y uno de ellos me pareció mayor, de unos cincuenta años. Al entablar conversación con ellos, uno de los más jóvenes, de nombre Justin, me preguntó que cual era mi nombre y desde donde
venía, le contesté:

—Vengo de París, pero mi viaje empezó en Pakistán.

—¿Pakistán?

—Fue en una expedición a la montaña K2, en los Himalayas.

—Vaya aventura, ¿pudieron subir a la cumbre?

—Si, pero desafortunadamente perdí varios de los dedos de mis pies debido a congelación.

—Y ahora en motocicleta, vaya tu ímpetu de aventurero.

—Siempre me ha encantado hacerlo desde muy joven;
¿y ustedes donde empezaron?

—En Barcelona, seguimos el Cantábrico y venimos de

Oviedo, vamos hasta Marruecos.

—Me parece excelente.

—¿Por qué no te unes a nosotros?, estamos por salir.

—Me encantaría, si me lo permiten, pero yo me iré atrás de ustedes para no alterar su formación.

Salimos intercalando las motocicletas como suele hacerse en grupos grandes. Continuamos en la autopista y aproximadamente 100 kilómetros antes de llegar a Madrid, Joel que iba al frente, perdió el control de su motocicleta debido a un animal, parecía un venado que se cruzó en el camino, la motocicleta lo golpeó y cayó repentinamente deslizándose por más de treinta metros, quedó en la parte lateral de la autopista, Joel era el primero en la formación, agraciadamente nadie de nosotros caímos, pues pudimos esquivarlo y frenar a tiempo. Al regresarme a observar lo ocurrido, se apreciaba una cantidad inmensa de sangre en el camino, afortunadamente provenía del venado que quedó decapitado. Al acercarme a Joel, lo encontré inconsciente, traía una chamarra de cuero y casco, lo cual le ayudó a disminuir las lesiones. Les comenté que yo era paramédico y que necesitábamos llamar inmediatamente a una ambulancia. Le quitamos el casco con extremo cuidado, al hacerlo noté que respiraba con dificultad, posiblemente tenía fracturadas varias costillas y sin duda, una de ellas le había perforado el pulmón siendo que no oía sonidos de respiración del lado derecho. La pierna izquierda tenía una fractura expuesta de la tibia la cual sangraba profusamente, cortamos el pantalón de mezclilla con unas tijeras, le puse un torniquete por encima de la fractura utilizando un cordón de cuero de su chamarra de piel, pero noté que continuaba sangrando, el hueso al fracturarse posiblemente había lesionado una arteria. Les pregunté a los muchachos si alguien traía hilo dental y George buscó inmediatamente en su mochila, me lanzó una caja pequeña; mis manos temblaban, con el hilo dificultosamente ligué lo que parecía la arteria tibial posterior que era la que sangraba; se controló la hemorragia. Sólo habían pasado veinte minutos cuando oímos las sirenas de la ambulancia aproximarse, a mí me parecieron horas. Al llegar, les expliqué mi impresión de sus lesiones a los paramédicos, antes de levantarlo y pasarlo a la camilla, recobró la conciencia y nos preguntó:

—¿Vivió el vendado?

—No Joel, pero gracias a Dios tu estás vivo —le contesté tocando su frente.

—¡Discúlpenme! —Nos contestó con dificultad.

Los paramédicos de la ambulancia empezaron una línea intravenosa y le aplicaron oxígeno. Les preguntamos que a dónde lo llevarían y tomaron datos de Justin para contactarlo al llegar al hospital. Nos montamos en las motocicletas, tratamos de seguir a la ambulancia de cerca pero desafortunadamente los perdimos. Una hora después contactaron a Justin diciéndole que Joel se encontraba en la sala de emergencias del hospital "Sanitas" que se encuentra al norte de Madrid, comentaron que se mantenía estable, tenía perforación del pulmón y que planeaban llevarlo a cirugía en una hora, para reparar la fractura de tibia y la hemorragia.

Al llegar a Madrid nos dirigimos a dicho hospital, rápidamente estacionamos las motos, fuimos a la sala de emergencias y nos comentaron que ya estaba en sala de operaciones.

Nos informó uno de los enfermeros que había perdido una cantidad significativa de sangre por lo cual tuvieron que transfundirlo, pero que gracias al torniquete no perdió su vida.

Nos sentamos pacientemente en la sala de espera sin decir una palabra, al cabo de dos horas nos comentaron que todo había salido bien, que se recuperaría, lo trasladaron a terapia intensiva; al escuchar las buenas noticias, con una sonrisa nos dirigimos al restaurante del hospital. Nos encontrábamos nerviosos a pesar de que Joel había sobrevivido y se recuperaba, notaba en la mirada de los demás que posiblemente pensaban al igual que yo, que podía haber sido cualquiera de nosotros el accidentado, desafortunadamente, son los riesgos que tomamos en el motociclismo.

Justin me dijo:

—¿Tienes planeado quedarte en algún hotel específico?

—No, mi viaje a Madrid fue de última hora.

—¿Por qué no te quedas con nosotros?, el hotel donde planeamos quedarnos está muy cerca de aquí.

Me parece bien.

—Te agradecemos muchísimo el haberle ayudado a Joel.

Continuamos platicando historias de accidentes que les habían ocurrido y de lo afortunado que Joel había sido en este accidente considerando la severidad de la caída.

Después de un rato, George que era primo de Joel, habló con el doctor a cargo del caso y nos comunicó que se encontraba muy estable pero que no lo podrían visitar hasta la mañana siguiente. Nos dirigimos al hotel y a la mañana siguiente, nos juntamos a desayunar en un local adyacente al hotel, planeábamos ir al hospital a visitar a Joel.

Le pedí a Justin que me acompañara a entregar mi motocicleta a la compañía "AdMo" de Madrid después regresaríamos al hotel, para ir todos juntos al hospital.

Los llamé para pedir direcciones y resultó que estaba relativamente sólo a unos cuantos kilómetros de donde nos encontrábamos. Al llegar, llené el papeleo necesario, Justin también reportó la pérdida de la motocicleta de Joel debido al accidente, curiosamente, ellos también habían rentado las motocicletas con esta compañía.

Me pidieron información de dónde me hospedaba en caso de que tuvieran que contactarme, entregué la motocicleta y el equipo rentado. Justin tomó un poco más de tiempo pues le pidieron un reporte más detallado por lo del accidente. No pude evitar sentir tristeza por dejar a mi compañera de viaje que había sido excelente. No cabía duda que había sido una experiencia maravillosa.

Al terminar Justin, subimos a su motocicleta, me monté en la parte trasera y nos dirigimos al hotel. En tono juguetón me dijo:

—No toques donde no debes ¿de acuerdo?

—Anda vamos, que sea rápido, no me gusta ir detrás de nadie —le dije riéndome.

Al llegar, los muchachos se encontraban afuera ya listos para ir al hospital. Les pedí que me esperaran unos minutos para saldar mi cuenta del hotel y subir al cuarto a tomar mis pertenencias siendo que planeaba ir al aeropuerto o a la estación de tren para partir a Sevilla.

Al salir del cuarto del cuarto y caminar hacia el elevador, estando a sólo unos cuantos pasos, se abrieron las puertas. Quedé paralizado por un instante al ver que Pietro y otro individuo estaban dentro e inmediatamente corrí a las escaleras, descendí seis pisos lo más rápido posible, alcanzaba oír que me seguían de cerca y Pietro gritaba:

—¡Detente ahora o disparo!

Seguí adelante, empujé la salida de emergencia mientras ellos me siguieron al estacionamiento, corrí a toda mi capacidad y escuché un disparo que se impactó en un automóvil a sólo unos metros de donde me encontraba reventando una de las luces traseras, un segundo disparo se impactó enseguida de mis pies, finalmente, decidí detenerme y Pietro se acercó con su compañero que no era el "Ruso" como le llamaba Aubert, era un muchacho joven, con pelo oscuro, posiblemente español. Pietro me apuntaba a la cabeza y al estar frente a mí arrebató el crucifijo de mi cuello. En esos momentos pude oír el sonido del escape de las motocicletas de los muchachos que al percatarse que se trataba de mí, se dirigieron inmediatamente hacia mi localización, yo le preguntaba a Pietro que por qué buscaba este crucifijo con tanta insistencia y lo insulté, me golpeó en la cabeza con la pistola, al recuperarme lo sujeté de su saco y de pronto, George lo impactó con su motocicleta en la espalda aventándolo aproximadamente diez metros adelante, mientras Justin y los otros dos perseguían a su compañero que se echó a correr.

Pietro perdió la pistola al caer después del impacto, George lo sujetó, yo recuperé su escuadra y la puse en su frente diciéndole:

—¡Regrésame el crucifijo!, lo insulté varias veces más, mientras tomaba el crucifijo que se encontraba en su saco, le dije gritando:

—¡Desgraciado!, tú le disparaste a Aubert ¿no es así?, -no me contestó, jalé el martillo de la pistola y George me gritó:

—¡Espera, Santiago!

En ese momento me detuve y lo golpeé con mi puño cerrado. Alguien llamó a la policía al escuchar los disparos, al llegar los oficiales, lo detuvieron, esposándolo, me pidieron que les entregara la pistola que sujetaba inmóvil mirando fijamente a este asesino a los ojos.

Sin haberme percatado, al limpiarme el sudor de mi frente noté que sangraba profusamente de mi ceja derecha. Se acercaron los paramédicos provenientes de una ambulancia, al revisarme me dijeron que necesitaban suturarme la ceja, colocaron un vendaje temporal y les dije que nos dirigíamos al hospital Sanitas, que ahí se harían cargo de esto.

Declaré detalladamente lo que sabía de Pietro, les comenté que pudiese estar conectado con el intento de asesinato de Jacques Aubert en París proporcionándoles el número del teléfono móvil del oficial Oropeza. Pietro fue arrestado por robo a mano armada. Al subir a la patrulla retándome me dijo:

—Esto no se ha acabado querido amigo, por tu culpa perdió la vida mi amigo en París —en ese momento comprendí que posiblemente el "Ruso" había muerto en el accidente tras la persecución.

No dije una palabra, sólo lo miraba fijamente. Se retiró la patrulla rumbo a la delegación y estuve con otro grupo de investigadores los cuales me interrogaron acerca de los eventos ocurridos en París y los detalles de esta mañana.

Sujetaba el crucifijo en mi mano derecha, reparé la cadena de cuero y lo coloqué de nuevo en mi cuello, nos dirigimos al hospital, George ofreció llevarme en su motocicleta que no sufrió daños mayores. Al llegar al hospital se acercaron los muchachos y Justin me dijo:

—¿Te seguían estos tipos Santiago?

—Sí, desde París, pero los perdí después de un accidente, seguramente se enteraron donde estaba cuando llamé ayer a la agencia de motocicletas, son gente peligrosa y muy bien conectada.

—¿Por que quieren tu crucifijo?

—Es una historia larga de contar, la verdad, no lo sé con certeza, pero gracias a Dios ya está detenido, les agradezco muchísimo el arriesgar su vida por mí.

—Unas por otras Santiago —dijo George.

Me acerqué a la sala de urgencias para que suturaran mi herida y cual sería mi sorpresa que sólo utilizaron un pegamento especial para la piel sin necesidad de puntadas.

Al salir les agradecí infinitamente su ayuda, visité a

Joel en terapia intensiva quien se encontraba bien a pesar de lo aparatoso que se observaba conectado a múltiples máquinas; bromeando me dijo:

—Me enteré que esta mañana estuviste cerca de hacerme compañía aquí en el hospital.

—Definitivamente estuve cerca.

—Qué tengas buen viaje —dijo quejándose.

—Ya verás que antes de que lo imagines estarás montado en tu moto.

—Claro que sí, será lo primero que haré al salir.

Sujeté su mano y le deseé una recuperación rápida.

Me despedí de los demás muchachos y me dijeron que estarían unos días aquí en Madrid con Joel hasta que lo dieran de alta y después regresarían a los Estados Unidos. Intercambiamos números telefónicos y nos despedimos afectuosamente.

K2 K2 K2 K2 K2

11

Sevilla y el rompimiento

M E DIRIGÍ A LA ESTACIÓN DEL TREN, COMPRÉ UN boleto a Sevilla e inmediatamente le comuniqué a Yumara que estaría llegando a la estación de "Santa Justa" este mismo día por la tarde, para que pasara a recogerme.

El viaje fue tedioso, más que nada por la ansiedad que tenía de volver a verla, al bajar, miré que se acercaba al final del pasillo, corrí y al alcanzarla la abracé como si no la hubiese visto en años, me dio mucha emoción verla de nuevo. Al salir de la estación, de pronto, empezó a llover agresivamente, la sujeté de su cuello y nos besábamos apasionadamente sin importarnos el quedar empapados, la gente que pasaba comentaba, "mira esta pareja de locos". Corrimos al estacionamiento techado, ahí seguimos besándonos, nuestra ropa escurría agua y antes de entrar al automóvil me quité la chaqueta y mi camiseta, Yumara hizo lo mismo, se quedó en ropa interior, aunque su carro era pequeño nos pasamos al asiento de atrás, reíamos y al mismo tiempo nos invadió una atracción animal, hicimos el amor sin decir una palabra, sólo sentíamos nuestros corazones saltando queriendo salir del pecho, sus suspiros me dejaban envuelto en una nube de miel, no quería que este momento pasara nunca. Al terminar, los vidrios del automóvil se encontraban empañados, los dos nos soltamos a reír, ella me veía tiernamente, como una adolescente en su primera vez.

Decidimos ir a cenar antes de llegar a su casa; durante la cena le platiqué lo ocurrido en el viaje, especialmente mi encuentro con Pietro que afortunadamente ya se encontraba detenido, los eventos ocurridos en Oviedo y mis nuevos amigos motociclistas, ella me dijo:

—'Quillo', en verdad tu vida ha sido una aventura estos últimos meses.

—Ha sido increíble, muchas veces pienso que todo lo ocurrido ha tenido un desenlace que me ha puesto a prueba y al mismo tiempo me ha traído los mejores días de mi vida, especialmente ahora que estoy a tu lado.

—Lo mismo digo yo Santiago, me da gusto que te encuentres bien, anda vamos a que conozcas a mi madre y mi hermana Rebeca que se mueren por conocer a mi príncipe.

Yumara manejaba como si estuviera en una pista de carreras por las calles de Sevilla, me reía internamente debido a que nunca imaginé que tuviera esa destreza.

Llegamos al apartamento o "piso" —como le dicen aquí en Sevilla—, de su madre, que se encontraba cerca del barrio de Santa Cruz. Las calles eran estrechas, con mucha vegetación, balcones de metal y calles empedradas. Nos detuvimos en un estacionamiento que le pertenecía a la zona residencial y un "gorri" o chofer manejó el auto de Yumara a estacionarlo.

Al entrar a los condominios, había un botones en la recepción, el lugar era amplio, muy elegante con un toque de neo-clasicismo, pisos de mármol, las paredes adornadas con frescos y candelabros de cristal cortado. Nos montamos en el elevador y Yumara me dijo:

—¿Qué te parece el lugar?

—Es hermoso, debe de costar una fortuna vivir aquí.

—Mi madre tiene dos pisos juntos, que le dejó mi abuelo. Él era un hombre de negocios muy afortunado, tenía también varias plantaciones de aceitunas cerca de dos Hermanas, a unos cuantos kilómetros de aquí, donde tenemos un chalet de verano que quiero que visitemos.

Al entrar al piso de su madre, me quedé impresionado de la amplitud, era más grande que un condominio de lujo en la quinta avenida de Nueva York, con un toque andaluz en su decoración. Su madre se encontraba sentada en una silla, era una mujer muy bella, pelo entrecano, ojos azules y sus facciones eran similares a la de Yumara, tenía porte de mujer de alcurnia, me dirigí a ella y me presentó Yumara diciéndole:

—Madre, quiero que conozcas a mi Santiago —me jaló del brazo acercándome a su madre.

—Vaya hasta que se me hizo conocerte, eres más guapo de lo que imaginaba.

—Es un placer conocerla, ahora veo de donde han salido los dotes de belleza de Yumara —tomé su mano y la besé—, me da gusto que se encuentre tan mejorada.

—Gracias hijo, la vejez llega cuando menos lo esperas. Anda, salgan y diviértanse —me lo dijo sonriendo.

Nos sentamos un momento a platicar y Rebeca, la hermana menor de Yumara, que tenía veinticinco años, entró a la sala; su pelo era negro y tenía ojos almendrados de color café, figura esbelta y bien proporcionada, no era tan hermosa como Yumara pero era una mujer muy atractiva, representaba mucho menos años de los que tenía, llevaba una trenza y pantalones de mezclilla, su atuendo era como si perteneciera a una banda de rock, en sus manos traía guantes de piel que únicamente cubrían sus manos con los dedos expuestos y un casco de motociclista bajo su brazo, en contraste con Yumara que siempre había sido muy conservadora y elegante al vestir, Rebeca parecía rebelde y llena de simpleza, al acercarse me dijo:

—Tú eres el famoso Santiago, ya veo por qué le robaste el corazón a mi hermana, encantada de conocerte.

—Lo mismo Rebeca, que gusto, no imaginaba que parecieras tan joven.

—¡Gracias macho!, sabes bien qué decirle a las chicas, me has agradado mucho.

—Igualmente, ¿manejas una motocicleta?

—Sí, una Shadow-Phantom, ¿te interesan las motocicletas?

—Acabo de manejar de Paris a Madrid montado en

una; esa motocicleta es preciosa.

—Anda Chaval, qué bien, deberías llevar a Yumara a pasear, nunca se ha subido en una —sonriendo sarcásticamente y mirando a Yumara.

Nos quedamos conversando por varias horas, tomamos vino y de aperitivo aceitunas "Gordales" con pan de ajo que había preparado Yumara.

Me llevaron a la habitación en la que me quedaría durante mi estancia con ellas, la ropa que le había entregado a Yumara en París, estaba colgada en el armario. Rebeca insistía que fuéramos a tomar una copa al barrio de Santa Cruz que sólo se encontraba a dos cuadras del piso, pensaban llevarme a un bar que ellas solían frecuentar.

Tomé un baño, ya cansado de la misma ropa utilicé la que Yumara había traído de París y nos dirigimos al bar caminando por estrechas calles, en algunas de ellas, los balcones de metal casi se tocaban el uno con el otro, las ventanas enrejadas, las casas y locales de colores vívidos, maceteros con flores diversas, y palmeras adornaban este barrio con un sabor andaluz indiscutible.

Llegamos al "bar de copas" que ellas frecuentaban, tocaban música española estilo rock, entrelazando algunas canciones norteamericanas de hip-hop y otras clásicas. Bebíamos vino, cerveza y anís, la gente fumaba sin preocupaciones, el ruido de las voces y la música eran intoxicantes. Empecé a sentir el efecto del alcohol, me encontraba mareado y me pisaba la lengua al hablar, disfrutábamos de la música y Rebeca se levantaba a bailar, haciendo movimientos sensuales, enseñando el anillo,

que orgullosamente traía colgado de su ombligo, y un tatuaje en Kanji en su cadera izquierda. Yumara me comentó que dejaría de beber porque también ya se sentía ma-
reada, nos besamos apasionadamente sin importar la
gente de alrededor. Me levanté de la mesa para ir al baño
y Rebeca me dijo que me acompañaba. Caminamos juntos, mientras Yumara se quedó sentada. Esperé a que Rebeca saliera del baño y al terminar nos dirigimos de nuevo a nuestra mesa, vi que se encontraba un muchacho de
unos treinta y cinco años platicando con Yumara, al acercarnos Rebeca me dijo al oído:

—Coño, ¡me cago en diez!, es Antonio ese pedazo de
mierda, ex novio de Yumara, que demonios quiere con ella.

Vi que Antonio la jalaba del brazo y la beso en la boca
tomando su cara con una mano, Yumara trato de zafarse
pero no pudo, la jaló de nuevo del brazo para que se levantara y al acercarme pude oír que le decía:

—Anda ven, vamos hermosa, por qué no contestáis
mis llamadas.

Me apresuré a llegar y le dije a Yumara que si todo estaba bien. Antonio, que se le veía borracho, me miró y me
dijo retándome:

—¿Tú quién coño eres?, retírate ahora o te pongo
mano macho.

—Suelta su brazo por favor —le dije seriamente.

Él se abalanzó hacia mí y trató de golpearme, pude
evitar el puñetazo y al quedar su cara expuesta lo golpeé
varias veces hasta que cayó al suelo, se golpeó en la frente al ir cayendo en una de las sillas, cuando me acerqué,

noté que sangraba y había quedado inconsciente, unos segundos después abrió sus ojos y dos de sus amigos se levantaron a ayudarle, a mí me sostenía uno de los meseros. Al levantarse le gritaba a Yumara:

—¡Y ahora qué, zorra!, traéis otro macho, le voy a matar enfrente de ti.

Rebeca se dirigió a él y le dio dos cachetadas a mano abierta diciéndole:

—Dejad a mi hermana en paz, ¡¡jilipollas!

Le pedí a Yumara y a Rebeca que se retiraran para evitar más problemas. Llegaron dos hombres de seguridad y poco después dos policías, nos detuvieron y nos trasladaron a la comisaría.

Le di mi teléfono móvil y mis pertenencias a Yumara al llegar a la comisaría donde nos metieron en celdas separadas.

Se hizo el papeleo necesario, de acuerdo a los oficiales, necesitaban llamar testigos y me dijeron que tendría que pasar la noche ahí, hasta que se aclararan las cosas siendo que se tuvieron que llevar a Antonio al hospital por fractura de nariz. Me sentía frustrado, éste era el último lugar donde esperaba yo pasar la noche. Miraba a mi alrededor, era un lugar frío, olía a orina y cañería.

Me acosté en la banca de mi celda y mal dormí. A la mañana siguiente, me presenté con el juez, testificaron Yumara y Rebeca, también algunas personas que desconocía y el juez me dio el fallo, me preguntó que si quería poner cargos contra Antonio y le contesté que no. Tomé mis pertenencias y noté que Yumara estaba muy seria, faltaba mi teléfono móvil y le pregunte a Yumara que si lo había visto, buscó en su bolso y me lo entregó. Nos dirigimos a la casa de su madre, me bañe y me quedé dormido por un par de horas. Al salir, vi a su madre llorando. Le pregunte:

–Señora Sara, ¿qué pasa?, ¿por qué está llorando?

—Yumara se ha ido.

—¿A dónde fue?

—No lo sé, ha empacado todas sus cosas y se fue sin decir a dónde.

—¿Qué? —no lo podía creer, me quede paralizado y le dije:— ¿se fue a su departamento?

—No hijo, estoy casi segura que se dirige de nuevo a Pakistán, me dijo que estaba harta de todo lo que le estaba sucediendo.

Al estar hablando con la señora, Rebeca que se encontraba parada enfrente de la puerta de su cuarto me hizo una señal de que fuera hacia ella.

—Discúlpeme un momento señora ahora vengo.

Al llegar al cuarto de Rebeca le pregunté:

—¿Qué está pasando?, ¿Por qué se fue Yumara?

—Mira Santiago, este muchacho Antonio es hijo de personas muy amigas de mi madre, Yumara tuvo una relación muy larga con él y hace dos años se iba a casar. Todo se pospuso debido a la naturaleza violenta de Antonio, ella me platicó que le golpeó en varias ocasiones y eso le produjo un trauma muy grande; debido al rompimiento con Antonio, ella decidió irse de misionera a Islamabad a tratar de olvidar lo ocurrido y estar fuera de Sevilla.

—De acuerdo, pero ¿por qué se va ahora?

—Ayer por la noche llegó abrumada por los recuerdos, siendo que traía tu teléfono móvil, lo conectó para cargarlo y el teléfono sonaba con mensajes pendientes, al leerlos se echó a llorar y me dijo que no podía más, empezó a empacar sus cosas, llamó al hospital en Pakistán, parece que era temprano en Islamabad y le dieron su trabajo de nuevo, ahora debe de encontrarse en el aeropuerto.

—¡No lo puedo creer!

Tomé mi teléfono para ver los mensajes y cerré mis ojos después de leerlos. Los mensajes decían:

"Hola guapo, te extraño mucho, te mando este mensaje para decirte que el señor Patel ha empeorado y está en un estado crítico, se encuentra sedado casi todo el día".

"Recuerdo con gran cariño nuestro viaje a Khewra, besos Suman, P.D. Por favor llámame cuando tengas oportunidad".

—Anda léelo Rebeca.

—Ya lo he leído anoche, macho, ¿qué es otra novia que tenéis o es una zorra?, coño, que te has metido en aprietos. Yumara es muy sensible desde lo que le pasó con Antonio.

—Claro que no, Summan trabaja en un hospital psiquiátrico en Lahore, cerca de Islamabad, se siente atraída a mí pero jamás la correspondí, es una buena chica pero definitivamente no hay nada entre nosotros.

—¿Y el viajecito a ese lugar Khewra qué?

—Ella me ofreció llevarme a Islamabad, yo quería visitar las minas de sal, por eso paramos ahí, nunca hubo nada entre nosotros, te lo aseguro.

—Es un poco tarde, Santiago, te creo, pero vas a tener que convencerla a ella, es muy terca.

—Espero que sí, Yumara es mi primer amor, nunca he amado a nadie como a ella —me senté en el suelo, puse las manos en mi cara y no pude contenerme, las lágrimas corrían por mi cara, al levantarme le dije:

—Rebeca, préstame tu moto para ir al aeropuerto, posiblemente la pueda encontrar ahí, tengo que explicarle todo.

—¡Joder!, yo conduzco, háblale al móvil primero.

La intenté llamar al igual que Rebeca sin conseguir que contestara. Nos montamos en la moto y Rebeca manejaba como una loca, era bastante buen piloto por lo que hicimos muy buen tiempo al aeropuerto, me dejó en la puerta de "vuelos internacionales" busqué por todos lados sin encontrarla, volví a llamar a su móvil y de nuevo no tenía respuesta. Le pregunté a la persona encargada de información y me dijo que no tenían ningún vuelo directo a Islamabad, que tenía que conectarse por otra ciudad, posiblemente París. Le pregunté que cuál era el primer vuelo a París y me comentó que había despegado hacia treinta minutos. No podía creer lo que me estaba sucediendo, daba vueltas buscando la cara de Yumara entre la multitud de gente, no podía respirar, me llevé las manos a la cabeza y grité:

—¡No puede ser!, ¿por qué?.

Una mujer ya entrada en años se acercó a mí viéndome desesperado y me preguntó poniéndome la mano en el hombro:

—Tranquilo chico, ¿qué os pasa?

—Me dejó —le dije sollozando.

—¿La queréis mucho?

—Es mi único amor.

—Dale tiempo, así son estas cosas, búscala, te aseguro que estará de nuevo en tus brazos, me parece haber visto una chica muy mona llorando al comprar sus boletos hace unas horas, se dirigía a París, me imagino que es ella, le pregunté lo mismo que hago ahora contigo y no me contestaba, se veía muy herida.

Al voltear y tratar de ver la cara de esta mujer que me consolaba, me di cuenta que ya no estaba, traté de calmarme y me senté en una de las bancas a esperar a Rebeca que unos minutos después entró corriendo a la sala.

-¿Qué pasa Santiago, la has encontrado? —Me dijo con falta de respiración.

—No, salió a Paris hace treinta minutos, ¿por qué me pasan estas cosas a mí? —Le dije con mis ojos llenos de lágrimas.

—No lo sé tío, pero ella te quiere, lo sé, no te desesperes, ya volverá.

—Era todo tan perfecto, ella ha sido mi apoyo y la he perdido por nada, no es justo.

—Anda macho cálmate, vamos, te invito un café.

Nos montamos en la motocicleta, al ir sujetado de Rebeca, no podía enfocar en las calles, ni personas, eran sólo sonidos etéreos, como si el tiempo no pasara. Llegamos a un café en Santa Cruz y nos sentamos, Rebeca se levantó y fue a pedir un café para los dos, recibí una llamada en mi teléfono móvil proveniente de mi hermano Roberto que me decía:

— "¿Hermano cómo estás?"

— "Aquí, en Sevilla, ¿y tú?"

-Muy bien. Necesito que regreses a la Ciudad de México lo antes posible, recuerdas que hemos estado en negociaciones de la compañía de acero de papá, pues buenas noticias, ¡ya aceptaron!, quieren cerrar en las siguientes cuarenta y ocho horas, tienes que venir a firmar, me dieron sólo ese tiempo, por favor regresa lo antes posible, es una oferta mucho mejor de la que tuvimos hace un año, es una gran oportunidad, no podemos dejarla pasar, trabajaste muy duro para esto, ¿recuerdas?".

— De acuerdo, saldré en el primer vuelo, te veré pronto hermano."

— "¿Estás bien?, te oyes agobiado."

— "Sí, sólo estoy cansado, te marcaré al tener información del vuelo, para que me recojas en el aeropuerto."

— "Te llevaré a tu viejo apartamento, aquí estoy arreglándolo para cuando llegues."

— "Gracias, nos veremos pronto."

Rebeca se acercó a mí con el café y me dijo:

— ¿Qué, era la zorra esa?

— No, era mi hermano, tengo que ir a la ciudad de México lo antes posible.

— Mira que se complican las cosas, yo trataré de hablar con Yumara y contarle lo ocurrido, seguro que no te contestará a ti macho.

— Le marcaré todos los días, de eso puedes estar segura Rebeca.

Se quedo pensativa y cerró sus ojos diciéndome:

—Cómo me gustaría tener a alguien que me quisiera como quieres tú a Yumara. ¡Bien!, pues en marcha, tienes que reconquistarla.

Al terminar el café, nos dirigimos a la casa de su madre y al entrar le dije:

—Señora Sara, lo siento pero ya partió Yumara, fuimos al aeropuerto sin encontrarla.

—Fue mi culpa por querer que Antonio la cortejara, ella nunca estuvo de acuerdo; se veía un chico muy educado, creo que la he perdido de nuevo.

—No fue su culpa, se juntaron eventos desafortunados y creo que la afectaron mucho. Yo la buscaré lo más pronto posible —le di un abrazo y un beso en la mejilla.

—Gracias hijo, espero que las cosas vayan bien entre los dos.

—Tendré que ir a México a arreglar unos asuntos de negocios, me mantendré en contacto, muchas gracias por su hospitalidad y espero que siga mejorando.

Le pedí a Rebeca que me dejara usar su computadora para sacar mi boleto a la ciudad de México. La computadora estaba en su cuarto, me senté en el buscador y encontré un vuelo que salía a las siete de la tarde, me comuniqué con mi hermano para decirle la hora de llegada.

Rebeca se encontraba cerca de mí cuando estaba sacando el boleto de avión, oía música con sus audífonos. Se acercó a mí y rozó su mejilla con la mía, yo me eché hacia atrás pero sin poder evitarlo me besó brevemente en los labios, me hice a un lado discretamente y le dije:

—¿Qué haces?

—Disculpa, ¿qué no me encuentras tan atractiva como a mi hermana?, anda ya, yo no soy tan mojigata como ella.

—Eres hermosa, pero estoy enamorado de tu hermana, lo siento, no va por ahí Rebeca, te encuentro una chica increíble, tienes que entenderlo.

—Lo siento chaval, me pasé de loca, por favor no se lo menciones a Yumara.

—No te preocupes, no lo haré… sólo con una condición —la miré pícaramente.

—¿Y cuál es esa condición?

—Que me ayudes a reconquistarla.

—Vale, tenéis un trato, pero ¡ni una palabra!, ¿de acuerdo?

—Mis labios están sellados, bueno… sólo le diré…

—¡Coño! Basta ya, tenemos un trato.

—De acuerdo —apretamos nuestras manos.

K2 K2 K2 K2 K2

12

La ciudad de México
Y el orfanatorio

SA TARDE PEDÍ UN TAXI PARA TRASLADARME AL AE-
ropuerto, fue un viaje largo a México al tener que
hacer escala en la ciudad de Houston. Durante el
viaje pensaba todo lo que dejaba atrás y me llenaba de
tristeza, especialmente sabiendo que no me había podido
comunicar con Yumara.

A mi llegada, mi hermano Roberto me recogió en
compañía de su mujer Cristina y sus dos pequeños hijos,
el más grande, de cinco años, se llamaba Sebastián y el
pequeño, de nueve meses, de nombre Cristian, esa tarde
llovía y el clima era fresco, los abracé con mucho cariño y
mi hermano me dijo:

—Te vez muy bien Santiago, luces un poco más delgado y el pelo te va bien así más largo. Ya está listo tu departamento de Reforma, abrí tu closet y todavía tienes ro-

pa, camisas trajes y corbatas.

—Te lo agradezco, pero que andas haciendo metiéndote en mi closet —le dije bromeando.

—La cita con los inversionistas japoneses será mañana a las ocho en las oficinas de papá en Insurgentes.

—Muy bien, que bueno que se va a cerrar ese trato, el señor Nakayama ha sido difícil para negociar.

—Finalmente accedió, al irte tú a Pakistán pensó que íbamos a venderle a una compañía norteamericana y me llamó de inmediato al no poder hacer contacto contigo; aquí está el papeleo para que lo revises. ¿Quieres ir a cenar a la casa?

—Gracias Roberto pero me encuentro muy cansado, que te parece si lo hacemos mañana y celebramos el cierre.

—¡Perfecto!

Llegamos al departamento, bajé mis cosas y me despedí de ellos. Al llegar a este lugar, muchos recuerdos venían a mi mente, la mayoría no eran gratos, me acosté cansado y después de un par de horas llamé a Yumara, sin respuesta, le dejé un recado en su correo electrónico diciéndole:

"Llámame por favor, me encuentro en México. Tuve que venir de negocios, te quiero ver, te amo, lo que viste en mi teléfono no es lo que parece, por favor… llámame lo antes posible."

Revisé los papeles del cierre y en verdad era un trato excelente, la ganancia era substancialmente mejor que los ofrecimientos anteriores. Estaba seguro que mi padre hubiera hecho lo mismo. Me fui a dormir exhausto.

Me levanté temprano al día siguiente, a las seis de la mañana en punto, llamé a Islamabad que con diez horas de diferencia, eran las cuatro de la tarde por allá, de nuevo… sin respuesta alguna.

El cierre de la compra-venta de la compañía de acero fue un éxito. El señor Nakayama, tomaba posesión de la compañía en sólo dos semanas, me invitó a ser su nuevo director financiero, ofrecimiento que rehusé. Prefería usar el dinero de la venta en otros negocios que estar absorbido por una compañía tan grande como ésta.

Celebramos en casa de mi hermano el gran negocio, muchos de mis viejos amigos vinieron a la fiesta y me preguntaban de mis aventuras en la montaña K2. Uno de ellos, Arturo, quien trabajaba para un noticiero de prestigio en la ciudad de México, me pidió una entrevista exclusiva con ellos, ofrecía una cantidad considerable por la historia y el reportaje. Le contesté que no estaba listo pero que yo me comunicaba con él cuando lo llegara el momento.

Pasaron las semanas, llamaba a Yumara todas las mañanas en punto de la seis, sin respuesta. Intenté llamarla al piso donde trabajaba en el hospital, al contestarme la recepcionista confirmó que estaba de regreso pero no tomó mi llamada. Me comuniqué con Rebeca en Sevilla y le dije:

—¿Qué ha pasado con nuestro pacto?, ¿has hablado con ella?

—Sí, hace unos días, me dijo que estaba contenta trabajando en el hospital.

—¿Te dijo algo de mí?

—Me dijo que estaba muy herida, que todavía te quería mucho, pero que ahora no quería más problemas.

—Le dijiste que todo fue un malentendido.

—Sí, le expliqué que la zorra ésta de Suman, era un gordita que andaba tras de tus huesos, pero que nunca la correspondiste.

—¿De dónde sacaste lo de gordita?

—¿Se oye mejor, ¿no es así chaval?

—Ya que lo mencionas, sí, estaba un poco pasada de peso —reía al decirlo—. Rebeca…

—¿Qué pasa macho? Habla.

—La extraño mucho.

—Olvídala

—¿Por qué dices eso?

—Ella va a rehacer su vida, salió hace unos días con un doctor del hospital que es inglés.

—¿Qué me dices?

—Sí, no es nada serio, pero creo que quiere olvidarte Santiago, le has llegado muy dentro de su corazón y se lo has roto en mil pedazos.

Me quedé callado por unos segundos.

—Santiago ¿estáis ahí?

—Sí.

—No te vayas a poner a llorar como una nenaza, ¡joder!

—No, no lloro, es sólo que… duele saberlo.

Así pasaron otras dos semanas, trabajaba ayudando a la transición de la compañía por las mañanas, por las tardes hacía ejercicio y salía al cine o leía un libro. Me contacté con el oficial Oropeza para ver los avances de la investigación y me explicó que el señor Aubert seguía en coma, que la familia pensaba desconectarlo pronto del sistema de soporte, comentó que Pietro seguía detenido en España y que estaban cerca de desenmascarar a los culpables, pero que no me podía dar mucha información en estos momentos, había piezas de este tenebroso rompecabezas que faltaban.

Esa mañana tomé mi teléfono a las seis en punto, iba a marcar a Yumara como lo hacía todas las mañanas, al intentar marcar el último número dejé caer el teléfono al suelo, me parecía una adicción el tener que llamar sabiendo que no había respuesta, era tiempo de poner todo atrás, aunque algo muy dentro de mí me decía que siguiera luchando. Esa tarde salí con un grupo de amigos a un pequeño bar en la Zona Rosa de la ciudad, lugar que solíamos asistir cuando éramos más jóvenes, tomábamos tequila, oíamos música de mariachi de esas románticas que llegan al corazón; al transcurrir la noche, uno a uno, mis amigos se fueron retirando y me quedé solo, platicaba con el mesero del bar y le pregunté:

—Si amas a alguien y tú sabes que te corresponden pero no quieren verte más ¿qué haces?, ¿cómo la olvidas?

Él se quedo pensativo y me dijo:

—Mi abuelo, un hombre muy sabio me dijo, cuando tenía problemas con mi esposa y me iba a divorciar: "Dónde hubo fuego, cenizas quedan. Siempre tienes dos opciones, dejarlas morir o alimentarlas con más leña para que el fuego vuelva a vivir, ésa, hijo… es tu decisión".

—Vaya encrucijada, es cierto Martín, ¿pero qué tal si

ya las deje morir?

—Anda, siempre hay una segunda oportunidad, no te dejes caer.

—Nadie más que yo cree en segundas oportunidades, es tiempo de tomar acción, gracias Martín.

—¡Buena suerte Santiago!

Pasaron las fiestas navideñas y el año nuevo. El invierno se fue así como vino, en un instante. Ya empezaba la primavera, la transición de la compañía que había tardado más de lo planeado, se terminó y finalmente tenía libertad de nuevo.

Hablé con Roberto y le dije que iba a tomar un tiempo fuera del país al finalizar la primavera, que si me necesitaba que por favor me llamara, él me contestó:

-Y ahora que sigue Santiago, ¿Everest?

—No lo sé… pero no es mala idea, te mantendré informado.

Al regresar a mi departamento después de salir de la oficina tomé una ruta distinta, al detenerme en un semáforo, observé a un grupo de niños que cruzaban por la calle, parecían pordioseros, uno de ellos me miró fijamente, calculé que tendría unos siete años, su cara enmugrada con marcas de lágrimas que habían corrido por sus ojos hasta las mejillas, comía una manzana y caminaba lentamente con el grupo. Cruzaron la calle, intrigado por la mirada del chiquillo, me estacioné lo más cerca posible, bajé del automóvil y los seguí de cerca. Se dirigieron a un pequeño local en donde entraron ordenadamente, el letrero empotrado en la pared decía, "Orfanatorio Santa Teresa".

Entré por la puerta principal detrás de ellos y el encargado del local me preguntó que si me podía ayudar en algo. Le pregunté:

—¿Quién es el niño que comía una manzana con la cara triste?

—Ah, es Carlos, le decimos "Litos".

—¿Y qué pasó con él?

—Sus padres murieron en un accidente cuando él tenía sólo tres años, sin familiares que reclamaran su custodia terminó aquí en el orfanatorio.

Me acerqué al niño y le pregunté:

—¿Qué haces Litos?, ¿por qué llorabas?

—Me pegué en mi pie jugando futbol con los muchachos.

—¿Eso fue todo?

—No… no nos dejaron comprar un helado del carrito.

Platiqué con él un rato, me daba mucha ternura que se encontrara él y tantos otros niños sin familia. Le hice unos trucos de magia los cuales solía hacer de niño, él se quedaba impresionado, le regalé veinte pesos y le pedí al encargado que me dejara hablar con él director, al retirarme, Litos me dijo:

—¿Eres mago?

—Pues… sí, soy mago y de los buenos, yo te enseñaré estos trucos de magia.

—¿Me lo prometes?

—Ya verás.

Las condiciones del lugar eran paupérrimas, la cena que les preparaban consistía de frijoles y tortillas únicamente. Al hablar con el director llamado Juan Carlos, me dijo que los fondos que obtenían del gobierno eran muy pocos y que casi dependían de las donaciones de las iglesias. Debido a que la economía en general estaba en malas condiciones, las cosas se habían puesto peores. Le pedí la forma de contactarlo y me dio una tarjeta, le dije que si me dejaba llevar a Litos y a dos de sus amigos a comer una hamburguesa y a tomar un helado en el puesto de enfrente, me lo permitió y pasamos unos buenos momentos, ellos reían y jugaban, Litos se veía triste a ratos, imaginé que era algo normal en un niño en estas condiciones.

A la mañana siguiente contacté a mi amigo Arturo y le dije que estaba listo para la entrevista, muy contento me dijo:

—Tiene que ser exclusiva Santiago.

—No te preocupes, pero quiero que me hagas un favor.

—¿De qué se trata Santiago?

—Quiero que el pago por la entrevista sea donado anónimamente al "Orfanatorio Santa Teresa", necesito que la transacción sea clara, tengo el contacto del director, para que no se disipen los fondos de ninguna otra forma, ¿de acuerdo? Mi contador se pondrá en contacto con ustedes.

—Entendido, así lo haremos he estado esperando por esta entrevista mucho tiempo ya verás, será un éxito, te esperamos pasado mañana por la noche, en vivo, se televisará a todo el país y será transmitido vía satélite a todo el mundo.

—De acuerdo.

También hablé con el contador encargado de nuestra empresa, le comenté que quería que en lugar de pagar tantos impuestos por la venta de la compañía, hiciéramos una donación al orfanatorio. Me hizo los cálculos de lo que podíamos donar y era una suma considerable que aunada al pago de la entrevista pondría a ese centro en mucho mejores condiciones. Le dije al contador que quería que él me reportara que se distribuyeran los gastos adecuadamente para que no hubiera trampas o robos pues se trataba de una cantidad fuerte. Calculé que ese centro con sus debidas remodelaciones podría fácilmente dar servicios por diez años sin ningún problema financiero. Sergio nuestro contador me dijo:

—Me parece una gran obra de caridad lo que haces por esos niños.

—No es caridad Sergio, si puedo ayudarlos ¿por qué no?, algún día adoptaré a alguno de ellos —le dije bromeando.

Se llegó la noche de la entrevista, la titularon, "Vida y muerte en la montaña salvaje", exclusiva con "El montañista Solitario, Santiago Cazorla". El locutor me hizo preguntas de la montaña, su entorno y localización, tenían preparados mapas detallados al igual que fotografías de mi rescate, varios videos de expediciones previas y algunas de las que yo mismo tomé durante la expedición. Fue difícil para mí, recordar esos momentos. La entrevista fue un éxito, su duración fue de casi una hora. Conversamos de la historia de K2, rutas, expediciones previas, tocamos brevemente el tema de la expedición del teniente Min-Jun y las consecuencias catastróficas que ocurrieron cuando la frustración, el deseo ciego de llegar a la cumbre sin importar lo más fundamental en los seres humanos, el resultado siempre será infausto.

Una de las preguntas más difíciles para mí fue al final de la entrevista, cuando el locutor me dijo:

—¿Sabiendo el desenlace de tu expedición, la volverías a realizar?

Hice una pausa larga y le dije:

—Lo que me llevó a realizar esta expedición se quedó en la montaña y no quisiera que volvieran esos momentos, ahora… No cambiaria por nada el haber tenido esa experiencia y enseñanzas que van… "Más allá de la cumbre", si no hubiera yo realizado esta expedición, no estaría ahora aquí, espero contarte algún día cuando se asiente el polvo de esta tormenta, cómo una brisa se convirtió en viento y una pequeña esperanza se convirtió en un sueño. Encontré a Dios, mil aventuras, vi a la muerte a los ojos, me enamoré y ahora voy a luchar aferradamente por lo que encontré, allá, donde la desolación es una compañera fiel, sin remitente, para no dejar huella, sólo un hueco que se llena únicamente de pensamientos al caminar junto a ella.

—¿De quién te enamoraste Santiago?

—Voy a buscarla, me robaron el corazón y está en Pakistán… es tiempo de recogerlo.

Concluimos la entrevista, mis ojos se llenaron de lágrimas y el comentarista me dijo:

—En verdad te envidio, pero al mismo tiempo siento que hay mucho más dentro de tu historia que no nos has contado, algún día, cuando estés listo espero nos la cuentes completa.

—Gracias, así será.

Al salir de la entrevista, mi amigo Arturo me dijo:

-¡Qué bárbaro!, esta historia es increíble, gracias por compartirla, tuvimos un gran recibimiento, la sintonía al canal fue casi como la de un clásico de futbol.

— Ahora no olvides de nuestro trato.

— Ya lo he realizado Santiago, se transfirieron los fondos tal y como lo pactamos.

— Gracias Arturo — le di un abrazo y me despedí de él.

Unos días después salió un artículo en el periódico, Arturo comentaba la noticia en la televisión que decía:

"Milagro en el Orfanatorio Santa Teresa, fondos monetarios considerables, se transfieren anónimamente y ayudaran a estos niños desamparados por muchos años."

Visité el orfanatorio casi diariamente para asegurarme que se distribuían los fondos de acuerdo a lo planeado y en múltiples ocasiones llevé a Litos y sus amigos al cine y a cenar.

Al regresar al departamento después de comer unas hamburguesas con los niños, recibí una llamada del oficial Oropeza. Antes de contestarle me imaginé lo peor, pensaba que Aubert había fallecido. Oropeza me dijo:

— ¡Ha respondido el señor Aubert!, despertó ayer por la noche se encuentra confundido pero quiere verte urgentemente.

— De acuerdo oficial, voy a hacer planes para estar por allá lo antes posible.

— Llámame con tu itinerario para verte en el hospital.

— Así lo haré oficial.

Tenía dentro de mis planes pasar por París, sólo tenía

que adelantar un poco las fechas. Llamé a Kabir en Islamabad y le pedí de favor que realizara un pedido especial en una placa con una inscripción labrada en el metal. Le envié los detalles y empecé a empacar para salir en dos días rumbo a París.

El día anterior al viaje fui a despedirme de Roberto, su esposa y los niños, de ahí pasé al orfanatorio y hablé con Litos diciéndole que no lo visitaría por algunas semanas debido a un viaje que tenía planeado, el me dijo:

—¿Vas a subir otra montaña Santiago?

—Creo que sí, pero esta es distinta Litos, es más difícil.

—Te deseo mucha suerte "mago" —me dio un abrazo y nos despedimos.

Al voltear pude ver que su cara se entristeció y lágrimas brotaron en sus ojos, regresé y le dije:

-Te prometo que regresaré, no te preocupes Litos, le limpié las lágrimas de los ojos, -mi montaña es más fácil que la tuya y la has escalado como un gran hombre, estaré siempre pendiente de ti, no llores.

—Cuídate Santiago, cuando llegues seré mejor mago que tú —Trataba de hacer algunos trucos con una moneda en sus manos.

Al salir del orfanatorio, recibí una llamada de Ryan, aquel muchacho que conocí en el vuelo de Islamabad a París, diciéndome:

—"Vi tu entrevista en la televisión, me pareció excelente, pero ¿no les dijiste todo, verdad?"

—"Les dije lo que querían oír Ryan."

—"Me estoy preparando para la expedición a la K2,

estaré listo en dos semanas, ¿quieres acompañarme al campamento base?"

—"Te dije que no lo hicieras solo."

—"Anda, acompáñame aunque sólo sea a verme salir y darme recomendaciones."

—"Estoy planeado ir al campamento base, con gusto te acompañaré pero tienes que llevar a alguien contigo, ¡por favor! Voy a París primero y estaré por allá en dos semanas."

—"Yo me voy a adelantar un poco y te esperaré en el campamento, al pie de la montaña, estaremos en comunicación."

—"De acuerdo Ryan, ten cuidado, planea bien el viaje —le di recomendaciones en cuanto a víveres, cuerdas, tipo de botas y demás implementos."

A los cuantos minutos de colgar con Ryan, recibí una llamada de Rebeca que me decía:

—"Eh, chaval, que te he visto en la tele, te veías muy majo con tu camisa negra, tus músculos se veían impresionantes, ¿estáis asistiendo al gimnasio?, me encantó la entrevista."

—"Gracias, Rebeca, ¿has sabido algo de Yumara?"

—"Sí, me ha hablado llorando hace una hora, se encuentra muy confundida, vio tu entrevista también y creo que sigue enamorada."

—"¿Y por qué no me habla?"

—"Joder, ¿qué no conoces a las mujeres?, el siguiente movimiento es el tuyo.

—La voy a ver pronto, voy a París primero."

—"Me hacéis feliz, espero se arreglen las cosas entre los dos, que hacen una bella pareja, machorro."

—"Te mando un gran abrazo Rebeca, y tú ¿cómo te encuentras?"

—"¡Que ya tengo novio!, le encantan las motos y el rock, ¡estoy feliz!, no es muy guapo pero la pasamos de poca."

—"Me da tanto gusto, ten cuidado en esa motocicleta, me oyes."

—"Claro chaval, cuidaros mucho, te quiero."

—"Nos veremos pronto."

—"Vale."

Se llegó el día de mi viaje, tenía una sensación de mariposas volando en mi estómago, mis manos sudorosas en anticipación a lo que me esperaba, allá en ese lugar donde los sueños no tienen final, donde todo empezó. La vida en estos últimos meses había sido tranquila y rutinaria, ahora regresaría a darle cierre a una puerta que abrí hacía tiempo, el destino me esperaba con los brazos abiertos, susurrándome en el oído que debía completar ese capítulo que aún no tenía final.

Roberto se ofreció a llevarme al aeropuerto. Durante el trayecto, me decía que no se imaginaba qué tan difícil había sido para mí, haber logrado escalar la montaña hasta que no vio la entrevista y el documental, también me dijo que admiraba mi valentía. Yo le dije que no fue valentía el impulso que me llevó a esa montaña y que si alguien tenía valentía era él, a pesar que era menor que yo, siempre lo había visto como mi hermano mayor, más maduro, calmado y con unas ganas de vivir envidiables. En contraste, desde niños yo siempre fui el rebelde, el que tomaba riesgos y al que no le importaban las consecuencias, siempre metiéndolo en problemas por mi impulsividad y no fue sino hasta hacía poco que aprendí a través de todos estos eventos, que no tenía que estar a más de doscientos kilómetros por hora o a más de ocho mil metros de altura para apreciar la vida, al fin, fue ella quien me dio la gran lección y gracias a Dios pude apreciar lo que él veía tan claro desde niños, le agradecí que fuera mi hermano y le pedí que siempre fuera como lo había sido hasta ahora, porque para mí, él valiente, siempre lo había sido él.

Al llegar al aeropuerto, me dio un fuerte abrazo y le prometí que no haría más locuras, le dije que regresaría pronto para estar juntos como familia.

K2 K2 K2 K2 K2

13

De regreso a París
Aubert y el misterio

ESPUÉS DE TODAS LA FORMALIDADES DE UN VUELO internacional subí al avión, sorprendentemente me sentaron en un lugar de primera clase debido a que el vuelo estaba casi vacío, no era época de vacaciones y la gente probablemente viajaba poco pues la economía era débil.

Enseguida de mí, se sentó una pareja joven, se les veía cansados; ella era muy bella, tenía su pelo recogido, ojos negros y tez morena, él la veía casi incesantemente, como si la hubiera conocido por primera vez, podía sentir la energía que una pareja feliz irradia al estar juntos, ella me preguntó:

— ¿Vas únicamente a París?

—No, estaré sólo unos días, mi destino es Pakistán. Ustedes ¿van de visita o de negocios?

—¡De luna de miel!, nuestra boda fue ayer, nunca hemos visitado París —me dijo muy emocionada.

—¡Felicidades!, la pasarán en grande, se los aseguro. Mi recomendación es que no vayan de turistas, disfrútense el uno al otro.

—Eso pensamos hacer, me nombre es Margarita y mi esposo se llama Elías.

—Mucho gusto, soy Santiago.

—Si no es indiscreción, ¿eres tú el de la entrevista en la televisión? —qué emoción.

—El mismo.

—Nos impresionó el reportaje, la verdad, el mensaje que diste fue impactante, mi esposo y yo lo veíamos pensando que una aventura así es inolvidable, algún día deberías escribir tus memorias.

—Sí, así lo haré… algún día.

—¿A que vas a Pakistán? —¿otra montaña que escalar?

—No, esta vez regreso por alguien que se robó mi corazón.

—¿Cómo se llama la chica?

—Yumara del Rocío, se encuentra en Islamabad.

—¿Se van a casar?

Cuando me hizo esa pregunta me quedé callado, pensaba en todos los momentos que pasamos juntos, eran como destellos de memorias en mi cabeza, me hacían feliz pero al mismo tiempo, no sabía que contestarle, era posible que después de nuestro encuentro ya no hubiera mañana, a pesar de que deseaba profundamente que siempre estuviera conmigo.

—Sí, me dispongo a proponerle matrimonio —no podía creer lo que había dicho.

—¡Qué emocionante!, me encantan las historias de amor. ¿Y lo sabe ella?

—No, no tiene la menor idea.

—¿Y cómo piensas proponerle matrimonio? —me dijo intrigada y sonriendo al mismo tiempo.

—Aún no lo sé, pero ya pensaré en algo.

Platicamos por un buen rato y finalmente los tres nos quedamos dormidos después de unas horas. El vuelo fue tranquilo y siendo que era directo me pareció relativamente rápido.

Llegamos por la mañana a París, me despedí de Margarita y su esposo Elías, tomé un taxi a un hotel cercano a la calle "Champs-Élysées", dejé mi equipaje en el cuarto y me dirigí al hospital para visitar al señor Aubert. Llegué a la unidad de cuidados intermedios donde él se encontraba, el pasillo era largo con poca iluminación, su cuarto tenía dos policías cuidando la puerta y al acercarme, no me permitieron pasar a verlo. Llamé al oficial Oropeza para informarle dónde me encontraba y me dijo que les llamaría para que me dejaran entrar, también me informó que él llegaría en unos momentos.

Al entrar, observé que continuaba conectado a varios monitores y una línea intravenosa, se le veía cansado y había perdido mucho peso. Al percatarse de mi presencia movió su mano indicándome que por favor me acercara, en voz baja me dijo:

—Me da gusto que hayas venido Santiago.

—Señor Aubert, es un milagro que esté vivo.

—Así es, pero tenemos que actuar lo antes posible.

—¿A qué se refiere?

—Fueron Pietro y el "Ruso" quienes entraron a mi casa esa noche, buscaban tu crucifijo y algo más.

—Lo siento señor Aubert, yo escondí el crucifijo al salir del museo y probablemente pensaron que se lo había entregado a usted.

—En efecto, ellos pensaron que yo lo tenía, pero también sabían que yo poseía información que podría incriminar a Castrogliani con el asesinato del agente Prost y muchas otras cosas más.

—¿Habló con la policía al respecto?

—No, ellos no saben que tengo evidencia en contra de Castrogliani.

—¿Por qué no se los dice?, es tiempo de parar a ese monstruo. Se ha enterado que Pietro se encuentra detenido en Madrid y su compañero el "Ruso" murió en un accidente automovilístico tras una persecución.

—¿Murió el "Ruso"?, ¿a quién perseguían?

—Me perseguían a mí al dirigirme a España, supuse que al no encontrar el crucifijo en su posesión, al día siguiente cuando yo decidí dejar París, me siguieron por las calles del centro de la ciudad, afortunadamente pude evadirlos, fue cuando el accidente ocurrió.

—Bien, los enviados de Castrogliani no son problema por ahora, pero ten mucho cuidado, no se ha hecho pública mi recuperación precisamente para evitar otro atentado contra mi vida.

—Tiene que darles la evidencia que usted guarda cualquiera que sea.

—No Santiago, éste es un hombre muy poderoso, por eso no lo he hecho durante todos estos años, temía represalias en contra de mi hija. Castrogliani tiene la capacidad de corromper a cualquiera, por eso tú eres el indicado, encuentra a alguien en el departamento de policía en quien puedas confiar.

—De acuerdo, pero dónde está toda esta evidencia.

—Pietro y su compañero pensaron que se encontraría en mi residencia, pero la guardo en el museo, está en mi oficina, en una caja de seguridad localizada tras una réplica de un cuadro de Modigliani, primero tienes que introducir una llave para que la puerta de metal se abra, esta llave está dentro del libro donde te enseñé la fotografía de la "Cruz de los Ángeles", dentro de la caja, tengo unos libros, plumas, llaveros y algo de dinero, es para no llamar la atención; al sacar los contenidos de la primera caja, encontraras una pequeña ranura al final, muévela hacia la izquierda, desliza la falsa puerta de metal y encontrarás otra caja con candado de combinación rotatoria, empieza con 12 rotando a la derecha, después 8, 7, 5, 23, alternando derecha e izquierda.

—¿Una caja doble?, me parece una idea brillante. Así lo haré, pero necesito que hable con su secretaria para poder entrar a su oficina.

—Ya lo hice Santiago, ella te llevará a mi oficina, entra solo, deposita el expediente en una mochila o algo similar, toma unos libros y sal lo antes posible. Yo le dije a ella que me traerías algunos libros que solo tú podrías reconocer.

— Lo haré lo antes posible.

— En esos documentos se encuentra la dirección exacta donde Castrogliani guarda reliquias religiosas robadas. Es una pequeña granja localizada a las afueras de Roma, a este lugar acuden individuos muy poderosos, algunos de ellos se mueven en esferas políticas; Prost me informó que consideraba que en ese lugar se realizaban rituales religiosos de algún tipo que el desconocía. Esa localización cuenta con alta seguridad y guardias armados. En los documentos también encontrarás evidencia de la conexión de Castrogliani con el asesinato de Prost.

— ¿Ha hecho copias de los documentos?

— No precisamente, tomé fotografías de los documentos, no hice copias para que no hubiera otros documentos en papel —hizo una pausa para alcanzar su respiración—, se encuentran en una unidad de memoria portátil depositada en el "Banque de France" bajo el nombre de mi hija Calire. En mi testamento dejé instrucciones de que si algo me pasaba a mí, esta unidad de memoria se la entregaran a la policía.

— Bien, parece que ya lo tenía todo bien planeado, yo me encargaré que estos documentos encuentren a un oficial honesto.

— Ten mucho cuidado con quien hablas —al decirme eso se quejaba de un dolor en el pecho, también noté que su ritmo cardiaco aumentó súbitamente.

— Llamaré a la enfermera para que venga a revisarlo

—presioné el botón de emergencia.

En unos minutos la enfermera de turno llegó, lo revisó y le dio un sedante, Aubert cerró sus ojos y antes de salir del cuarto me dijo:

—Cuida cada paso que des Santiago, te agradezco tu ayuda.

—Descanse señor Aubert.

Al salir del cuarto llegaba el oficial Oropeza y junto a él estaba otra persona, vestía un traje oscuro, camisa blanca y corbata gris, era de estatura media, pelo entrecano y ojos verdes, tenía la cara sin expresión alguna, se identificó como detective, su nombre era Pierre Lacroisse, hablando en inglés me dijo:

—Mucho gusto Santiago, ¿por que quería hablar Aubert con usted?

—Los individuos que lo atacaron también trataron de asaltarme a mí, él quería saber si había alguna conexión, pero no pudimos encontrar un común denominador.

—Debe haberlo, aquí está mi tarjeta por favor contácteme si tiene más información.

—Detective, ¿qué pasó con Pietro?

—Estamos en el proceso de extradición, ha sido acusado de intento de asesinato y robo a mano armada.

—¿Y su compañero el que falleció en el accidente?

—Era un mercenario de origen alemán que residía en Italia, un asesino a pago.

—¿Y quién le pagaba?

—Nos ha sido imposible determinarlo.

—En su opinión, ¿por qué me buscaban a mí?

—Posiblemente pensaron que Aubert le proporcionó alguna información que ellos querían, no esta claro.

—¿Estoy fuera de peligro detective?

—Seguramente.

—Gracias por todo.

Me retiré del hospital y por la tarde hablé por teléfono con el oficial Oropeza preguntándole sobre el detective Lacroisse. Él me dijo que sería mejor que nos viéramos en persona, me invitó a tomar un café.

Al llegar a este lugar en una calle transitada en el centro histórico de París, me senté a esperar al oficial. Me dediqué por unos momentos a observar a la gente que acudía a este sitio, tenía una sensación de pesadez al encontrarme de nuevo en este dilema, no sabía si dejar todo, continuar con mi vida, buscar a Yumara y olvidar lo ocurrido con Aubert. Respiré profundo, tratando de calmarme y tomar una buena decisión, el oficial Julio Oropeza hasta ahora había sido honesto conmigo y sabía que tenía ganas de ayudarme lo mismo que al señor Aubert, a pesar que no era el encargado de la investigación, no parecía que tuviera algún lazo que lo pudiese vincular con Castrogliani, fueron únicamente las circunstancias las que lo pusieron en nuestro camino, por otro lado, el detective Lacroisse me pareció sospechoso, no tenía en que basarme para desconfiar de él, pero antes de revelar cualquier evidencia, tenía que estar seguro.

Oropeza llegó al café, lo saludé con un abrazo y se sentó junto a mí.

—¿Cómo te encuentras Santiago?

—Estoy preocupado pero me encuentro bien, ¿y usted?

—Muy bien, no tienes que hablarme de usted, dejemos las formalidades coño, ¿somos de la misma edad no es así?

—Yo tengo treinta ¿y tú?

—Veintinueve, ahí está, llámame Julio, algunos me llaman Oropeza a secas.

—De acuerdo, ¿quién es realmente este detective Lacroisse?

—La verdad no entiendo al departamento de policía de París, al detective que le correspondía el caso, Claude Vinard, fue asignado a un homicidio en Pointers mientras que Lacroisse viene de Bordeaux.

—¿Tienes idea de por qué lo asignaron a este caso?

—Ninguna.

—¿Lo conoces bien?

—Leí su resumen con cuidado, maneja casos de homicidio y ha trabajado con la Interpol, mi amigo Vinard tiene más experiencia que él en estos casos, mejores contactos, por eso estoy confundido.

—Mira Oropeza, te va a parecer rara mi pregunta…

—¿Qué pasa?

—¿Le tienes confianza ciega a Lacroisse?

—No, ¿pero a que viene todo esto?

—Te diré mañana, ¿crees que nos podamos ver de nuevo aquí a eso de las nueve de la mañana?

—No veo por que no, ¿de qué se trata?, ¿por qué tanto misterio Santiago?

—Ya te diré.

Nos despedimos, me levanté y me dirigí al museo "De l'orangerie".

Caminaba despacio, cerciorándome de que nadie me siguiera, al llegar, me detuve detrás de uno de los pilares de la entrada fingiendo una llamada telefónica, esperaba pacientemente, observaba a cada una de las personas que acudían al museo, afortunadamente no parecía que hubiera alguien sospechoso en esos momentos.

Después de unos minutos me acerqué a la recepción y le dije a la secretaria de Aubert que venía por esos libros que él me pidió. Llevaba una pequeña mochila de turista que decía "I love Paris", contenía algunas revisitas de París y sus lugares turísticos, la secretaria de Aubert que se llamaba Adèle, me llevó a su oficina, abrió la puerta quedándose parada afuera, poco antes de que yo entrara me dijo:

—Jacques me dio instrucciones estrictas de que no entrara, me dijo que tú sabrías que es lo el que necesitaba.

—De acuerdo, saldré en unos minutos.

Tomé el libro de la biblioteca que tenía la fotografía de la "Cruz de los Ángeles", apresuradamente saqué la llave y me dirigí a la réplica del cuadro de Modigliani que era nada más que la "Femme au Roban", la cara distorsionada de una dama mirando indistintamente; quité el cuadro lentamente mirando a esta mujer, abrí la cerradura, saqué el contenido de la primera caja, busqué la ranura de la que me habló Aubert pero no la encontraba, saqué una lámpara de su escritorio y finalmente pude observarla, sólo cabía mi dedo índice en ella; movilicé la tapa de metal y

finalmente abrí la caja con la combinación que había memorizado al estar con Aubert. Encontré una carpeta grue-
sa con múltiples fotografías y documentos, junto a ella
había un "Rosario" envuelto en una tela de seda negra,
del cual colgaba una cruz pequeña, que para mi sorpresa
era la "Cruz de los Ángeles", sonreí levemente, en ese
momento me di cuenta que Aubert había guardado ese
secreto por muchos años, dejé el "rosario" en la caja de
seguridad y   deposité los documentos en mi bolsa de turista, traté de deslizar la pequeña puerta de metal pero me
era difícil colocarla de nuevo en su lugar, tardé unos minutos pero finalmente pude hacerlo. Al tratar de colocar
el contenido de la primera caja, no pude evitar ver fotografías de Aubert con Adèle, su secretaria, en algunas de
las fotos se encontraban besándose y en otras ella se encontraba semi desnuda sentada en la silla frente al escritorio de esta misma oficina, me dije a mí mismo:

—Vaya… secretos y más secretos —sonreía al cerrar la
caja de seguridad.

Puse la llave dentro del libro y lo coloqué en el lugar
que correspondía en la biblioteca. Tomé algunos otros
manuscritos y libros indistintamente, un total de tres, y
los puse debajo de mi brazo. Coloqué de nuevo el cuadro
de Modigliani, al ver la mirada perdida de esta mujer con
un lazo en su cuello, imaginé por que Aubert había elegido este cuadro para resguardar todos estos secretos.

Al salir, Adèle se encontraba esperándome parada a
un lado de la puerta, noté que curiosamente usaba un anillo de casada.

—¡Listo! —le dije sin titubear.

—Bien, ¿quieres salir por la puerta de atrás?

—Claro será más fácil.

—La miré a los ojos, se sonrojó como si la hubiera visto desnuda, sospechando que sabía que había algo entre ellos, me preguntó:

—¿Cómo encontraste a Jacques?

—Se ve desganado pero espero que se recupere. -Trataba de no hacer conversación con ella para que no me notara ansioso.

—Espero que sí, ya quiero verlo de regreso aquí en el museo.

—Así pasará Adèle —discretamente me dirigí a la salida.

Al cerrar la puerta del museo detrás de mí, suspiré profundamente; todo parecía haber salido bien, no me seguían, al caminar, recordé que las cámaras de seguridad se encontraban encendidas y seguramente quedé grabado en el sistema al entrar al museo. Dentro de la oficina de Aubert, afortunadamente, no observé ninguna cámara de vigilancia.

Sin duda… Ya no había vuelta atrás, había cruzado de nuevo a un camino peligroso, cargaba un valioso paquete en mi bolsa de turista, evidencia, que casi le cuesta la vida a Aubert y era sólo cuestión de ponerla en las manos de las autoridades para que se hiciera justicia. Muy dentro de mí sabía que no iba a ser sencillo, debía de tener mis ojos bien abiertos, pensar detenidamente cual sería el siguiente movimiento, en este complicado juego de ajedrez.

Al llegar al cuarto del hotel puse la bolsa en la cama, saqué los documentos y pacientemente los revisé uno a uno.

La mayoría eran cartas de Prost a Aubert, relatando detalladamente la localización del lugar donde se encontraban atesoradas las reliquias religiosas robadas, provenientes de individuos, catedrales y capillas; había fotografías de automóviles muy elegantes estacionados afuera de la localización, fotos de individuos, posiblemente políticos o personas de alta influencia cuyos nombres estaban escritos a mano por Prost, se les veía atendiendo a reuniones ritualistas en este lugar.

Al revisar las fotografías encontré que una de ellas era de Castrogliani, tal como lo imaginaba, un individuo maduro cerca de los setenta años, pelo cano, ojos cafés con una mirada profunda, vestía un traje oscuro, corbata negra. Su expresión facial era dura, su piel blanca que se veía maltratada por el tiempo.

Prost nunca detalló los contenidos del lugar al que le llamaba "La Chapelle Sombre". Era posible que nunca hubiese tenido la oportunidad de documentar que tipo de rituales se realizaban o que reliquias se guardaban en este misterioso lugar; era posible que asumiera que se encontraban ahí, ¿sería posible que Prost estuviera en un error?, me preguntaba sin cesar.

Continué leyendo las cartas que también incriminaban a Castrogliani. Al leer la última, me produjo un escalofrío en lo más profundo de mí; la carta de Prost decía:

"Esta es mi última comunicación antes de regresar a París:

Estoy casi seguro, Jacques, que Castrogliani está envuelto en varias desapariciones de vagabundos drogadictos y prostitutas de las calles de Roma, he visto cómo los transportan, golpeados e inconscientes a "La Chapelle Sombre", lo más particular del caso es que jamás he visto que estas personas salgan después de haber entrado, "La Chapelle Sombre" está resguardada por guardias armados y cámaras de vigilancia.

Hablé con miembros de la policía en Roma y me informaron que no tenían ninguna evidencia de que estuvieran ocurriendo eventos de este tipo, me indicaron que investigarían al respecto. Desde que los contacté, me he dado cuenta que me siguen, no estoy seguro si son miembros de la policía o enviados por el mismo Castrogliani, temo lo peor, regresaré a París lo antes posible pero quiero enviarle estas fotografías de dos personas que fueron llevadas a ese lugar, una de ellas es una prostituta de las calles de Roma y el otro es un desventurado adicto a las drogas, como puede ver, fueron capturados por miembros del grupo de Castrogliani. Me fue posible documentar su captura con fotografías y también su entrada a "La Chapelle Sombre". En estos momentos, temo por mi vida, este hombre es mucho más que un simple ladrón, creo que es tiempo de que regrese."

La carta esta fechada sólo unos días antes de que Prost se encontrara muerto en Roma, de acuerdo con las anotaciones de Aubert. Un recorte del diario de Roma que se encontraba en los documentos, fechado hacía diez años, mencionaba:

"Ex policía francés, Alphonse Prost, se le encontró muerto en un edificio deshabitado en el centro de la ciudad de Roma, parece que su fallecimiento fue debido a una sobre dosis de heroína."

Aubert anotó con letras rojas en el periódico:

"¡Prost jamás ha tocado las drogas!"

Al terminar de leer estos documentos me recosté en la cama y cerré mis ojos pensando que todo esto iba mucho más allá de lo que suponía, era todo un enredo de crimen, rituales y muerte que eran totalmente ajenos a mí, un mundo extraño.

Me quedé dormido por unos momentos, de pronto mi teléfono móvil sonó, era Rebeca:

—¡Santiago! —me dijo gritando.

—¿Qué pasa Rebeca?, ¿está bien tu madre? —supuse que era relacionado a Sara.

—No, mi madre se encuentra bien, ¡es Yumara!

—¿Qué le pasa?

—¡Ha desaparecido!

—¿Qué me dices?

—Lleva tres días que no se presenta a trabajar, llamaron a casa y todos pensábamos que venía de regreso a Sevilla, tratamos de llamarla y no contesta su móvil. Estamos muy preocupadas.

-¿Ya fue alguien a su departamento en Islamabad?

—Sí, una de las enfermeras amiga de Yumara, se llama Alia, fue al piso donde ella se hospeda y no la encontró ahí, su ropa estaba intacta al igual que sus maletas, lo único que faltaba era su bolso y documentos.

—¿Llamaron a la policía?

—Sí, la están buscando, estoy muy preocupada por mi

hermana, Santiago —lo dijo sollozando.

—¿Tienes el número de Alia?

—Sí, aquí está —me dio la información de la enfermera.

—¡Por favor, ayúdanos Santiago!

Me quede callado por unos segundos.

—Santiago, estás ahí —dijo Rebeca llorando.

—Sí, Rebeca, la encontraremos, no te preocupes.

—Llevé mis manos a la cabeza y le dije a Rebeca que la llamaría más tarde.

Inmediatamente llamé a Oropeza y le dije:

—¡Necesito verte ahora Oropeza!

—¿Qué pasa Santiago?

—Es mejor no hablarlo por teléfono, ¿puedes venir al hotel donde me encuentro? —le di la dirección.

—Estaré por allá en unos momentos.

Lo esperé en el vestíbulo del hotel, al llegar, le dije que por favor subiera conmigo al cuarto. Abrí la puerta y le pedí que se sentara, jalé la silla del escritorio y antes de sentarse Oropeza observaba los múltiples documentos y fotografías encima de la cama.

—¿De qué se trata todo esto? —me dijo intrigado.

—Es una historia larga de contar pero creo que es tiempo que sepas lo que ocurre, ¡no sé que hacer! —Mis ojos se llenaron de lágrimas al decirle que mi novia Yumara había desaparecido en Islamabad—. Por favor escúchame por unos momentos antes de hacer preguntas, te contaré todo lo ocurrido hasta ahora.

Con lujo de detalles le conté paso a paso lo que me ocurrió en la montaña K2, el crucifijo, la persecución y la información que Aubert me había confiado, la desaparición de Yumara y mis dudas sobre el detective Lacroisse, le pedí que revisara los documentos que Aubert me había proporcionado. Después de haber leído los documentos y revisado las fotografías, sorprendido me dijo:

—¡Santiago, ésta es una historia increíble!, no lo toméis a mal. También quería informarte que esta mañana recibí una llamada de la penitenciaria en Madrid, Pietro fue asesinado, lo encontraron muerto en su celda, no hay pista del asesino.

—Dios mío, ¿y ahora? —Hice una pausa larga y le pregunté—: ¿Cuál es tu opinión?

—La única forma de que Castrogliani supiera que Aubert se recuperó de su coma es si alguien dentro del departamento de policía o del hospital, le proporcionó esa información. Estoy de acuerdo contigo acerca de Lacroisse, me parece extraña su aparición en el caso y la forma en que se comporta. Lacroisse claramente sabía que Aubert quería comunicarse contigo y posiblemente proporcionarte esta información que ahora está en tus manos, por esa razón capturaron a tu novia Yumara para tener influencia sobre ti. Pietro al estar capturado era un riesgo para él, seguramente por eso lo eliminaron.

—¿Cuál es el siguiente paso Oropeza?, ¿crees que me puedes ayudar?

—Por supuesto Santiago, creo que lo que debemos hacer es contactar al detective Claude Vinard que es amigo mío, tengo confianza plena en él. Le explicare la situación para ponerme en contacto con la Interpol y sus contactos en Roma. Necesitamos ser extremadamente cuidadosos de que no se entere Lacroisse de lo que sabes. Voy a pedir unos días libres y dirigirme a Roma para obtener evidencia más concreta sobre Castrogliani y movilizar a la Interpol, es mucho menos probable que pueda corromperlos comparado con la policía local. Le diré a Lacroisse que visitaré a mi prima hermana que vive muy cerca de Roma para que no sospeche.

—Yo iré contigo.

—No Santiago, es muy peligroso.

—No me importa, es mi culpa que Yumara esté en este enredo, por favor no intentes detenerme.

—Bien —me dijo moviendo su cabeza en desaprobación—. Yo me encargo de planear el viaje para que nos recojan en Roma, te llamaré por la mañana para darte la información. Guarda los documentos en un lugar seguro, no los transportes contigo.

Se retiro Oropeza, tomé fotografías con mi teléfono móvil de la información importante y deposité los documentos en la caja de seguridad del hotel.

La mañana siguiente recibí la llamada de Oropeza indicándome que nos viéramos en el aeropuerto "Charles de Gaulle" a las dos de la tarde, tenía boletos para un vuelo directo a Roma.

Subimos al avión, nos tocaron asientos separados, el vuelo estaba completamente lleno.

K2   K2   K2   K2   K2

14

Roma y Castrogliani

TENÍA UN SENTIMIENTO DE DESESPERACIÓN INTERNO que era indescriptible, no quería hablar con nadie, cerré mis ojos, mi cuerpo estaba ahí pero mi mente no, todo lo que pensaba era en volver a tener a Yumara en mis brazos; su vida estaba en juego y yo sin poder hacer nada en estos momentos, me preguntaba: «¿Dónde estará?, ¿la estarán maltratando?, ¿se encontrará con vida?»

Al llegar a Roma, recogimos nuestras maletas y caminamos al estacionamiento del aeropuerto, Oropeza señaló a un automóvil *Fiat*, sin marcas, era conducido por una mujer de aproximadamente treinta años, rubia, traía lentes oscuros, se detuvo enfrente de nosotros, colocamos nuestras maletas en la cajuela. Al subir, Oropeza la besó en la mejilla y le dijo:

—Qué gusto en verte Emma, ya hacia más de dos años que no nos veíamos, os encontráis muy bien. Este chico es Santiago, mi amigo.

—Qué gusto Santiago, mi primo Julio me comentó que vendrías con él —dijo Emma.

—El gusto es mío, ¿cuánto tiempo llevas viviendo en Roma?

—Ya tengo por acá más de quince años, he tratado de que Julio se venga a vivir cerca de la familia pero se opone, le gusta mucho París.

—¿De qué parte de España eres?

—Madrileña, ¿y tú?

—De México.

—Te encuentras lejos de casa chico, ¿cuál es el motivo de tu visita?

—Negocios… eso creo.

—Vale, vamos a mi piso, me encuentro sola, tengo dos recámaras disponibles, mi madre está en España visitando a su hermana Lucia, la madre de Julio.

—Me parece perfecto.

Al llegar al departamento de Emma, Oropeza le pidió prestado su automóvil. Nos dirigimos a la dirección que yo tenía en mi teléfono, era la misma carretera que llevaba a "Las "Catacumbas" localizadas en las afueras de Roma.

Oropeza se detuvo en el camino, paró el automóvil enfrente de un complejo de apartamentos, me indicó que lo esperara, después de unos minutos regresó. En su hombro cargaba una bolsa negra de viaje, la abrió ya estando dentro del automóvil, sacó una tableta electrónica, una cámara fotográfica, dos pistolas tipo escuadra, puso el cargador en una de ellas y me la puso en la mano diciéndome:

—Supongo que sabéis usarla.

—Sí, se usarla, ¿quién te las dio?

—Recuerda bien esto: el apartamento número quince de este complejo es una "casa refugio" de la Interpol, el detective Vinard me proporcionó la información y los contactos. Graba la dirección en tu móvil, si llegáramos a separarnos, éste es el lugar en donde debéis dirigiros, no a la casa de mi prima. El encargado se llama Gianni Legros, el está enterado que venís conmigo. Tenemos que documentar los hallazgos, enviarlos electrónicamente a Vinard en París, si la evidencia es suficiente, el dará la señal para movilizar un grupo de asalto de la Interpol localizado aquí en Roma para rescatar a Yumara y arrestar a Castrogliani. Me indicó claramente que no intentáramos tomar acción, que nuestro objetivo era simplemente de inteligencia. Este paquete contiene radios de intercomunicación, binoculares, una tableta electrónica con fotografías satelitales del complejo de Castrogliani, al igual que lámparas y aditamentos que pudiésemos necesitar.

—De acuerdo, pero todo lo que quiero es rescatar a Yumara.

—Ya lo haremos, no te preocupes.

Nos dirigimos a la dirección que había proporcionado Prost años atrás, aproximadamente un kilómetro antes del complejo de Castrogliani, Oropeza detuvo el automóvil, lo estacionó en la acera al lado del camino, sacó la maleta, me indicó que llevara mi pistola y caminara detrás de él.

Coloqué el arma dentro de mi pantalón en la parte trasera, caminamos hasta poder observar la estructura que se encontraba a unos doscientos metros de la reja, al atravesar unos jardines. Nos detuvimos por unos momentos, Oropeza sacó la tableta electrónica con las fotografías del complejo y al estudiarlas, decidimos entrar por la parte este, no parecía estar tan resguardada por ese costado. Seguimos caminando paralelos a una barda de piedra, sin que se percataran los guardias de la entrada. Ya caía la tarde, la visibilidad disminuía lo cual era ventajoso para nosotros, Oropeza me dijo:

—Anda, saltemos la barda en este lugar, no hay cámaras de vigilancia, tu primero, yo te sigo —lo dijo colocando su pistola dentro de su funda.

—Bien —le contesté con falta de respiración.

Saltamos la barda de piedra que era de aproximadamente dos metros.

Al estar ya dentro de los jardines del complejo le dije:

—Tenemos que esperar a que salga alguien para poder entrar. Necesitamos acércanos a aquellos automóviles —le dije apuntando al estacionamiento enfrente de la casa.

Al observar más de cerca al edificio principal notamos que había cuatro automóviles estacionados al frente, uno de ellos era una limosina negra, avanzamos hacia ellos y nos escondimos detrás de la limosina, esperamos por unos momentos para asegurarnos que no vinieran los guardias. Llegamos a la puerta principal que era de madera sólida, se encontraba cerrada. El complejo parecía una casa de verano, nada fuera de lo normal, noté que en la parte lateral de la puerta principal había un símbolo que desconocía, una cruz invertida con diferentes puntos labrados a su alrededor, un total de cinco, imaginariamente al unirlos formaban un pentagrama.

De pronto, oímos pasos y voces, nos escondimos de nuevo esta vez detrás de un automóvil blanco mucho más cercano a la puerta principal, en esos momentos, salieron dos personas del edificio, se dirigían a su automóvil cuando Oropeza corrió a detener la puerta antes de que se cerrara, la sostuvo por unos segundos, corrí y entré inmediatamente detrás de él. La sala principal tenía varios sillones de madera, una chimenea, cuadros en las paredes y candelabros de cristal cortado, nada como lo que me imaginaba después de que Prost había llamado a este lugar "La Chapelle Sombre".

Silenciosamente nos dirigimos al final de la sala de estar y oímos voces en el pasillo, caminamos siguiendo los sonidos. Al llegar, la puerta estaba entreabierta y se encontraban tres hombres en la cocina bebiendo vino y comiendo, reían a carcajadas, como si estuvieran en estado de ebriedad. Había un espejo en un cuarto adyacente por el cual podíamos observar cada uno de sus movimientos; noté que uno de ellos se encontraba armado con un pistola en su cintura, había una escopeta y otra pistola sobre la mesa, Oropeza al percatarse de esto, tomó su pistola en la mano, mirándome puso su dedo sobre su boca indicándome que guardara silencio. Continuamos observando el espejo y para mi sorpresa, noté que se movilizó un armario de madera labrada el cual estaba empotrado en la pared hacia enfrente, saliendo una persona vestida con un traje formal, inmediatamente los guardias guardaron silencio, saludándole, cerraron este falso armario detrás de él.

En ese momento, nos dimos cuenta que la casa era sólo la apariencia, lo que buscábamos estaba tras de esa puerta secreta.

Esperábamos pacientemente a que se retiraran los guardias para poder entrar. Uno de ellos se despidió de los demás y salió caminando por el pasillo. Por los siguientes treinta minutos, continuaron saliendo diferentes personas por esta puerta, de pronto, reconocí la cara de Castrogliani, fue uno de los últimos en salir, se detuvo por un momento dándole instrucciones a uno de los guardias, quien cerró la puerta utilizando una bisagra que se encontraba en la parte lateral del armario simulando un adorno en metal, lo movió hacia abajo y pude oír el cierre de la puerta. Notaba a Oropeza un poco desesperado, movía sus pies tratando de acomodarse y su respiración incrementó su ritmo. Estábamos casi acostados detrás de un sillón de tela, pistola en mano esperando nuestra oportunidad.

Después de unos minutos, al salir Castrogliani, se retiró el guardia de su custodia, acompañándolo a la puerta de la entrada, inmediatamente sin perder tiempo, nos dirigimos al armario. Moví la bisagra hacia arriba y escuché que se desenganchó abriéndose la cerradura, movimos el armario y entramos, lentamente lo pusimos en su lugar, esta puerta tenía un sistema de envergadura que lo deslizaba para ponerlo en su lugar de nueva cuenta.

Habíamos entrado a un lugar oscuro, las paredes eran de piedra y barro, se percibía un olor a carne quemada e incienso, Oropeza y yo nos miramos silenciosamente, decidimos bajar por unas escaleras. Nos encontramos en un sistema de corredores subterráneos, seguimos al que se encontraba alumbrado por candelabros incrustados en la pared. El olor que percibimos, provenía de un cuarto adyacente, el cual parecía tener un horno crematorio.

Al llegar al salón principal cual fue nuestra sorpresa que nos detuvimos por unos segundos a admirar todas las piezas de origen religioso, acomodadas formando un círculo alrededor de lo que parecía un altar, con una gran pieza de mármol elevada similar a una mesa de autopsia. En una de las paredes se encontraba un perchero enorme, de donde colgaban atuendos ceremoniales de color negro, similares al ropón de un fraile.

Oropeza tomaba fotografías de todas estas reliquias de este misterioso altar que contaba con una insignia similar a un pentagrama con una cruz invertida al centro similar al que había observado en la puerta principal.

La superficie del mármol, contaba con ataduras de metal en sus cuatro puntos laterales, posiblemente para sujetar a las víctimas, en su parte inferior tenía un sistema de colección de líquidos con salida a un ducto que se encontraba sobre una vasija de metal, la cual desplegaba en piedras preciosas, el mismo pentagrama que la mesa de mármol.

Sólo podía imaginar el tipo de rituales que se llevaban

a cabo aquí, en este lugar aterrador.

Mientras Oropeza continuaba documentando los hallazgos con su cámara fotográfica, yo me dirigí a los pasillos adyacentes buscando a Yumara, noté que uno de ellos contenía una reja de metal la cual se encontraba abierta, había un total de seis celdas, busqué puerta por puerta hasta encontrar a un hombre dentro de una de ellas, parecía estar sedado acostado en el suelo, casi inerte, seguí caminando y en la última celda del pasillo estaba una mujer en posición fetal, recostada sobre el suelo, vestía una bata blanca, su cara estaba en contra de la pared, no podía verla con precisión pero casi estaba seguro que era ella, la llamé por su nombre sin respuesta alguna, moví la reja tratando de abrirla sin lograrlo, de pronto noté una caja de madera incrustada en la pared al principio del pasillo, corrí hacia ese punto, abrí la pequeña puerta y encontré las llaves con el número de cada celda, las tomé todas y me dirigí a la celda donde se encontraba esta mujer.

Mis manos temblaban, logre abrir la reja y me acerqué a ella, la tomé suavemente de su cuello y me di cuenta que era Yumara, se encontraba medio dormida, apenas abría los ojos al mencionar su nombre, supuse que estaba profundamente sedada con alguna sustancia química. La tomé en mis brazos, me dirigí a la bóveda principal donde se encontraba Oropeza, de pronto, se escuchó un estruendo, uno de los guardias le disparó a Oropeza, noté que cayó al suelo, lentamente bajé a Yumara, la puse en el suelo tras el altar y saqué mi pistola, el guardia no se había percatado de mi presencia, apunté a su pecho y sin titubear, disparé, cayó instantáneamente, me acerqué a donde se encontraba Oropeza en el suelo, sangraba de su hombro izquierdo, afortunadamente la bala lo impacto por encima de la clavícula izquierda, le dije:

—¡Pon presión sobre tu hombro! —Traté de levantarlo, sin éxito, se quejaba constantemente, me pareció que perdió el conocimiento por unos momentos.

De pronto, sentí el frió metal de una pistola en la parte posterior de mi cabeza, la persona sujetando la pistola, con una voz profunda y calmada me dijo:

—Te has metido en la boca del lobo, por lo que veo eres Santiago y vienes por tu amada Yumara.

—¿Castrogliani? —le dije sin voltear a verlo.

—Efectivamente, vamos a ver que tan milagroso es tu crucifijo —se reía siniestramente—. ¡Date la vuelta y despójate de tu arma!

—Tiré la pistola enfrente de mí, muy cerca de donde se encontraba Oropeza, quien no hacía un solo movimiento.

—Aquí estoy Castrogliani, no tengo miedo de morir —sujeté su pistola con mis dos manos y la puse en mi frente—, jale el gatillo, ande, que espera, ¡hágalo!

—No tan rápido, déjame observar tu crucifijo —se acercó a mí mirándolo detalladamente—. Ah… es bellísimo, quítatelo y dámelo.

En ese momento, oí el estruendo de la descarga de una pistola y noté el impacto en la cabeza de Castrogliani quien se desplomó en sólo una fracción de segundo, fue Oropeza utilizando mi pistola quien le disparó. Inmediatamente, Oropeza se dirigió a su maleta, sacó su tableta electrónica y móvil para mandar la señal de emergencia pero no pudo lograrlo debido a estar en un subterráneo, inmediatamente la tomé al igual que su móvil, subí las escaleras lo más rápido posible hasta encontrar señal, envié el mensaje, pude comunicarme brevemente con Gianni informándole de lo ocurrido y le urgí que llamara al equipo de la Interpol al igual que una ambulancia explicándole que Oropeza se encontraba herido y había dos personas más en mal estado. En ese momento, pude ver a los dos guardias restantes, dirigirse rápidamente hacia donde yo me encontraba, cerré el armario tras de mí, pasé la bisagra de metal asegurándola para que no pudieran levantarla por afuera. Bajé las escaleras y me dirigí a Oropeza, había perdido mucha sangre, pero se encontraba estable. Yumara se encontraba recostada detrás de la gran placa de mármol, continuaba sedada, en esos momentos podía oír los golpes que los guardias daban a la falsa puerta y varios disparos intentando abrirla.

Desesperado, corrí rápidamente a un pasillo que se encontraba por detrás del altar, al final, había una puerta angulada hacia arriba, tenía un pestillo largo, lo deslicé y al abrirla, cual fue mi sorpresa de ver los jardines del complejo y la casa por la parte trasera, seguramente era una salida de emergencia de este miserable lugar.

No observé ningún movimiento en los jardines, todo estaba oscuro sólo las luces de la casa eran visibles, noté que la puerta estaba cubierta por hierba. La cerré y me dirigí a Oropeza, pensaba que era sólo cuestión de tiempo para que los guardias pudieran entrar, no había señal de la ambulancia o la policía. Tomé a Oropeza del brazo, lo ayudé a levantarse y caminamos a la salida, le di su pistola y la bolsa donde había colocado la cámara de fotos al igual que las lámparas. Regresé por Yumara, con mucho esfuerzo la cargué hasta sacarla, la recosté en el jardín y regresé por el individuo que se encontraba en una las celdas, puse su brazo sobre mi hombro, lo arrastraba hacia la salida cuando noté que cesaron los golpes, por debajo de la falsa puerta fluía liquido deslizándose por las escaleras, de pronto pude percatarme del olor a gasolina. Caminaba lo más rápido posible para llegar, sabía lo que vendría después. Al llegar a la puerta, Oropeza me ayudó a sacarlo. Poco antes de llegar a la salida observe un nicho incrustado en la pared, dentro de él estaba un objeto muy similar al que había observado en la catedral de Oviedo con la misma anotación en latín sobre su cara principal, éste era más grande, seguramente contenía aquel misterioso manuscrito robado años atrás.

Nos detuvimos por unos momentos en silencio, se escuchó un ruido fuerte dentro del sótano, oímos voces, cerré la puerta de emergencia lentamente, tomé la pistola de la mano de Oropeza ya que se veía muy débil y apuntaba constantemente a la puerta, con mi dedo en el gatillo.

A través de una de las ranuras noté que había luz detrás de la puerta, de pronto, Oropeza me dijo apuntando a la puerta con su dedo índice:

—¡Están quemando la evidencia, necesito mi cámara!

—No te preocupes, la puse en tu maleta —le dije sonriendo.

Oropeza echó la cabeza atrás y perdió el conocimiento.

Al transcurrir aproximadamente quince minutos notamos que salió un automóvil a gran velocidad del complejo y finalmente llegó la ambulancia unos minutos después, corrí hacia ellos indicándoles que nos encontrábamos en la parte trasera de la casa, los paramédicos se llevaron a Yumara, a Oropeza y a este pobre individuo que había encontrado en la celda.

Les pedí a los agentes de la Interpol que me dejaran acompañarlos al hospital mientras respondía a sus preguntas.

Al salir en su automóvil, noté que la casa entera se encontraba en llamas, los bomberos que habían sido los últimos en llegar, intentaban apagar este fuego que consumía a este diabólico lugar.

La mañana siguiente fui a visitar a Yumara y a Oropeza al hospital, sus cuartos se encontraban resguardados con guardias de seguridad de la Interpol, momentos antes de intentar entrar, el detective Lacroisse me detuvo preguntándome:

—¿Dónde está la cámara fotográfica de Oropeza?

—No lo sé, pero las fotografías fueron enviadas a la Interpol, puede preguntarle a ellos —lo noté tembloroso—. El agente a cargo del caso se llama Yuri Zaplov, podemos hablar con él si así lo desea detective.

—No es necesario, ya lo haré por la mañana.

De pronto, misteriosamente se dio la vuelta, noté que caminaba rápidamente por el pasillo del hospital y dos oficiales que se dirigían a mí lo detuvieron, lo esposaron y uno de ellos se acercó a mí diciéndome:

—Vaya hazaña, Santiago.

—Discúlpeme. ¿Quién es usted?

—Soy el detective Vinard.

—Cómo está detective, gracias por su ayuda. Discúlpeme, ¿por que detuvieron a Lacroisse?

—Después de que Julio Oropeza nos informó de sus sospechas, estuvimos monitoreando las llamadas de Lacroisse dándonos cuenta que se comunicaba frecuentemente con Castrogliani, este hombre tiene mucho de qué responder.

Estaba ansioso de ver a Yumara, abrí la puerta de su cuarto y la vi alerta, tenía una intravenosa, continuaba conectada a varios monitores, sonrió ampliamente al verme, corrí a su lado, nos abrazamos fuertemente por unos segundos, lágrimas corrían por mis ojos al decirle:

—Gracias a Dios que te encuentras bien Yumara, no sabes lo que te extrañé todo este tiempo.

—Santiago, mi niño, te quiero mucho, fui una tonta en Sevilla, por favor perdóname.

No la dejé hablar más y nos besamos apasionadamente, en esos momentos la enfermera entró al cuarto y tosiendo para que nos percatáramos de su presencia nos dijo:

—¡Déjala respirar!, que necesita el oxígeno —lo dijo sarcásticamente sonriendo.

—Él es mi oxígeno enfermera, lo necesito —Yumara me volvió a besar.

—No sabes la falta que me hacías preciosa —ignorábamos a la enfermera que de nuevo nos dijo:

—Volveré más tarde —salió del cuarto dejándonos solos.

—¿Recuerdas algo de ese lugar Yumara?

—Nada, desde que salimos de Islamabad me aplicaban inyecciones, probablemente eran sedantes muy fuertes, sólo tengo destellos de memorias muy vagas.

—Es mejor que no recuerdes nada de lo ocurrido. Debes comunicarte con tu madre y tu hermana lo antes posible.

—Ya lo hice por la mañana. Quieren que vaya a Sevilla pero primero quiero regresar a Islamabad a sacar mis cosas del apartamento y despedirme de las muchachas, no pienso esconderme más.

—¿Cuándo te piensan dar de alta del hospital?

—Hoy por la tarde, después de que me entreviste con agentes de la Interpol para contestar algunas preguntas que tienen para mí.

-—Bien, yo vengo por ti para ir a un hotel.

—Santiago… —guardó silencio por unos segundos.

—Dime, ¿qué pasa?

—Gracias por salvar mi vida, parece que el destino une nuestros caminos de nuevo, ahora soy yo la que está en la cama de hospital.

—Cierto, no te dejaré nunca. Yumara, te amo.

Platicamos por un buen rato, se veía abatida, por lo que la dejé descansar.

Me dirigí al cuarto donde se encontraba Oropeza, aparentemente había recibido un par de unidades de sangre por la lesión que causó la bala en una arteria del hombro. Al entrar al cuarto se encontraba con los ojos abiertos y sonrió al verme, le dije:

—¿Cómo te encuentras?

—Aquí, coño, estuvo cerca la bala de mi corazón.

—No tenía buena puntería el guardia —le dije bromeando.

—Hablé con Vinard, quieren todas las fotografías que tenemos del complejo.

—Anoche transferí las fotos a la tableta electrónica, las envié a Vinard ya Gianni, también les entregaré el expediente de Aubert. Ahora que Castrogliani ha muerto va a ser difícil saber lo que en verdad ocurría en ese diabólico templo y cual era el propósito de robar todas las reliquias religiosas.

—Era un altar para sacrificar seres humanos Santiago, los expertos encontraran respuestas. Temo que éste no sea el final, es posible que continúen estos ritos en el futuro, en otra localización. Por lo pronto no tenemos evidencia concreta de las conexiones que Castrogliani tenía, por lo que observé, fue extremadamente cuidadoso y cubría sus pasos, el fuego estaba planeado desde que ese lugar fue creado en caso de descubrirlos, no querían dejar huella alguna.

—Quiero agradecerte por tu ayuda Oropeza, nunca lo olvidaré.

—No me lo agradezcas, es mi deber, ¿cómo se encuentra Yumara?

—Se encuentra bien, estuvo sedada la mayor parte del tiempo, afortunadamente no recuerda nada.

—Es mejor así.

—Ahora ¿qué sigue?

—Yo me encargo de los detalles Santiago, tú cuida de tu novia.

—Gracias de nuevo Oropeza.

Antes de salir del cuarto me gritó:

—¡Eh, Santiago!, cuando salga de aquí, ya no va a ser Oropeza a secas sino, "Detective Julio Oropeza", me lo ha dicho Vinard esta mañana.

—¡Felicidades!, cuánto me alegra, cuando te recuperes, tenemos que ir a celebrar, detective.

—¡Ya está, macho!, cuidaros Santiago —sonreí y salí del cuarto.

Caminaba por los pasillos del hospital pensando constantemente en los eventos del día anterior. Tenía que comunicarme con Aubert en París y contarle lo ocurrido.

K2 K2 K2 K2 K2

15

De nuevo a París
el señor Aubert y el anillo

ESA TARDE, LLEGUÉ A LA HABITACIÓN DE YUMARA; cual fue mi sorpresa de ver a Rebeca y su madre sentadas a un lado de la cama, me acerqué a ellas y les di un fuerte abrazo, Rebeca me dijo:

—Santiago, sois el héroe, te agradecemos por regresarnos a nuestra Yumara.

—Rebeca, tú siempre tan jovial, me da mucho gusto verlas aquí.

—Venimos a llevarla a Sevilla, pero está obstinada en regresar a Islamabad. Hemos hecho un pacto, ella se quedará con nosotras unos días aquí en Roma y sólo estará el tiempo necesario en Islamabad, regresará de nuevo a Sevilla, nos ha prometido que estará cerca de la familia de hoy en adelante.

—Qué bien, es tiempo de que esté más cerca de ustedes, yo regresaré a París por unos días y me uniré a Yumara en Islamabad el viernes.

Unas horas después dieron de alta a Yumara. Su madre y Rebeca habían rentado un cuarto en un hotel céntri-
co de Roma. Pensaban ir de compras y pasar un buen rato. Las acompañé al hotel y saqué el boleto a París, el
vuelo salía a las once de la noche.

Al llegar a París, decidí hospedarme en el mismo hotel
donde había dejado los documentos de Aubert en la caja
de seguridad. Hablé con el encargado quien me encaminó
hacia el área de seguridad. Tomé los preciados documentos de la caja y los llevé al cuarto. A la mañana siguiente
llamé a Oropeza para pedirle que me indicara a dónde
llevarlos. Me dijo que Vinard llegaría a Paris por la tarde,
que me asegurara de entregárselos a él personalmente, a
nadie más.

Los puse en mi maleta, pero antes de llegar a la estación de policía decidí visitar a Aubert en el hospital. Al
llegar, estaba sentado en la orilla de su cama, lo encontré
mejorado, me senté junto a él y le platiqué lo ocurrido con
lujo de detalles, él me contestó con su mirada perdida:

—Finalmente se cierra este capítulo en nuestras vidas
Santiago.

—Espero que así sea, Castrogliani ha muerto, desgraciadamente nunca sabremos que se proponía con estos
objetos y reliquias religiosas. Ese lugar era aterrador señor
Aubert, sólo estando ahí se puede percibir la oscuridad, la

muerte.

—Hemos triunfado... por ahora eso ya no existe, estoy seguro que en un futuro cercano, los individuos restantes de este culto se reunirán, comenzarán de nuevo, el mal siempre existirá mientras exista el bien. Se nos ha otorgado otro milagro Santiago.

—Discúlpeme señor Aubert, pero no pude evitar ver el Rosario que se encuentra en su caja de seguridad. ¿Es en realidad lo que creo que es?

—Ah, Santiago, efectivamente, yo también tuve un regalo. Fui cobarde y nunca vi más allá del mensaje que se me dio, tú has sido distinto; yo nunca creí, nunca tuve fe, siempre fui pragmático y al mismo tiempo incrédulo, sólo creía en la casualidad, los hechos, no luché lo suficiente —hizo un pausa y sus ojos se llenaron de lágrimas, continuó con una voz quebrada—. Mi vida se acaba y no fue hasta que tú te cruzaste en mi camino cuando comprendí, que había algo más que una historia, no era una simple coincidencia. Me has enseñado que tenemos que seguir los caminos de Dios.

Ese mensaje se me dio hace muchos años, pero nunca lo escuché. Hoy me encuentro en paz. Esta mañana, sin cuestionarme, le pedí al sacerdote del hospital que me diera la bendición y finalmente me confesé. Es triste que ya en el otoño de mi vida pueda finalmente ver, que a pesar del amor que le tengo a la ciencia, la historia el pragmatismo y la lógica, estuviera tan ciego, perdido en un mundo surrealista. Sólo te doy las gracias por haberme encontrado.

Sujeté su mano por unos momentos y le dije:

—No hay casualidades señor Aubert, me da mucho gusto que haya encontrado su camino, le deseo lo mejor; quiero informarle que aquí traigo sus documentos y que los entregaré al detective Vinard que es ahora el encargado de la investigación, a menos que usted me dé otra indicación.

—No, hazlo, espero que la investigación sea fructuosa.

—Tengo algo importante que hacer.

—¿De qué se trata Santiago?

—Se refiere a Yumara… —hice una pausa larga.

—¿Qué pasa?

—He decidido proponerle matrimonio, ¡ahí está! —Lo dije en voz alta—, quiero que este conmigo toda la vida.

—¡Hazlo!, no pierdas tiempo —lo vi sonreír por primera vez.

Me despedí de él con un gran abrazo deseándole que se recuperara.

Llevé los documentos a la estación de policía, Vinard me esperaba impacientemente en su oficina, se los entregué en la mano y le dije:

—No quiero saber más de esto, para mí, el caso está cerrado. ¿Estamos de acuerdo Vinard?

—Claro que sí Santiago, ¿nunca has pensado trabajar para la policía?

—No… la verdad… no, se lo agradezco. Estos últimos días han sido muy difíciles para mí, aunque no puedo negarle que encontré una cierta fruición que no puedo describir, el sabor que me dejó fue casi adictivo.

—Bien, piénsalo, ve con Dios hijo.

Esa tarde, entré a un establecimiento pequeño en la "Rué de Vaugirard" llamado "Cyber Game" el cual ofrecía servicio de computadoras al mismo tiempo siendo un café. Me senté frente a una de ellas y ordené un te frío. Investigué dónde podría comprar un anillo de compromiso. Tenía que ser algo especial, no sólo un anillo, algo que representara una promesa por siempre.

Encontré una pequeña joyería relativamente cerca de donde me encontraba, me dirigí a ese lugar al terminar mi te, mis manos se encontraban sudorosas y mi corazón palpitaba acelerado como queriendo salir, a entregarse.

Al entrar, noté que el establecimiento era elegante a pesar de ser pequeño, luces indirectas y reflectores dirigidos a los armarios donde guardaban las joyas. Me recibió una bella mujer, de aproximadamente cuarenta años, elegantemente vestida. Llevaba su pelo recogido, me preguntó con una voz muy dulce en francés que si se me ofrecía algo. Le pedí que si me podría hablar en inglés o español y sin problemas empezó a hablar español diciéndome que era de Venezuela. Le platiqué que quería un anillo de compromiso, algo que no fuera tradicional, sonriendo me dijo que la siguiera y me recomendó varios localizados en un armario. Uno de ellos, me llamó mucho la atención por su simplicidad, el diamante era más bien pequeño pero se encontraba empotrado elegantemente en una armazón antigua labrada en oro blanco. Era perfecto, sin titubeo lo escogí y ella lo envolvió después de depositarlo en una pequeña caja aterciopelada. Me dijo que regresara si necesitaba modificar el tamaño. Al ir saliendo me dijo:

—¡Buena suerte!, qué afortunada tu novia.

—Gracias, pero creo que el afortunado soy yo —me retiré del establecimiento después de tomar un gran suspiro.

Al salir sentía esa emoción de un novio enamorado que declararía su amor por primera vez. Tenía el anillo en mi mano y no sabía como entregárselo a mi amada pidiéndole, nada más ni menos, que pasara el resto de su vida conmigo. Caminé por la calle pensando en ella y me detuve por unos momentos enfrente de una tienda de accesorios electrónicos, estaba un televisor sintonizado en el canal de noticias y pude observar el rostro de Castrogliani plasmado en la parte superior de la pantalla mientras hablaba la locutora. Decidí no entrar, me preguntaba que escucharía, seria sólo otra versión de una historia en la cual fui protagonista. Ya conocía el final, desgraciadamente, como es en el mundo de las noticias, la verdad permanecerá oculta, será sólo la superficie turbia que se hará relucir para pronto ser olvidada.

Me di la vuelta y seguí adelante rumbo al hotel que no estaba lejos. Para mi suerte, empezó a llover esa tarde, apresuré mi paso y me puse debajo de un pequeño techo enfrente de un salón de belleza para evitar empaparme. Toqué mi pelo largo y me dije ¿por qué no?, entré al salón y le pregunté a la estilista que si me podría tomar para un corte de pelo esa tarde, me dijo:

—Pasa siéntate, ya lo traes mojado, muy bien. ¿Qué es lo que quieres?

—Lo quiero más corto, el estilo te lo dejo a ti.

—Bien, no está tan largo pero te lo dejaré con un corte moderno, ¿te parece bien?

—Perfecto.

Noté que la estilista, quien era muy joven, parecía de origen hindú o pakistaní, le pregunte:

—¿Disculpa me puedes decir de dónde eres?

—Soy de Pakistán.

—Qué casualidad, para allá me dirijo en los siguientes días, ¿de qué parte eres?

—Soy de Lahore, ¿conoces ese lugar?

—Claro que sí, lo conozco bien, estuve recientemente por allá.

—Soy del sur de la ciudad, ya tengo varios años viviendo en París —veía cómo mi pelo caía al suelo.

Seguimos platicando y al terminar me dijo:

—Tienes que usarlo hacia el frente y levantarte el copete un poco, te queda muy bien este estilo.

—Gracias —estreché su mano, pagué la cuenta y al salir del lugar como un golpe me vino a la cabeza el señor Patel.

Tomé mi teléfono móvil, marqué el número de Summan, eran las tres de la tarde por allá, me contestó y me dijo:

—Hola Santiago, ¿cómo estás?, qué sorpresa.

—Muy bien Summan, ¿y tú?

—¿Recibiste mis mensajes?

—¡Claro que si!… —e dije con tono sarcástico.

—¿Qué paso?

—Ya se resolvió todo, no te preocupes, mi novia vio

los mensajes y los mal interpretó, creía que había algo entre nosotros.

—Disculpa, no era mi intención, ¿o si? —lo dijo riéndose.

—¿Cómo se encuentra el señor Patel?

—Ha ido de mal en peor, se encuentra ahora el pobre en un solitario, sus ataques de psicosis han aumentado considerablemente.

—Siento oír eso, quiero visitarlo de nuevo, ¿crees que puedas ayudarme a verlo?

—Por qué no, guapo, ¿cuándo vienes?

—Hoy es martes, tomaré un vuelo mañana temprano, espero llegar por la noche del miércoles, ¿crees que lo pueda visitar ya tarde o es mejor el jueves por la mañana?

—Es mejor que vengas por la mañana del jueves, los doctores hacen su visita diaria a las ocho de la tarde.

—Muy bien nos veremos pronto.

Me dirigí a una tienda de recuerdos turísticos y le compré un pendiente de jade al igual que una camiseta que decía "I Love Paris", reía internamente por la ironía.

K2   K2   K2   K2   K2

16

Lahore, el señor Patel
Y la propuesta

CONSEGUÍ UN VUELO QUE SALÍA A LAS SEIS DE LA mañana de París. Llegué ya por la noche a Lahore, renté un cuarto de hotel y por la mañana me dirigí al hospital del condado. Al llegar caminé hacia el pabellón psiquiátrico donde observé a Summan sentada en su escritorio, hablando por teléfono, al verme, inmediatamente colgó la llamada, la saludé afectuosamente, le di sus regalos y me abrazó diciéndome:

—Se te ve muy bien, pareces un chiquillo con tu pelo corto.

—Tú también, ya hacía tiempo que no nos veíamos.

—Discúlpame, ahora ¿quién eres?, ¿otro reportero? o

un afamado alpinista en busca de respuestas ——me dijo burlándose—. Anda, pasa ahora, yo te llevaré a su cuarto.

Pasamos la puerta de seguridad y le pidió al enfermero la llave del cuarto donde se encontraba el señor Patel. El enfermero se oponía a dársela pero Suman lo convenció, no pude entender lo que le decían, le pregunté:

—¿Cómo lo convenciste?

—Tengo mis trucos, no te preocupes —abrió la puerta y nos dejó solos.

Al entrar, Patel se encontraba sentado en un sillón, vestía su bata blanca de paciente interno, mirándome fríamente; posiblemente trataba de reconocerme. Con cautela tomé asiento en una silla en frente de él, viéndolo directamente a los ojos, le dije:

—Buenos días señor Patel, soy Santiago, lo visité hace casi un año.

—¡Tú de nuevo! —levantó su voz.

—Tranquilo, por favor, sólo quiero platicarle algo.

—¿De qué se trata?

—La última vez que nos vimos, yo venía a encontrar respuestas de eventos muy fuera de lo común que me ocurrieron en la montaña K2, en esa ocasión le mentí y me hice pasar por un reportero. Quiero contarle la verdad.

—¿De qué hablas?

—Le imploro que me escuche unos minutos, por favor.

—Bien, dime —seguía intranquilo, moviendo su pierna rítmicamente.

—El alpinismo ha sido algo que siempre me ha apasionado, decidí hacer una expedición a la montaña K2, durante esta expedición me encontré con cinco personas que decían ser mis amigos de la infancia.

—¿Y eso que tiene que ver conmigo?

—La verdad es que no tenía idea de quienes eran, pero si no fuera por ellos no hubiese podido sobrevivir, cambiaron mi vida.

—¿Cómo?, ¿te burlas de mí? —Se acercó más y levantó su tono de voz.

—¡Espere!. Lo más interesante fue que nunca hubo evidencia de que ellos existieran, busqué por mar y tierra, de donde venían, nunca encontré ni rastro de ellos. Antes de morir, el más joven de ellos me entregó este crucifijo —lo removí de mi cuello colocándolo en mi mano.

Patel se hecho bruscamente hacia atrás diciéndome:

—¿Qué me dices?

—¡Qué eran reales señor Patel!, al igual que los que le ayudaron a usted. ¡No fue su imaginación! —Se llevó las manos a la cara y empezó a llorar.

—¿Tú también? —me lo dijo con voz enternecida.

—Así es, ¡fue real!, tiene que entenderlo —tomé lentamente su mano, la abrí y le entregué mi crucifijo diciéndole:

—Me ha traído muchas bendiciones, es suyo ahora…

—¿Por qué?

—Tiene que encontrar su camino, los dos hemos pasado por lo mismo, no traté de explicar lo ocurrido, simplemente… tenga fe.

Se quedó atónito, paralizado. Unos momentos después colgó el crucifijo de su cuello, yo sonreí al verlo, su semblante cambió, era posiblemente la primera vez que él oía algo que podía entender, sonrió mirándome profundamente a los ojos, le dije en voz baja:

—Es tiempo de que me vaya señor Patel, no podía dejar de venir a visitarlo y contarle lo que le oculté la vez anterior que nos vimos.

Me dirigí a la puerta, le señalé a Summan que me abriera, un poco antes de salir, me dijo:

—Muchas gracias Santiago —tocaba el crucifijo colgando de su cuello.

—De nada señor Patel —nuestras miradas se cruzaron, sus ojos me parecían haberse llenado de luz.

Salí del cuarto, Summan me acompañó a la salida y me dijo:

—¿Qué le dijiste?

—La verdad Summan, la verdad.

—Santiago… Santiago, no dejas de impactarme.

—Anda, vamos a tomar un café que tengo algo que contarte.

—Bien, le diré al enfermero que tomaré un pequeño descanso.

Nos dirigimos a la cafetería, bebíamos un café y le dije a Summan:

—Le voy a proponer matrimonio a mi novia Yumara.

—¿Qué?

—No sé como hacerlo.

—Siempre me pasa lo mismo —me lo dijo moviendo su cabeza a los lados.

—¿A qué te refieres?

—Cuando alguien me gusta, sólo soy su consejera —

me miró con tristeza, haciendo un puchero.

—Anda, Summan, necesito tu ayuda, déjate de tonterías.

—Está bien… a mi me gustaría que fuera en el momento más inesperado —cerró sus ojos—. Que fuera romántico.

—De acuerdo, ¿y qué le digo?

—Lo que te salga del corazón Santiago, no lo pienses, di lo que sientas en ese momento.

—Bien, ¡me dejas en las mismas! —Nos reíamos a carcajadas—. Te agradezco todo lo que haz hecho por mí Summan.

Me paré de la silla, le di un fuerte abrazo y un beso en la mejilla diciéndole:

—Ya encontrarás a tu príncipe azul, estoy seguro.

—Anda, Santiago, te deseo lo mejor.

Nos despedimos de nuevo, Summan regresó a su puesto y yo me retiré del hospital, al salir, sentí que posiblemente nunca regresaría.

Llamé a Yumara esa noche para preguntarle cuando llegaría a Islamabad, no le mencioné que me encontraba en Lahore, quería sorprenderla, ella me dijo que llegaría al día siguiente, viernes por la tarde. Me preguntaba insistentemente que cuando llegaría yo a visitarla, le dije que posiblemente el domingo, que no estaba seguro, ella planeaba estar en Islamabad por un par de semanas.

En esta ocasión decidí no viajar por tierra, tomé un vuelo de aproximadamente cincuenta minutos, llegué a Islamabad a eso de las cuatro de la tarde.

Me dirigí apresuradamente a la oficina de permisos

donde se encontraba Kabir, lo noté alegre de verme, sonreía constantemente, se levantó de su escritorio para darme un abrazo diciéndome:

—Santiago, me da gusto que estés bien, ya tengo listo
tu encargo, por favor sígueme a mi oficina.

—Qué gusto de verlo, estoy ansioso por ver la placa.

—También ya tengo listo tu permiso para la excursión
que planeas hacer al campamento base de K2 como me lo
pediste, el guía que te llevará se llama Gulam, es muy
amigo mío, estará listo para salir el Miércoles por la mañana, tiene un *Jeep* bien equipado, es posible que lleguen
un poco más allá de Askole. Se encargó de preparar tu
equipo y provisiones, te encontrará en Skardu como lo
planeaste, te entrego la placa y te deseo mucha suerte.

—Muchísimas gracias por toda su ayuda Kabir.

Me senté a platicar con él todo lo ocurrido hasta el
momento, al oírme, abrió su boca, no podía creer lo que
ocurrió con Castrogliani, me dijo que vio en las noticias lo
que había pasado con Aubert y pensaba que todavía se
encontraba en coma. También le conté los eventos ocurridos con el señor Patel. Mirándome a los ojos, un poco
tembloroso, me dijo:

—El sólo pensar que todo empezó aquí me da nostal-
gia, la tuya no es una historia más que contar, sino una
hazaña digna de escribirse, hazlo Santiago.

—No lo sé Kabir, por el momento me es difícil recordar todos estos eventos, la historia no está escrita hasta
ponerle el último punto; tengo que regresar a K2, quiero
verla frente a frente una vez más, me emociona pero al

mismo tiempo, me aterroriza.

—Es mejor verla desde el campamento base que acariciarla con tus botas y hacha hasta la cumbre —me lo dijo sonriendo.

—Es verdad... —Un muchacho con el nombre de Ryan originario de Escocia piensa hacer una expedición solo, he estado tratando de persuadirlo pero me ha sido imposible.

—Precisamente aquí estuvo ayer por la tarde obteniendo su permiso, se dirige a Skardu por la carretera del Karakoram hoy mismo, me comentó eso, que haría la expedición solo, le dije que era una locura pero está obstinado en hacerlo.

—Lo llamaré hoy por la tarde para tratar de persuadirlo una vez más, le prometí verlo salir del campamento base en Baltoro.

—Trata de hacerlo, me ha dicho que está seguro que llegará a la cumbre al igual que tú lo hiciste. No hay forma de pararlo, no pude negarle el permiso, no hay restricciones en el número de integrantes en una expedición, mientras paguen la tarifa indicada.

—Lo sé bien —le dije sonriendo.

—Por eso fui seco contigo cuando viniste por primera vez, quería darte un mensaje.

—Sí, definitivamente lo capte Kabir, pero al igual que Ryan estaba como intoxicado por hacerlo, era una fuerza mucho más grande que la razón, la que me llevaba arrastrando.

Tomé la placa que había ordenado hacía unos meses, me despedí calurosamente de Kabir y fui al hospital donde trabajaba Yumara donde yo estuve internado.

Subí al quinto piso y me dirigí a la central de enferme-ras. Me recibieron muy atentamente, recordábamos mo-mentos de mi estancia como paciente en el cuarto 511. Les platiqué —sin decirles que le iba a proponer matri-monio a Yumara—, que quería sorprenderla, les imploré que me ayudaran a formular un plan. Estaban todas muy animadas y accedieron sin problema. Le hablaron a Yu-mara para que se presentara a las diez de la mañana del sábado, yo llegaría más temprano para prepararlo todo. Las amigas de trabajo de Yumara le dijeron que tendrían una sorpresa para su despedida.

Pensé que éste sería definitivamente el lugar más inesperado para una propuesta de matrimonio, aquí pre-cisamente donde todo comenzó .

Se llegó el sábado por la mañana, tenía mis manos su-dorosas, mi corazón palpitaba como queriendo salir de mi pecho, no podía esperar más.

Mi reloj marcaba cinco minutos antes de las diez. Lle-gue al cuarto 511, estaba vacío en espera de su siguiente paciente; apretaba el anillo de compromiso en mi mano derecha guardado en su caja, apagué todas las luces, en-cendí el monitor de signos vitales y cerré la cortina de la ventana, me acosté lentamente en la cama cubriéndome completamente con la colcha.

Le había indicado a las enfermeras que le pidieran a Yumara de favor que les diera su opinión en el caso del paciente localizado en el cuarto 511, quien sufría de que-maduras severas, siendo que ella tenía amplia experiencia en estos casos; dudé mucho que se negara a hacerlo.

Unos minutos después, oí sus pasos acercarse y suavemente tocó la puerta como solo ella solía hacerlo. A propósito no le contesté por lo que la abrió lentamente y entró al cuarto, con su suave voz pronunciaba el nombre de aquel paciente fantasma que habían creado las enfermeras. Al acercarse más a la cama no podía evitar recordar aquellos momentos cuando la vi por primera vez, su peculiar aroma y aquella silueta de diosa de la cual me había enamorado. Con el expediente en mano, decía:

—¿Philip?

Al acercarse más a mí le dije:

—Pero… que enfermera más bella —se quedó sorprendida al escuchar mi voz, se acercó más a mí, con incredulidad; en ese momento me levanté de la cama dándole un fuerte abrazo y esta vez a diferencia de la primera… ella era finalmente mía, la besé sin dejarla hablar más, al terminar me dijo:

—¡Santiago, mi amor, que hacéis aquí! —Me apretó a su cuerpo, pude notar a través de la apertura de la puerta, al grupo de enfermeras que estaba afuera viéndonos, prendí la lámpara de noche localizada encima de la pequeña mesa del cuarto, me puse de rodillas al hacerlo, noté que las lágrimas brotaban por sus ojos y le dije:

—Yumara, quiero que seas mía por siempre, mi esposa —lloraba de la emoción y entre llantos me dijo:

—Soy tuya Santiago, anda párate —me besó apasionadamente viendo el anillo, el cual deslizó sobre su dedo anular, diciéndome:

—Es bellísimo Santiago, era lo último que esperaba el día de hoy. ¡Acepto tu propuesta!

—Aquí donde todo comenzó, al sólo mirarte entrar por primera vez a través de esa puerta, sabía… que estaríamos juntos por siempre.

—Yo siento lo mismo Santiago. Me encanta tu pelo corto, te vez como un niño, "quillo de mi arma".

Al terminar de hablar, entró el grupo de enfermeras, algunas gritaban, otras, con lágrimas en sus ojos, abrazaban a Yumara y la felicitaban.

Nos dirigimos a la central de enfermeras, partieron un pastel de despedida para Yumara y me decían emocionadas que no esperaban esto el día de hoy. Le dije a Yumara que me hablara más tarde al terminar sus actividades porque había hecho reservaciones para cenar en un restaurante local esa noche.

Durante la cena le expliqué a Yumara que había planeado ir al campamento base de K2 en "Concordia" para acompañar a Ryan en su salida de su expedición, que esta vez sólo iba a ser un viaje de "trekking" al pie de la montaña únicamente, me iba a tomar aproximadamente diez días. Le dije que había hecho reservaciones para que los dos pasáramos unos días en Skardu, en un hotel de ensueño frente a un lago, llamado "Shangrila", lugar que me había cautivado desde mi estancia en Skardu. Aceptó alegremente.

Después de la cena nos dirigimos a su departamento, no acabábamos de cerrar la puerta y ya nuestra ropa estaba en el suelo, lentamente nos besábamos apasionada-

mente, su perfume era intoxicante, su piel de seda, su boca húmeda entreabierta, suspirando; no dejé un solo rincón de su bello cuerpo sin besar, nos fusionamos en una
unidad con tal fuerza, que parecía que dejaba de pasar el
tiempo hasta el amanecer. Los dos abrimos los ojos casi al
mismo tiempo y me dijo:

—Nunca me dejes Santiago… te necesito.

—¿Por qué dices eso? —le dije sorprendido.

—Tengo miedo de que regreses a esa montaña.

—Sólo voy a sus pies, esta vez no será igual.

—Por favor regresa a mí, no sé que haría si algo te pasara.

—Estaré de regreso antes de lo que piensas, le hice
una promesa a Ryan de verlo salir y también tengo otro
cometido.

—¿De qué se trata?

—Mandé hacer una placa que pienso colocar en el
campamento base, en memoria de mis compañeros. Es un
lugar que se conoce come el "Gilkey Memorial", donde se
depositan recuerdos para aquellos que nunca regresaron
de la montaña.

—¿Puedo verla? —la saqué de mi maleta, la desenvolví y se la mostré, con su mano derecha la tocó lentamente
y al leerla noté que las lágrimas brotaban por sus ojos.

—Aún no entiendo todo esto, Santiago, la placa es bellísima, llega a lo más dentro del alma.

—Es un recuerdo que quiero dejar plasmado en la
montaña.

—Hazlo, pero ten mucho cuidado.

—Así lo haré, no te preocupes, me acompañará un

guía llamado Gulam en la excursión, saldremos el miércoles por la mañana.

—¿Cuándo nos vamos a Skardu?

—Tengo boletos de avión para los dos, anda, apúrate
que el vuelo sale a las once de la mañana.

00000

El vuelo fue un poco turbulento pero reíamos con cada movimiento brusco del pequeño avión, como niños en
un 'subibaja'. Al llegar a Skardu, nos dirigimos al hotel,
estaba nublado, la brisa era fresca, abrí la ventana del taxi
y pude apreciar el olor a pino mezclado con humedad, cerré mis ojos y dejé que el aire golpeara mi cara para ver si
despertaba de este sueño.

Al llegar al hotel, todo parecía mágico, sentía que el
tiempo pasaba tan lentamente, como si estuviera mirándome por fuera de mí. Había regresado a este bellísimo
lugar, con la chica de mis sueños tomada de la mano... mi
futura esposa.

Nuestra habitación era un pequeño búngalo enfrente
del lago, tenía un balcón y sillas afuera, desde ahí se podía apreciar la majestuosidad de las montañas que discretamente se reflejaban en el agua, el hotel tenía una arqui-
tectura estilo chino, con techos rojos y ángulos elevados.
No se escuchaban ruidos con excepción del cántico de las
aves y voces indistintas de la gente. Anclados enfrente de
un pequeño muelle, estaban varios botes de remos, Yu-

mara que estaba a mi lado me dijo:

—Vamos a tomar un paseo por el lago montados en el bote, será muy divertido.

—Me muero de hambre, por qué no vamos al restaurante primero y por la tarde vamos al lago.

—Sí, es buena idea, yo también tengo hambre.

Unos minutos después, empezó a llover, nos dirigimos al restaurante sentándonos enseguida de un ventanal a través del cual se observaba aquel maravilloso paisaje y el incesante caer de la lluvia. Al terminar fuimos al cuarto, descansamos por unos momentos, me recosté en la cama exhausto, Yumara leía un libro. Al pasar de una hora, ceso de llover y entusiasmados, nos dirigimos al pequeño muelle para rentar el bote. Al llegar el encargado nos dijo:

—Va estar neblinoso después de haber llovido, ¿quieren salir así? —nos dijo con una mirada incrédula.

—¡Claro! —Contestamos los dos en sincronía.

—Está bien, ¿son recién casados? —Los dos nos reímos.

—Todavía no, pero muy cerca.

—Regresen en una hora —señalando al bote que sería nuestro.

Compramos una botella de vino y pedimos prestadas dos copas, nos abrochamos las chamarras, pues había refrescado mucho con la lluvia. Nos subimos al bote, yo remé la mayor parte del camino. Efectivamente, cuando nos encontrábamos casi a la mitad del lago, la neblina pareció cobijarnos, no podíamos ver más de unos cuantos metros enfrente de nosotros; paré de remar y le dije a Yumara:

—Parece que las nubes acarician el agua ¿no es así?

—Me parece de ensueño —me contestó mirando a sus alrededores.

Oíamos a lo lejos la música en vivo proveniente de un grupo que posiblemente se encontraba cerca del restaurante, era música suave, instrumental, seguramente de origen Pakistaní que daba un ambiente aún más romántico a nuestro paseo por el lago, tomamos una pausa y sin hablar nos mirábamos constantemente.

Yumara puso la mano en su bolso y sacó una caja envuelta para regalo y me dijo:

—Tengo algo para ti Santiago —la tomé y empecé a desenvolverla.

—¿Qué es Yumara?

—Anda, sigue que ya verás.

Abrí una pequeña caja aterciopelada, dentro de ella estaba un reloj antiguo, colgando de una cadena, era de metal plateado con un sello de un águila romana en su cara externa, al abrir la compuerta del reloj, por su parte interna había una inscripción que decía:

"La vida sonríe al vernos juntos,
El tiempo lo marcará este reloj,
pero nuestro amor será por siempre.
Santiago y Yumara"

Guardé silencio por un momento, la tome de su cuello y la besé intensamente saboreando sus dulces labios, nos recostamos en el piso del bote, usamos nuestras chamarras para cubrirnos al habernos quitado la ropa, dejándonos llevar por nuestros instintos hacíamos el amor rodeados de ese manto que parecía espuma en el aire, cada beso era como una nota de una perfecta sinfonía escrita para nosotros en este momento.

De pronto, debido al movimiento de nuestros cuerpos, el bote se volteó y los dos caímos al agua, noté que el reloj se sumergía, inmediatamente fui tras él, podía observar su reflejo, finalmente lo sujeté firmemente en mi mano y salí del agua tomando una gigantesca bocanada de aire, Yumara me dijo riéndose:

—¿Pero por qué os habéis sumergido, me preocupaste.

—Fui por el reloj, ¡aquí está! —le dije sonriendo.

Recuperamos su bolso, los remos, la ropa y le dimos la vuelta al bote, nos subimos riendo a carcajadas, al mismo tiempo temblábamos del frío, nos vestimos después de enjuagar la ropa, los dos remamos rumbo a donde provenía la música pues no podíamos observar con certeza el hotel por la neblina.

El remar nos ayudó a quitarnos el frío, al llegar, el encargado al vernos empapados nos dijo:

—¿Pero qué les pasó?

—Decidimos voltear el bote —le dije sarcásticamente.

—Ah, ya entiendo.

—Lo siento pero no pude recuperar las copas de vino.

—No te preocupes —fue por unas toallas y al entregárnoslas estaba tratando de contener las carcajadas detrás de su gran sonrisa.

Yumara y yo corrimos al cuarto, nos despojamos de la ropa mojada y nos dimos un baño de agua caliente, al entrar a la bañera, me dijo:

—Anda, a terminar lo que habéis empezado...

00000

Fueron unos días inolvidables, visitamos el centro turístico de la ciudad, la noche del martes fuimos a un bar, bebimos cervezas de varias nacionalidades, bailamos canciones románticas y reíamos por las más pequeñas tonterías.

Esa misma tarde contacté a Gulam, quien me dijo que me recogería por la mañana para dirigirnos a nuestra excursión, me comunicó que tenía todo el equipo listo y que sería buena idea salir lo más temprano posible debido a que se pronosticaba una tormenta por la tarde del miércoles. Yumara regresaría a Islamabad en el vuelo de mediodía.

Un poco pasadas las siete de la mañana mi teléfono móvil sonó, era Gulam diciéndome:

—Buenos días Santiago, me encuentro en la recepción del hotel.

—Bien Gulam, espéranos por un momento en el restaurante mi novia y yo vamos para allá, te invitamos a desayunar.

—Los espero, muchas gracias.

Nos vestimos lo más rápido posible, alcanzamos a Gulam en el restaurante, estaba parado en la entrada, un hombre de aproximadamente cuarenta años, delgado, pelo oscuro, ojos negros, se encontraba sonriendo, vestía una chamarra y pantalón de alpinista, al igual que botas.

Al llegar le dije:

—Qué gusto Gulam, vienes muy bien recomendado por parte de Kabir, ella es mi prometida Yumara.

—Mucho gusto señorita —le dio la mano, luego dijo:

—Kabir es mi amigo, solíamos hacer excursiones cuando él era más joven.

—Nunca me mencionó que le gustara el alpinismo.

—Kabir fue un gran alpinista, escaló tres montañas del Karakoram, yo lo acompañé en la expedición del monte Ultar, nunca se aventuró a escalar Everest o K2, decía que era como tocarle la puerta a la casa de la muerte.

—Definitivamente ésas son palabras del viejo Kabir —le dije riéndome—, anda vamos a sentarnos.

Platicamos acerca de la excursión, los planes y la ruta a tomar, Gulam mencionó que durante las siguientes dos semanas se pronosticaban tormentas.

K2   K2   K2   K2   K2

17

De regreso a K2

GULAM ME ENTREGÓ LA CHAMARRA Y PANTALONES de alpinismo, le dije que me hiciera el favor de esperarme en el *Jeep* mientras yo me cambiaba en el cuarto, que sólo me tomaría unos minutos. Al llegar a la habitación Yumara me dijo:

—Estos días han sido de los más felices de mi vida, te extrañaré muchísimo.

—Tengo que hacer esto Yumara, si no fuera así te seguiría al fin del mundo, tú lo sabes.

—Lo sé mi amor.

Me despedí de Yumara y le dije que estaría en contacto con ella al llegar a Askole donde todavía hay línea telefónica, que no se preocupara, que por favor pensara en el lugar y las fechas de la boda.

Gulam y yo subimos al *Jeep* y emprendimos nuestra

excursión hacia Askole. Me quedé dormido por aproximadamente treinta minutos y no fue hasta que un movimiento brusco del vehículo me despertó, le dije a Gulam:

—¿Qué pasó?

—Venados, Santiago.

—Menos mal que los pudiste evitar —le dije medio
dormido.

—Así es, causan muchos accidentes en este camino. Ya
estamos a sólo unos cuantos kilómetros de Askole.

—¿Cuál es la distancia de Skardu a Askole?

-—Sólo 85 kilómetros, pero empezaremos a ver terreno difícil un poco más adelante.

La carretera era estrecha, la mayor parte se encontraba
pavimentada pero había tramos que no lo estaban. Al
acercarnos más a la villa, parecía que recorríamos un valle
alrededor de las montañas, el terreno tenía mucha vegetación, pinos y una multitud de árboles. Al llegar a Askole,
Gulam me dijo que acamparíamos a las afueras pues la
mayor parte de las excursiones lo hacían en esta área.
Askole era una villa con no más de 600 personas y es utilizada primordialmente como el punto de entrada a las
montañas del Karakoram, era la última comunidad antes
de llegar a "Concordia" al pie de la K2.

Al llegar al campamento, Gulam y yo bajamos nuestras carpas al igual que las provisiones. Establecimos
nuestro campamento junto a varias expediciones, la mayoría eran *trekkers*, es decir, al igual que nosotros, se dirigían al campamento base localizado al pie de la montaña.

Al erguir mi carpa, no pude evitar recordar los momentos en los que me encontraba aquí hacia ya casi un año, Gulam notó que mis manos temblaban al armarla y me dijo:

—¿Está todo bien Santiago?

—Un poco nervioso, es todo.

—Te trae recuerdos al hacerlo, ¿no es así?

—Sí Gulam, no puedo evitarlo.

—Ya pasará, anda, vamos a platicar con algunos de los excursionistas.

Nos dirigimos a un grupo grande de alpinistas, eran aproximadamente doce personas, la mayoría se encontraba sentada alrededor de sus carpas y una fogata de buen tamaño ardía a la mitad del campamento. Gulam y yo nos acercamos a ellos, le pregunté al más cercano a mí:

—Hola, mucho gusto mi nombre es Santiago y mi amigo se llama Gulam —le extendí mi mano y nos saludamos.

—Hola, me llamo Víctor.

—¿De dónde vienen? —Le pregunté.

—De Argentina

—¿Se dirigen a K2?

—Al campamento base en Concordia/Baltoro, ¿ustedes?

—También, saldremos por la mañana.

—Nosotros esperamos dos personas más que están por llegar mañana así que saldremos en dos días, ¿gustan tomar un café? Por favor siéntense con nosotros a disfrutar de la fogata.

—Me encantaría —Gulam también accedió.

Víctor se disculpó por unos momentos, trajo dos tazas de café, se sentó a platicar con nosotros, lo hacíamos en inglés pues Gulam no entendía español, nos preguntó:

—¿De dónde vienen?

—Yo vengo de México, Gulam es de Islamabad.

—Discúlpame ¿pero dijiste que te llamabas Santiago? —Se quedó pensando sin decir palabra.

—Así es.

—¡Eres tú el que salió en las noticias hace un año! —abrió su boca en señal de sorpresa.

—Sí, el mismo.

—Eres toda una leyenda en la comunidad de alpinistas, se han inventado tantas historias que ya no se sabe a quien creerle.

—¿De verdad? —sonreía.

—Es un honor conocerte, debes de tenerlos grandes para hacer una hazaña de ese tipo, sabes a qué me refiero.

—No sé lo que debes de tener grande, pero algo si te digo, no lo intentes solo.

—Anda, por que no tomamos un *whisky*, tengo del bueno.

—Me parece bien, ¿y tú Gulam?

—Gracias, pero dejé de tomar hace muchos años —nos dijo bebiendo su café.

Estuvimos platicando un buen rato con Víctor, tomamos lo suficiente para estar bien mareados y al cabo de unas horas, Víctor se levantó y en voz alta le dijo al grupo:

—Camaradas, estamos en presencia de la leyenda de K2, un aplauso a mi amigo… Santiago Cazorla —Perdió el balance y casi acaba besando el suelo.

Los compañeros aplaudieron, yo me levanté por unos segundos saludando en general. Se acercó una chica llamada Leticia, se sentó a mi lado y me dijo:

—No me imaginaba que estuvieras tan bien en persona, ¿quieres un pucho?

—¿Un pucho?

—Un cigarrillo, 'pelotudo'.

—Porque no.

Fumamos el cigarrillo mientras el grupo cantaba al son de una guitarra acústica canciones que desconocía, posiblemente parte del *folklore* argentino, algunos bailaban disfrutando de la noche que se tornó fresca, empezó a hacer aire y a plumear nieve. Leticia me dijo:

—¿Qué misterio escondes?, Santiago.

—¿Por qué me preguntas eso?

-—Leí tu historia y vi tu entrevista en la televisión, hay algo más que no quieres decir.

-—Es personal, no quiero hablar de eso ahora.

—Sabes, muchos de nosotros estamos aquí para salir de la rutina, otros por diversión y la mayoría por escaparse de la realidad.

—Tienes razón, yo fui de la mayoría.

—¿Y ahora qué?

—Quiero estar a sus pies de nuevo.

—Ya veo, no subirás esta vez.

—No, después de K2 me espera la vida entera, espero ponerle cierre a todo esto.

—Bien, te deseo suerte, has sido afortunado hasta ahora.

—Gracias —volteando a ver a la gente que disfrutaba de la noche—, la verdad, extrañaba esto.

—¿Queréis venir a mi carpa a platicar?

—Gracias, pero es tiempo de que nos retiremos a dormir, Gulam y yo saldremos muy temprano por la mañana.

—Anda, que son muchos días de camino, sabes… no habrá mujeres en esas veredas.

—Es cierto, pero Gulam y yo somos pareja, lo siento.

—Coño chico, no me lo imaginaba, que lástima —se retiró al cabo de unos minutos.

Gulam me pregunto:

—¿Qué le dijiste para deshacerte de ella?

—Que la querías conocer —me reía a carcajadas.

—No te creo.

—Anda Gulam, vamos a dormir que nos espera una larga jornada.

o o o o o

Un poco antes de las seis de la mañana ya estaba de pie, Gulam había estado listo desde mucho más temprano, me esperaba con un café en la mano. Empaqué lo más rápido que pude, nos pusimos nuestras mochilas a la espalda y emprendimos nuestra excursión. Caminábamos periodos largos, de dos a tres horas sin detenernos, noté que no estaba en tan buena condición física como esperaba, la altitud empezaba a afectarme, me daba pánico al recordar la falta de respiración que sentía al estar cerca de la cumbre de K2.

Llegamos por la tarde al glaciar de "Biafo" que era una belleza, una cascada de agua inmóvil por milenios, un verdadero regalo de la naturaleza. Finalmente nos detuvimos en este lugar, observando su inmensidad y después de una hora de descanso, caminamos al siguiente campamento que se conocía como "Burdumal" situado a una altitud de casi 3,400 metros.

Encontramos un grupo de alpinistas italianos, seis en total. Erguimos nuestras carpas en medio de una arboleda enseguida del rio "Chinkang", utilizamos de su agua pura para lavar nuestros platos y admirábamos la serenidad abrumadora, aunada con la belleza de la montaña a nuestro alrededor.

Así pasaron los siguientes días en los cuales hacíamos paradas más frecuentes. Ese viernes por la tarde hubo una gran tormenta de nieve que nos obligó a perder un día de camino. Nos quedamos detenidos en "Goro" que sólo estaba a unas cuatro horas de camino a "Concordia" muy cerca de donde se encontraba Ryan.

Tenía presente que había quedado de verlo ese sábado por la mañana, pero nos sería imposible llegar al campamento base ese día y no había forma de comunicarme con él, me sentía frustrado, quería verlo antes de su expedición rumbo a la cumbre.

La tormenta pasó así como llegó, repentinamente. Salimos al amanecer, caminando alrededor del "Glaciar de Baltoro", hasta llegar a la casa de los gigantes. Podíamos observar ya la inmensidad de K2 a la distancia.

Esa noche al haber pasado la tormenta quedó un cielo despejado, las estrellas brillaban en sincronía, al mirarlas, finalmente entendí que la dirección que tomaba, regresando a la montaña que con tanto despecho me enseñó el camino a seguir, estaba a sólo unos pasos, susurrando a mi oído los temores que tuve al verla por primera vez y al mismo tiempo las alegrías y misterios que tras esa cobija de hielo, ha escondido durante todo este tiempo. Esos momentos no regresarán jamás, pero han vivido y vivirán en mi corazón a pesar de las alegrías que he tenido… seguirán ahí, enterrados en el hielo, viviendo como un parásito que se alimenta de mi ser.

La mañana del domingo llegamos finalmente al campamento base de K2; notamos una multitud de carpas, estaba neblinoso lo cual dificultaba identificar a los alpinistas que se encontraban ahí, entre los huecos que la neblina dejaba, se apreciaba la montaña que majestuosamente se asomaba enfrente de nosotros. Al caminar entre las carpas y los alpinistas, oí un grito diciendo:

—¡Santiago!, por acá.

Era Ryan que estaba a punto de salir, noté que se encontraba atado en su arnés a un grupo de alpinistas, lo cual me sorprendió siendo que no me había comentado que lo haría con un grupo. Corrí hacia él, y me dijo:

—Estamos saliendo Santiago, gracias por venir.

—¿Quiénes son ellos Ryan?

—Los conocí aquí durante mi estancia en el campamento, me ofrecieron que los acompañara.

—Qué gusto me da que no vayas solo —le dije poniendo mi mano en su hombro.

—Estaré bien Santiago no te preocupes.

—Disculpa que no haya llegado antes pero quedamos atrapados en una tormenta cerca de "Goro".

—Lo imaginé. ¿Puedes creerlo?, estoy a punto de salir a la expedición de mi vida —me lo dijo muy entusiasmado.

—Ten cuidado —lo abracé y me despedí de él.

A la distancia noté que el último del grupo de alpinistas que lo acompañaban, jaló su cuerda atada al arnés de Ryan señalándole que empezara el ascenso. Este alpinista se encontraba a unos quince metros enfrente de Ryan. Su silueta me pareció particularmente conocida. Comenzaron a caminar rumbo a la montaña, en línea, atados por las cuerdas y arneses, al verlos, me era imposible no recordar aquellos momentos en los cuales ascendíamos hacia el camino que con cada paso se volvía más arduo pero al mismo tiempo se convertía en el impulso de seguir aun más arriba, más cerca del objetivo.

Intrigado, por una inercia que no me explicaba, seguía a Ryan caminando un poco más lento que ellos. Veía que se separaban de mí al ascender por una estrecha vereda.

Me detuve por un momento; a la distancia noté que este último alpinista, enfrente de Ryan, también se detuvo, dio la vuelta, subió sus lentes, bajó su máscara pasamontañas y me miró fijamente, sonriendo, levantó su mano y movió su cabeza en señal de aprobación. Inmediatamente reconocí su cara, lo miraba incrédulamente, ¿sería posible?... 'Rafa', gritaba en silencio, al mirarlo de nuevo, no me cabía la menor duda que era él y en ese momento levanté mis brazos y dije:

—¡Rafa!, ¿eres tú? —gritaba lo más fuerte que podía. Oía mi voz hacer eco en el valle.

Con una gran sonrisa de nuevo levantó su mano y bajó su cabeza como diciéndome: ¡Aquí estoy… soy yo, me da gusto verte de nuevo!

Traté de alcanzarlos, caminando lo más rápido posible, mis pies se enterraban cada vez más profundo en la nieve, me fue imposible seguirlos, se perdían de vista en una vereda tras unos acantilados con rocas majestuosas.

Me quede frío, mis ojos se llenaron de lágrimas al verlos desaparecer al pie de K2, me desplomé en la nieve y quedé de rodillas por unos minutos. Se acercó Gulam, me tocó el hombro y me dijo:

—¿Te encuentras bien?, ¿pudiste despedirte de Ryan?

—Sí, —le contesté con una voz quebrada.

—¿Qué pasó?, ¿por qué estás así?

—Me pareció ver… un ángel, Gulam.

—¿De qué me hablas?

—No es nada… disculpa, no entenderías.

—Me tenías preocupado, por un momento pensé que te unirías al ascenso.

—¿Los viste Gulam?

—¿Te refieres al grupo de alpinistas?

—Sí, a los que iban con Ryan.

—¡Claro!

Lo miré y con una gran sonrisa le dije:

—Bien, lo siento, ¡ya está!, regresemos —me limpié las lágrimas que corrían de mis ojos y descendimos al campamento base.

Caminamos entre las carpas rumbo al "Gilkey Memorial", al acercarnos, notamos un grupo de gente observando los recuerdos que aquí se desplegaban orgullosamente a los que desaparecieron, a aquéllos que nunca regresaron de su expedición y que por siempre la montaña les guardaba sepultura.

Saqué la placa que había cargado en mi mochila, la desenvolví mientras Gulam me miraba incrédulamente. La placa era un disco de metal, la coloqué en lo más alto de las rocas que revisten a este homenaje, uniéndola a muchas otras que estaban en ese lugar, algunas, con flores secas y veladoras apagadas a sus pies. La fijé lo mejor posible. El metal nuevo resplandecía opacando a todas las demás ya gastadas por los elementos y el inevitable pasar del tiempo.

En la parte superior de la placa estaba impresa la imagen de la "Cruz de los ángeles" y por debajo de ella decía:

> *Esta placa la dedico a la memoria de mis queridos amigos,*
> *Laurencio, Miguel, Pedro, Gabriel y Rafa.*
> *"Sus huellas, fueron mi guía en esta montaña.*
> *Donde quiera que estén, sólo quiero decirles que encontré mi*
> *camino… y nunca lo perderé.*
> *Hoy y siempre, estaré listo para escalar cualquier montaña*
> *que la vida me depare.*
> *El eco de sus voces estará siempre en mi alma…*
> *y su presencia…*
> *Más allá de la cumbre."*
> *Santiago*

Noté que Gulam observaba la placa tratando de leerla y me dijo:

—¿Qué dice Santiago?

Le traduje en inglés lo que la placa decía, me miró diciéndome:

—Todo este tiempo pensé que lo habías hecho solo.

—No, Gulam… no estaba solo.

—No entiendo, ¿quiénes eran ellos?

—Eran mis compañeros, Gulam… mis compañeros.

Guardó silencio, bajó su cabeza lentamente y me volteo a ver. Sin una palabra, sus ojos me lo decían todo.

Al retirarnos y observar a la montaña enmarcando a todas estas placas y ofrendas, sólo podía recordar, que el tiempo que pasé aquí, aunque fue breve, no más largo que un sueño, sería una voz que haría eco en mi alma, por el resto de mis días.

Le dije a Gulam:

—Rumbo a la cumbre nos dirigimos, querido amigo.

—¿A la cumbre Santiago?

—¿Qué no la ves?, es aquella cuyo pico está más allá de las nubes.

Sonriendo me dijo:

—Ya entiendo.

Al caminar, hice las paces con la montaña, dejaba atrás un escalón gigante que sólo con la gran ayuda de Dios, fui capaz de superar.

0 0 0 0 0

Al descender de nuevo a la vereda que me llevaría de regreso, no miré hacia atrás ni una sola vez.

Finalmente, sostenía mi mirada al mundo, a mi nueva cumbre, al camino que el destino había puesto enfrente de mí. Esta vez, era diferente, respiré profundo con mi frente en alto, entendía que la vida no promete nada, sólo ofrece caminos que casi siempre son cuesta arriba, son regalos, aventuras en la cuales, el final… aún no está escrito.

K2 K2 K2 K2 K2

18

Diez años después

PASARON DIEZ AÑOS DESDE QUE ESA TARDE DE PRI-mavera, dejé a K2 en el horizonte de mi vida. Nunca volví a escalar otra montaña.

Contacté a Summan al llegar a Islamabad y con alegría me contó que el señor Patel había tenido una mejoría "milagrosa", los doctores lo darían de alta en un futuro cercano, lo cual ocurrió seis meses después.

Tariq Patel, aquel hombre que no entendía lo que el destino le presentó, confuso y alterado por eventos totalmente fuera de su control, finalmente encontró paz y dejó que el pasado formara parte de su presente. Summan, me platicó que regresó a la India para estar con su familia. Desgraciadamente no he vuelto a saber más de su paradero.

Fue una tarde de septiembre sólo unos meses después de mi regreso que Yumara y yo nos casamos en la catedral de Oviedo. La boda fue mucho más hermosa de lo que pudiese haber imaginado. El padre Fábregas ofició la ceremonia. El contingente de amigos y familiares fue pequeño pero todos y cada uno de ellos tenían un significado sentimental para nosotros. Ese día, Yumara, vestida de blanco, parecía una princesa, honrando a su nombre.

Al verla enfrente de mí, jurando ante Dios pasar sus restantes días a mi lado, fue lo mejor que me había pasado hasta ese momento.

Recuerdo aún, con gran emoción, verla caminar con un ramo de flores en su mano, al son de la marcha nupcial, que marcaba Juan José con su violín, aquel joven invidente que casualmente conocí en mi viaje por la vida, que con el pasar de los años se convirtió en uno de los más destacados violinistas de nuestra época.

Dios nos llenó de bendiciones. Tuvimos dos hijos varones nuestros y a "Litos", al que adoptamos a nuestro regreso a la ciudad de México, donde felizmente vivimos ahora. Roberto mi hermano y su familia son muy allegados a nosotros. "Litos" ha crecido como un joven alegre, lleno de bondad y con su sonrisa fácil, es casi imposible recordar sus días de orfandad.

Ryan, aquel muchacho aventurero al que no entendía del todo, y a quien vi partir en compañía de ángeles, con su afán alborotado de lograr algo casi imposible, nunca regresó de la montaña, su camino se detuvo ahí, a más 8,000 metros de altura. No se supo con certeza si llegó o no a la cumbre, pero de algo puedo estar seguro, no se encontraba solo, fue su destino trazado cautelosamente por Dios. Hablé frecuentemente al pasar de los años, con su tía Euphigenia, quien lo extrañaba mucho y quien me notificó que su cuerpo nunca se recuperó. Sigue ahí, resguardado celosamente por "La montaña Salvaje" en aquel mar de hielo que lo cubrirá, por siempre.

Hace solo dos días Adèle me notificó que Aubert falleció pacíficamente en su residencia en París a los ochenta y dos años de edad. Finalmente, el podría leer su propia historia, llena de aventuras y sobrevivencia. Aparentemente se había retirado ya hacía algunos años de su trabajo en el museo y se dedicó a dar clases de historia en la Universidad de París, unos meses atrás su salud se deterioró; me contaba Adèle con alegría, que volvió a disfrutar de su pasión por la aviación habiendo volado exitosamente a través de los Alpes suizos.

0 0 0 0 0

Al paso de los años decidí escribir ese libro que tanto me pedía mi amigo Arturo. Se publicó hace sólo unos meses y hasta el momento ha sido muy exitoso. En sus páginas está plasmada una gran aventura, una historia de amor detrás de la cual se esconde el gran milagro que me ha mantenido vivo hasta ahora. Una travesía por la vida en compañía de Dios y aquellos amigos que nunca se identificaron como lo que en realidad eran hasta no ver cumplida su misión.

El día de hoy, sábado, lo ocupé para firmar ejemplares en una librería en Barcelona, pues la editorial quería publicidad en esta área, Yumara y los niños se encuentran en Sevilla visitando a la familia, es ya a finales de octubre, esta fresco y lluvioso.

Eran pasadas la ocho de la noche poco después de una presentación que di a los clientes de esta librería. Me senté calmadamente en un escritorio a firmar copias de mi libro, miraba como una a una, las personas salían con una copia de esta aventura en sus manos.

De pronto, todo parecía en silencio, aquella paz regresaba, no oía un solo sonido. Tenía enfrente de mí sólo dos copias del libro, la última persona de esa noche se encontraba enfrente de mí, ya cansado, firme el libro y se lo entregué, sin mirarlo.

Al levantar mi cabeza lentamente, pude reconocer ese abrigo negro afelpado, la fedora sobre su cabeza y las facciones distintivas de aquel mensajero que en aquellos momentos álgidos, hacía ya más de diez años, me hizo la invitación a tener una aventura, al yo querer terminar con mi vida.

Tomó el libro y sin decir una palabra, lo apretó a su cuerpo, sonreía al verme sentado, triunfante, habiéndole puesto punto final a esta historia.

Se dio la vuelta y salió lentamente sin yo poder decir una palabra, al percatarme de lo ocurrido, tomé la última copia de mi libro del escritorio y salí a buscarlo, la lluvia caía bruscamente.

Me dirigí al centro de la calle, miré desesperadamente a los dos lados sin encontrarlo. Estuve así por unos minutos dejando que la lluvia cayera sobre mi cara al mirar hacia arriba, empapado, limpié el agua de mis ojos y pude observar, a lo lejos, una silueta que se perdía al final del camino. Las luces parecían palidecer tras de él, y al final de la calle, desapareció sin rastro alguno.

Pensaba en silencio que todo siempre llega a un final o a un nuevo principio, éste... era el mío, apreté el libro firmemente a mi cuerpo y sonreí, me daba cuenta que el mensaje que aquel hombre me había dado aquel día estaba sellado, y que al abrirlo, sólo empecé una nueva etapa de mi vida.

Con más calma, entré a la librería y me acerqué al escritorio para tomar mi portafolios, al moverlo, noté que había un cordón de cuero que se asomaba por debajo, al jalarlo, sorprendido, me di cuenta que de él colgaba un crucifijo... aquella cruz, forjada por ángeles, de nuevo regresaba a mí.

Aquel mensajero me lo había dejado, un nuevo regalo. Lo tomé con alegría, lentamente me lo colgué al cuello y con una gran sonrisa salí de la librería a la calle, me preguntaba incesantemente ¿cuál sería este nuevo mensaje?

Al caminar en la lluvia, recordaba lo que quería olvidar, finalmente todo estaba claro, sabía, sin lugar a dudas, qué iba a encontrarme… en aquel lugar donde solo viven los sueños, donde se detiene el tiempo y con la mirada se alcanzan las cumbres más altas…

Con mi siguiente aventura.

FIN

K2 K2 K2 K2 K2

ACERCA DEL AUTOR

Luis S. Noble Ayub

Nació en la ciudad de Chihuahua, México, lugar donde creció en compañía de sus seis hermanos. Fue el único de la familia que emigró de su querida patria a los Estados Unidos a los veintitrés años de edad con su esposa Pilar.

Es un ávido motociclista y amante del alpinismo. Ha publicado múltiples trabajos científicos derivados de su destacada carrera en el campo de la medicina reproductiva.

Más allá de la cumbre es su primera novela. «Siempre había deseado escribir novelas de misterio y ficción; finalmente lo he logrado. La vida parece ser siempre cuesta arriba, llena de eventos que lejos de ser percibidos como aventuras nos llevan de la mano con el destino. Esta obra es un ejemplo de cómo, todos al nacer, emprendemos un viaje a la cumbre, donde hay caídas y percances, dejamos huella y donde, queramos o no, el viaje lo hacemos solos. Es ahí donde los caminos de otros se cruzan con el nuestro y donde nuestro guía… bueno, siempre estará disponible si queremos verlo», comenta el autor con una sonrisa de plena satisfacción.

K2 K2 K2 K2 K2

www.ingramcontent.com/pod-product-compliance
Lightning Source LLC
Chambersburg PA
CBHW031247170626
46807CB00001B/27